全景再现**二战**风云
还原历史真相·解读战争谜团

二战女间谍

李乡状◎编著

团结出版社

图书在版编目（CIP）数据

二战女间谍 / 李乡状编著. -- 北京：团结出版社，
2015.1（2022.1重印）
ISBN 978-7-5126-3348-3

Ⅰ.①二… Ⅱ.①李… Ⅲ.①传记小说—中国—当代
Ⅳ.①I247.5

中国版本图书馆CIP数据核字(2014)第298472号

出　　版：团结出版社
　　　　　　（北京市东城区东皇城根南街84号　邮编：100006）
电　　话：（010）65228880　　65244790（出版社）
　　　　　　（010）65238766　　85113874　　65133603（发行部）
　　　　　　（010）65133603（邮购）
网　　址：http://www.tjprcss.com
E-mail：zb65244790@163.com（出版社）
　　　　　　fx65133603@163.com（发行部邮购）
经　　销：全国新华书店
印　　刷：三河市燕春印务有限公司

开　　本：710毫米×1000毫米　　16开
印　　张：15
字　　数：170千字
版　　次：2015年1月　第1版
印　　次：2022年1月　第3次印刷

书　　号：978-7-5126-3348-3
定　　价：68.00元

前　言

第二次世界大战已经结束 **70** 年了，而那已经逝去的历史却被人们铭记。在那个历史时期里，呈现的鲜活的面容仍旧浮现在人们眼前。无论是值得树碑立传的伟人，还是默默无闻的小人物，都是那一段惨烈的不堪回首的历史的缔造者。

回溯整个第二次世界大战的历史，以史为鉴，对于我们今天的生活是十分必要的。只有这样才能够更好地把握现在，面对未来。

希特勒被后人称为战争狂人。在第二次世界大战中，以他为"元首"的第三帝国四处侵略，给世界各国人民带来沉重的灾难。致使生灵涂炭，千百万人无辜惨死。尽管在"二战"中纳粹分子曾把希特勒神化，可是生活中的希特勒并不是神，他野心勃勃企图用法西斯主义达到统占世界的美梦，非仅凭他一己之力便能实现。戈林、希姆莱、龙德施泰特和邓尼茨，都是"二战"中的特殊人物，是希特勒手下的四大爪牙，是希特勒反人类战争的帮凶，希特勒和他们一起制造了这段惨绝人寰的杀戮。他们是希特勒反人类思想的执行者，是实现希特勒命令的急先锋。但正义的力量是永远不可战胜的，最终，希特勒的四大爪牙也同希特勒一道永久被人们钉在历史的耻辱柱上。

历史就是历史，不会以个人的好恶为转移。戈林——第三帝国的元帅兼空军司令，是希特勒一心想扶植起来的第三帝国接班人，仅凭长袖善舞和唯首是瞻，他很快就赢得了希特勒的重用。对于这一切，直到希特勒即将离开这个世界的那一天才如梦方醒，真正地认识了戈林的昏庸无能以及不忠，但一切都木已成舟。尽管希特勒在政治遗嘱中对他措辞严厉地指责，但也只能是一种无谓的泄愤，历史不能改写。

无论戈林在第一次世界大战中的光环有多么耀眼，即使是德国人赞不绝口的英雄，也无法抹杀他在第二次世界大战中的滔天罪恶，以及他令人啼笑皆非的军事指挥才能。翻看有关戈林的所有历史材料，比照、分析、总结，就不难发现，原来戈林竟然是一个"二战"史上值得从各个不同角度深思的人物。

在整个第二次世界大战中，希特勒把"党卫军"作为自己的"心腹"。小个子海因里希·希姆莱作为党卫军的首领，成为希特勒手中一张津津乐道的王牌。希姆莱控制纳粹帝国庞大组织——党卫军，消除异己，残害无辜人民。德国《明镜》周刊称他是"有史以来最大的刽子手"。后来第三帝国面临土崩瓦解之时，被希特勒视为王牌的希姆莱却另树旗帜，派人暗杀希特勒。希特勒与希姆莱这种亲如家人又干戈相向的关系是整个第二次世界大战中最富有戏剧色彩的故事。

有一些热血男儿，注定在硝烟弥漫的战场上谱写他的人生旅程。在第二次世界大战中，称作"纳粹军魂"的陆军元帅龙德施泰特就是这样的人。战场是他展现聪明才智的地方，他一次又一次卓越的指挥证明了这一切。抛却对战争性质的价值评判，就其战争胜负而论。龙德施泰特屡立战功，在攻打法国的战役中，他所指挥的部队所向披靡，绕过了马奇诺防线，使得固若金汤的法国防线在德国坦克的攻击下土崩瓦解。法国的军队全线溃退,一个多月便投降。如果不是希特勒怕龙德施泰特孤军冒进,错误地阻止了他的进攻,敦刻尔克大撤退的历史将会改写。可是历史就是历史,龙德施泰特虽然忠心效命于希特勒,可是他的主子却总给他错误的指令,使他的军事天才被掩盖下来。当我们重新整理第二次世界大战的史料,重新评估龙德施泰特的功过是非,不难得出这样的结论——龙德施泰特不仅是希特勒法西斯战争军事上的左膀右臂,而且也是希特勒最不信任的元帅。虽然龙德施泰特尽职尽责,可希特勒却先后四次将其免职。龙德施泰特一生中的错误选择也为后来人提供了借鉴。

在希特勒的爪牙中,海军元帅邓尼茨无疑是希特勒的又一张王牌。邓尼茨对指挥海战时的运筹帷幄,足以让他不愧于"海军统帅"的称号。高远的眼光、过人的智慧与先进的科技相结合,使德国海军在许多海战中获得了胜利。邓尼茨创造的辉煌"战果",让希特勒欣喜若狂。邓尼茨也自然成为希特勒手下众多著名将领中最让其满意的军事将领。邓尼茨的帅才和忠心成为希特勒在自杀之前,将政治遗嘱中的接班人的名字写为邓尼茨的理由。正因如此,才有邓尼茨以德国最高领导人的身份,在第二次世界大战中与盟军签订了停战协议的一幕。"二战"结束以后,邓尼茨被判处有期徒刑十年。刑满释放后,他依然抱着纳粹军国主义的复国梦想,从事法西斯复辟活动。但历史发展的进程告诉人们,纳粹军国主义的路线是不可能实现的。

第二次世界大战从酝酿到爆发再到结束,正义的与非正义的力量以军事战争的形式、政治斡旋的形式,明面上和暗地里不断地较量着。为了在这些较量中占据主动，获得更多取胜的筹码，间谍这个特殊的战斗身份大量地出现在看不到硝烟的战场上。这些冠名以间谍的人，无畏生死，用鲜血和生命换取对自己国家有利的军事情报。当这些间谍的身份公之于众，当他们的功绩被世人所知之后，历史上那些悬而未决的疑案，便被揭晓。

在书写这些人物及历史事件时，我带领我的学生们查阅了大量的历史档案。江洋、王爱娣、何志民、张杨、祖桂芬、朱明瑶等人也作了部分内容的编写与修改。特别是收集了大量的外文版原始资料，总结了众多的专家、学者对那一历史时期的不同见解，来介绍笔下的人物。所以，我们提笔书写的这些生活在敌人中间的间谍与反间谍时，才能如此有血有肉；内容才能如此详实而丰富。当然，之所以间谍故事、战争人物故事，如此被世人津津乐道，并非我们笔力过人，而是故事本身的错综复杂、引人入胜。是人物本身的人性光辉、人格魅力感染了大家。

说尽滔天浪，难抵笔纵横。我从事编写"二战"史图书多年，这个创作领域是我写作生活中最为着力的地方。时至今日，已经有近30本图书先后出版，这些图书中的文字历经了二十多年风霜雪雨的打磨，倾注了我的心血和努力。在这里，我非常感谢为这些图书出版所做出过不懈努力的老师和学生们，以及有关人士。最后，由于个人的学识水平有限，难免有疏漏，敬请批评指正。

李志栋

2014年12月

目 录

001 战后被追求者杀害的女间谍
克里斯蒂娜

049 事业、爱情双赢的女间谍维
吉尼亚·霍尔

103 希特勒的情人、英国的女间谍
南希

170 演绎人生绝唱的月亮女神
辛西娅

战后被追求者杀害的女间谍
克里斯蒂娜

　　海水可以淹没脚印，但是岁月却永远淹没不了英雄的足迹。克里斯蒂娜是"二战"时期最杰出的女间谍之一，她的英雄事迹曾感染了无数人，特别是她深入敌后，巧妙周旋，费尽了移山心力，获得了一些改变战争进程，改变许多人命运的情报。她的芳名和她的故事一样将永载"二战"谍史。

　　1915 年，在离波兰首都华沙不远的一个小村庄里，怀胎十月的伯爵夫人斯特凡妮为耶日·斯卡贝克伯爵生下了一个漂亮的女婴，这个女婴就是后来的"二战"著名美女间谍克里斯蒂娜。克里斯蒂娜出生时，刚好是第一次世界大战期间，整个欧洲都处于战火硝烟的历史环境下。就仿佛是命运之神的安排一样，出生于这个战争年代的克里斯蒂娜，以后的人生也都跟战争紧紧地纠结在一起。

　　克里斯蒂娜的家庭是一个贵族家庭，父亲耶日是一位很有声望的伯爵，在村庄里拥有自己的庄园和大片的土地。母亲斯特凡妮是一个犹太银行家的女儿，夫妻感情很好，对于这个孩子也及其疼爱。这个和谐、安宁的小村庄由于原始森林阻挡的原因，在外部的世界打得轰轰烈烈的"一战"并没有给这里带来什么影响。村庄的人们依旧平静地过着各自的生活。

　　正当盛年的耶日伯爵对于这个漂亮的女儿喜欢得不得了，"小星星"、"小甜甜"、"小甜心"等称呼都是耶日伯爵对克里斯蒂娜的称呼。在克里斯

克里斯蒂娜

蒂娜还没有学会走路的时候,耶日伯爵就开始教她骑马。他把克里斯蒂娜放在小马驹后背上面,自己把着克里斯蒂娜瘦小的身体,防止她从马背上掉下来。每当这个时候,克里斯蒂娜都特别的兴奋,小手胡乱地挥舞着,嘴里不知道咿咿呀呀地说些什么。就是从这个时候开始,对于骑乘骏马奔跑的喜爱已经深深地烙在了克里斯蒂娜的心底。

岁月的流逝会使人内心发生对新生活的渴望。1918 年,或许是在一个地方待得太久的原因,耶日伯爵举家搬迁到了切布尼察,在那里重新购买了一处庄园和部分土地。

那时,第一次世界大战也进入了尾声。随着威风一时的德意志第二帝国签订《贡比涅森林停战协定》的那一刻起,这场人类历史历时 4 年零 3 个月的第一次世界大战宣告结束。

"一战"胜利了,波兰以往被分割的领土得到了归还,而且还获得了一个十分重要的进出口港口。"一战"的胜利使得整个波兰都沉醉于胜利当中。克里斯蒂娜虽然不知道人们为什么会那么高兴,但是她仍然很喜欢这种气氛,当时有很多家陆陆续续地举办着各类聚会,她都可以吃到非常好吃的甜点。

作为贵族家的孩子,特别是女孩子,要接受十分严格的礼仪训练,但克里斯蒂娜每天的礼仪训练时间被减少了许多,大部分时间都是父亲耶日伯爵陪伴着克里斯蒂娜,父亲想把克里斯蒂娜培养成娴熟的女骑手。儿时的这种训练对她后来影响很大,也锻炼了克里斯蒂娜果敢坚毅、临危不惧的品格。

面对着那些枯燥无聊的礼仪训练,还有那些死板的礼仪老师,克里斯蒂娜更喜欢和那些骏马待在一起,马厩也成为了她摆脱那些枯燥贵族礼仪的精神家园。再也没有什么能比坐在摆放马具的马具室里,听那些专门照顾马匹的马童和马夫们聊天更开心的事了。

正是在散发着臭味的马厩里，命运女神缔造了决定克里斯蒂娜和安德鲁两个人的邂逅。从此两个人的命运变得息息相关、密不可分。这位名叫安德鲁的孩子，是一个与克里斯蒂娜年龄相仿的贵族子弟，出生于 1912 年。同克里斯蒂娜的家族一样，他的家族科尔斯基家族也是波兰的地主阶层，生活十分富有。但是两个家族也有一些不同，克里斯蒂娜的父母更喜欢从事政治、慈善活动，而安德鲁的家族则比较侧重于精神上的追求，有着坚定的信仰，为了自己的信仰他们敢于反抗任何压迫。这种传统对安德鲁产生了巨大的影响，也是他后来加入反法西斯行列的一个重要原因。

对于两个人的初次见面，无论是克里斯蒂娜还是安德鲁都已经记不太清楚了，毕竟当时两个人只有 10 岁左右。安德鲁后来回忆说，他到克里斯蒂娜家后，就盯上了她们家马厩里的马群，他和克里斯蒂娜一样都是爱马如命的人。在骑术方面，安德鲁表现得更为出色。

为了能够让自己的女儿接受到良好的教育，培养贵族子弟应该具有的气质，父亲耶日伯爵将克里斯蒂娜送到当时著名的萨克雷克尔女子修道院，在那里学习贵族女孩应该具备的一切素养和知识。

萨克雷克尔女修道院位于波兰西部一个比较偏远的地方，是当时整个欧洲乃至世界都颇有名气的女校。这里的管理制度十分严格，对于女孩们哪些事情可以做、哪些事情禁止做，都有着非常严格的规定。从小就在父亲的呵护下、无拘无束的克里斯蒂娜，显然无法适应这里的环境，没多久，她就因为特例独行的做派和过分活泼的个性而成为了一个"坏女孩"的典范，成为了修女们教育其他女孩的素材。

克里斯蒂娜对此不以为然，叛逆的个性也逐渐显露无遗。她开始蔑视学院里的所有规章制度，翻爬出院墙去河流边抓鱼，爬到硕果累累的

克
里
斯
蒂
娜

果树上面偷摘果农的果实，她完全按照自己的意愿行事，自由自在、随心所欲。

有一次，一名修士领着众人在礼堂里面做弥撒的时候，克里斯蒂娜偷偷地潜入礼堂，趁着修士全神贯注正在进行祈祷的时候，她用蜡烛将这个修士的长袍点燃了，要不是修士反应快，几乎酿成了大祸。无法忍受的院长最后不得不给耶日伯爵写了一封信，信中表示，她们实在是无法继续教导他的女儿，希望他们夫妇能够找一个更好的学院，以适合她的方式加以管束。

秋季，收获的季节，落叶缤纷、硕果累累。周末，正在忙着收拾农作物的耶日伯爵看完信件后，不但没生气，反而十分高兴，因为他的"小星星"又要再次回到他的身边了。耶日伯爵立刻收拾行装，亲自乘坐马车前往学院接他的爱女回家来。虽然外面阴云密布，狂风呼啸，地上的落叶四处乱飞，但是克里斯蒂娜此刻的心情好极了，她终于可以摆脱那些烦人的礼仪训练，陪伴着自己的父亲骑马、打猎，享受自由自在、舒心惬意的生活了。

然而，克里斯蒂娜并没有获得她所希望的生活。她的母亲认为，尽管一家之主的伯爵如此溺爱，但绝对不能对她这么放任自流，必须严格地管教，这样才能使她的行为言谈变得更加优雅，将来找个好丈夫。于是，克里斯蒂娜又被送到了一所更加严格的女子学校。

叛逆对一个人的影响是很大的，特别是处于青春年少的时候，越是强压、抑制，叛逆的种子就生长得越快，而且很难根除。

童年的生活经历，已经在克里斯蒂娜那颗洋溢着青春和朝气的心中留下了深刻的痕迹。也许就是从这个时候起，叛逆的个性已经深深地影响了她，使得她的婚姻生活变得十分坎坷，让她在日后选择了危机四伏、出生入死的间谍生涯，从而走上了一条常人无法看到、也无法体会的间谍之路。

随着时间的悄然流逝，克里斯蒂娜已经从顽皮的小女孩成长为楚楚动人的美丽少女。

对于已经 18 岁的克里斯蒂娜而言，已经到了适婚的年龄，如果再不找一个门当户对的人出嫁的话，克里斯蒂娜将沦为贵族之间的笑柄。很快，克里斯蒂娜的"王子"出现了，他是一个温文儒雅、气宇轩昂的波兰小伙子，名叫查尔斯，是富有的格特利希家族的长子，掌控着整个格特利希家族的商业命脉。

楚楚动人的克里斯蒂娜与年轻英俊的查尔斯很快就步入了神圣的婚姻殿堂。在这个神圣的地方，望着脸上挂满笑容的父母，刚刚 18 岁的克里斯蒂娜对于未来充满了美好的憧憬。幻想着自己能够像童话里的公主一样，被自己的王子保护，同王子快乐地生活到老。

但是，新婚燕尔的克里斯蒂娜很快发现，生活并不像她所想象的那样美好。每天清晨，查尔斯都是很早起床，管家就会把格特利希家族的各种生意报表以及其他的一些信息递交给查尔斯，让他过目和签字。虽然这些都是查尔斯必须面对的工作，但是，克里斯蒂娜对此十分的不满。在克里斯蒂娜看来，每天早上起来的第一件事不应该是看那些枯燥的报表，而是应该和自己打个招呼，关心下自己晚上睡的是否安好，爱人的身体状况如何，她在干着什么事。而查尔斯却相反，对克里斯蒂娜不闻不问。

此后的一段时间里，克里斯蒂娜一直认为，或许因为两个人结婚的事情让查尔斯把工作耽误了。可是这种日子并没有因为蜜月结束而宣告终止，查尔斯依旧是那么的繁忙，以至于每天只有很少的时间能够陪伴她。而克里斯蒂娜已经为人妻子，不能再像以前那样四处晃荡和游玩了，做好一个贵族夫人是她现在的责任，否则她的家族和查尔斯的家族都会在贵族阶层中蒙羞的。

克里斯蒂娜

几个月之后，秋季来临，枯黄的树叶再次从树干上缓缓地飘落，为大树明年的萌发做着最后的贡献，一切都显得那么的萧条，就如同此刻克里斯蒂娜的心情一样秋风骤起。几个月的相处，让克里斯蒂娜彻底认清了查尔斯的为人。诚然，查尔斯是一个精明睿智、温文尔雅的绅士，但是他首先是一个商人，一个家族的继承者，最后才是她克里斯蒂娜的丈夫。在查尔斯的心中，如果让他在家族和克里斯蒂娜中选一个的话，他一定会毫不犹豫地选择自己的家族，而放弃自己美丽动人的妻子。尽管查尔斯从不缺克里斯蒂娜的吃穿，为她准备大量华丽的贵族礼服和其他的衣物，珠宝首饰也是极尽奢华，但是这些都不是克里斯蒂娜想要的，她希望有一个能够陪伴自己的丈夫，而不是变成一只笼中雀。

克里斯蒂娜和查尔斯的婚姻最终宣告破裂了，没有任何痛苦，悄然地画上了句号。克里斯蒂娜也从那个让她倍感难受的"格特利希夫人"的头衔中解脱出来，再次获得了无牵无挂没有束缚的自由。

虽然克里斯蒂娜回到耶日伯爵庄园后，表现得一切都很平常，但是耶日伯爵还是不放心，对于自己刚刚从失败婚姻中走出的"小星星"他仍然很担心。不久之后，耶日伯爵决定让女儿出去旅游散心，将心里的苦闷发泄出去。尽管受到经济危机的冲击，使得伯爵的生活变得有些拮据，耶日伯爵还是给了克里斯蒂娜一大笔钱让她出去旅游。就这样，克里斯蒂娜被强行"赶出"了家门，开始了她的旅途生涯。

优美的自然风光能够引人入胜，也让人流连忘返，使人体会到自然的伟大，同时它还能洗涤人们的心灵，因此才会有那么多的人喜欢和热衷于旅游。

刚刚被"赶出"家门不久的克里斯蒂娜，现在就是一个"独驴"（对于那些独自旅行、冒险的人称呼），她选择的第一站是波兰境内有着"卢尔德"之称的琴斯托霍瓦，也就是在这里，她再次被爱情这朵玫瑰刺得遍体鳞伤。

悠闲的旅途，优美的风景，再加上自由的空气，使得克里斯蒂娜很快就从第一次失败的婚姻中走了出来。在旅途中，她再次与一位异性相恋了，这是一个一贫如洗，却英俊潇洒、身材高大的单身汉，他名叫洛克。两个人的爱情犹如狂风暴雨一般猛烈，但是两个人的爱情却受到了阻碍，阻止他们的人，却偏偏是洛克的母亲。

虽然洛克的家庭很穷，但是他的母亲并没有因为贫穷就产生低人一等的感觉，并且还是一个非常专横傲慢而且异常挑剔的女人。在克里斯蒂娜第一次来到洛克家，去见他家人的时候，精心打扮的克里斯蒂娜显得神采奕奕，优雅的贵族礼仪，再加上紫色的礼服穿在高挑的克里斯蒂娜身上，更加衬托出她日渐成熟的女人的风韵，就宛如洛神下凡一般，一进门就吸引了全家人的目光。

即便是洛克母亲这样挑剔的女人，对于克里斯蒂娜的初次印象也无可挑剔。

在和洛克母亲一起吃晚餐的时候，洛克母亲询问了克里斯蒂娜以前的生活情况以及家庭情况，当她得知克里斯蒂娜已经结过一次婚，并且没有什么财富可以继承的时候，她缓缓地放下了手中的茶杯。

洛克母亲皱着眉头看了克里斯蒂娜良久，之后对克里斯蒂娜说道："伯爵小姐，很感谢你对我儿子的赏识，但是你们的婚事我不能同意。假如你是一个十分富有，可以继承庞大财产的贵族小姐，你将是我儿媳的最理想人选。请你以后不要再打扰我们家洛克了，不要再抱有任何能够嫁给我儿子的幻想了。"

世界上伤人最深的不是刀枪，而是恶语相向。克里斯蒂娜不知道自己是怎么离开洛克家的，魂不守舍的克里斯蒂娜如同喝醉酒一样，踉踉跄跄

克里斯蒂娜

地走回了宾馆,将自己关在了房间里。

这次还没有开始就草草结束的爱情,对刚刚婚姻失败的克里斯蒂娜而言,无疑又是一个严重的打击,她用了很长时间,才从这个痛苦的漩涡中挣脱出来。

洛克母亲的话语,如同晴天霹雳一样,震醒了花样年华、憧憬美好爱情的克里斯蒂娜。克里斯蒂娜的旅途仍在继续,只是旅途中的她,再也不是那么的轻松和愉快了,她一边四处游览风景名胜,一边再次重新审视这个自己曾经以为很了解的世界。

扎科帕内坐落于波兰境内的塔特拉山脉的脚下,是波兰一个高原山城,那附近都是高大茂密的树木,而且在那里还分布着一些温泉,因其独特的地理环境,使得这里成为了欧洲十分著名的旅游胜地和滑雪胜地。

克里斯蒂娜十分钟爱滑雪。她已经记不得从什么时候起学会滑雪的了,但是以前,每一年的圣诞过后,耶日伯爵都会带着克里斯蒂娜去滑雪。但是此刻,同样的环境、同样的雪景,克里斯蒂娜只能独自一人享受这份孤独。

当穿戴好雪橇和必要的防护服后,克里斯蒂娜如同离弦之箭一样,沿着雪道急速向山下奔去。

呼啸的山风不能阻止克里斯蒂娜的脚步,路途的障碍也不能阻止克里斯蒂娜飞驰的滑雪板。克里斯蒂娜忘却了忧愁和烦恼,尽情地享受着滑雪的乐趣,而出色的滑雪技能也为她在后来的间谍生涯中,来往于高山雪地之间提供了十分重要的基础。

人有失手,马有失蹄。克里斯蒂娜也一样,尽管在滑雪前,克里斯蒂娜做了充足的准备,但是意外还是发生了。这次意外就如同命运之神早就安排好的一样,让她又一次陷入了深深的情网之中。那天早上,天气格外的好,蔚蓝的天空中飘着朵朵白云,站在高山雪场上的克里斯蒂娜仿佛伸手就能触及天空一样。克里斯蒂娜和往常一样,早早就来到这里,穿戴好防护服,准备开始今天的练习。

今天的练习和往常不太一样,克里斯蒂娜感觉以前的那些技巧已经不足以满足自己追求刺激的需要了,所以这次她特意增加了一些难度比较高的技巧。

山顶上,陆陆续续地又来了许多人,穿戴整齐的克里斯蒂娜双手向后一用力,滑雪板载着克里斯蒂娜快速地飞奔而去,在雪地上划过两道深深的痕迹。当克里斯蒂娜划到山腰,正要进入一个转弯的时候,或许是因为手比较滑的原因,她的一支撑杆掉了,克里斯蒂娜一下子就失去了平衡。此时克里斯蒂娜的速度已经很快,想要依靠一支撑杆平缓地减速已经不可能,而如果不减速的话,那么迎接她的后果将十分严重。

就在克里斯蒂娜已经闭上眼睛准备强行停下的时候,一个高大的身影飞速地从她身边划过,有力的双臂一下子将她抱了起来。两个人的重量压在原本只能承受一个人重量的滑雪板上,那个人的滑雪板在快速的行进中安全地停了下来。

当受到惊吓的克里斯蒂娜,睁开她那如同钻石般璀璨的明眸的时候,将她救下的那个男子一下就沉醉在那犹如星河般绚丽的眼睛中。而在克里斯蒂娜的眼中,这个人很英俊,金黄的头发,脸颊消瘦,皮肤白皙,令她印象最深的就是他那双眼睛。如同他父亲所圈养的那只雄鹰一样,十分的锐利,仿佛能够看透人心一样。

因为这些意外,克里斯蒂娜今天滑雪的心情已经跌落低谷,只好作罢。十分巧合的是,那个男子和克里斯蒂娜住在同一家宾馆,虽然克里斯蒂娜一再地强调自己一切都很好,但是那个男子仍然坚持要送克里斯蒂娜回旅

克里斯蒂娜

馆找医生好好检查一下。

　　清脆的鸟鸣声在茂密的森林里回荡,挂满了积雪的树木在阳光的照耀下,闪着七彩绚丽的光芒。回旅馆的路上,通过对话,克里斯蒂娜对于这个男子有了初步的了解。

　　他叫乔治·吉齐基,来自乌克兰的一个富裕家庭。乔治 14 岁的时候,因为同父亲大吵了一架,便离家出走,此后都是一个人生活。富裕的生活让乔治从小就能够接受良好的教育,他从小的梦想就是当一个著名作家,周游世界,写自己喜欢的东西。

　　“淘金潮”是美国历史上一个非常特殊的时期,每年都有无数的人怀揣着一夜暴富的梦想来美洲进行淘金。年轻的乔治决定去美国闯荡一番,在那里成就自己的一番事业。

　　现实总是残酷的。年轻的乔治在美国混了一段时间后,发现这里虽然也有因为发现金矿一夜暴富的人,但是更多的则是沦为一些打工者或者流浪者。此后,乔治先后做过淘金的矿工、护卫商队的牛仔、杂货店的销售员,这些经历让这个年轻的男孩子初次尝到了生活的艰辛。

　　机会总是青睐那些有准备的人。当时有一家很大的报社因为扩建,需要招聘一些编辑人员。而乔治和许多来这里的流浪汉不一样,他从小就接受过各种文化素质的训练,他很轻松地就从那些应聘者中脱颖而出,而他的命运也由此发生了很大转折。他不光是作为编辑人员,不久之后报社就给他签发了记者证,让他可以四处游走,去搜集素材。

　　获得了记者证的乔治也正式开始了他的旅途,他更是通过记者的身份,借着采访的机会,结识了许多国家的外交官、著名的诗人、富有的商人、优雅的贵族等各式各样的人物。他的人际关系网由此而渐渐发展成形,为他后来的事业发展奠定了基础,也让后来的克里斯蒂娜得以通过这张复杂的关系网游走于各个势力之间，获得了许多重要的情报。

在山上的旅馆中，经过医生的详细检查后，克里斯蒂娜的身体状况很好。为了答谢乔治的救命之恩，克里斯蒂娜特意请他到旅馆里面的咖啡屋里喝杯咖啡，以表谢意。

克里斯蒂娜和乔治两个人相对而坐。克里斯蒂娜一边用汤匙缓缓地做着绕圈运动，搅动着瓷杯里面的咖啡，一边听着乔治的叙述。经历丰富的乔治有很多话题讲给克里斯蒂娜听，一会儿讲述他在美国当淘金者的时候，某某人因为发现了一条金沙矿而一夜暴富；一会儿又讲述美国的印第安人的生活，或者给听得入神的克里斯蒂娜描述他在非洲的所见所闻。

对于克里斯蒂娜而言，她最远的地方就是跟随父亲去过法国。对于乔治所描述的那些见闻，克里斯蒂娜只能凭借着自己的想象去猜测了。乔治的种种深深地吸引着克里斯蒂娜，两个人也越聊越投机。

爱情往往就是双方并不注意的情况下悄然产生的。此后的一段时间里，二人可谓是出双入对，无论是在滑雪场还是在咖啡屋内，都能看到两个人在一起的身影。身材高挑、举止优雅、充满了成熟女人韵味的克里斯蒂娜很快就让乔治拜倒在她的石榴裙下。而克里斯蒂娜也为乔治长相英俊、谈吐优雅、开朗幽默的风采所着迷，情投意合的两个人很快就确定了伴侣关系。

冬天的脚步再次如期而至，洁白的精灵再次从天而降，覆盖了整片大地。虽然外面已经天寒地冻，但是在华沙的一个教堂里却热闹非凡。在这里，克里斯蒂娜再次穿上婚纱，宛如洛神下凡的她和英俊的乔治在这里举行了婚礼。

但是新婚后不久，两个人之间就出现了危机。辞去了记者身份的乔治当起了专职作家，但是，将自己关在房间里的乔治无论怎么努力，也写不出

克里斯蒂娜

让他自己满意的东西。乔治开始变得喜怒无常，常常会摔东西，而且整个人变得更加幽闭，即使是克里斯蒂娜去敲他的房门的时候，回应的都可能会是花瓶或者书籍砸在门上发出的巨响。

直到有一天，克里斯蒂娜在收拾房间的时候，找到了许多乔治当年拍摄的非洲照片，她才恍然大悟，乔治是因为没有灵感，所以才写不出来东西。如果让他再次回到非洲，也许一切问题就都迎刃而解了。

通过乔治这些年来搭建的关系网，他找到了一个去非洲的合适理由：乌克兰需要寻找一个人来担任驻亚的斯亚贝巴的领事，这个人必须有一定的名望而且是乌克兰的国籍。经过乔治用金钱加上关系网的疏通，他最终成功地获得了这个领事的职务，再次踏入他所喜爱的那片广阔的土地——非洲。

时间总是在不经意间悄然流逝。克里斯蒂娜和乔治到达目的地已经很久了，这段时间里，乔治除了每天处理公务外，大多数的时间都花在了去外面采集各种素材，为他的新书做着准备。

原本魅力四射、光彩照人的克里斯蒂娜，此时此刻却陷入了深深的痛苦之中，以至于整个人的精神状态十分萎靡。她发现，自己嫁给乔治又是一个错误的决定。

乔治对克里斯蒂娜十分宠爱，并且表示对于现在的婚姻很满足。而克里斯蒂娜虽然十分迷恋乔治，但是乔治留给她更多的印象是阴森幽闭的感觉，就如同生活在冰冷的地窖一样，特别是当乔治进入写作状态，但是又写不出来东西的时候，这种幽闭的感觉如同积雨云一样压在克里斯蒂娜的心头，让她胆战心惊。

最后，刚刚结婚没多长时间的克里斯蒂娜向乔治提出了分手。因为她已经快被压在乔治心头的那团乌云压得喘不过气了，而且每天生活在一种恐惧的环境对于任何人而言都是一种心理上的巨大折磨,更何况克里斯蒂娜这样一个年轻美妙的女子。

后来,克里斯蒂娜孤身一人回到了自己的祖国波兰,而乔治则继续留在了非洲,继续着他的写作生涯。

爱情的玫瑰无时无刻不在散发着诱人的芳香,吸引着世间的每一个人。为了获得一份属于自己独有的爱情,无数的人即使被刺得鲜血淋漓,满是伤痕,仍是不屈不挠。对于王牌女间谍克里斯蒂娜而言,爱情女神并没有抛弃她,只是想要通过接连几次的失败婚姻,让她明白爱情应该是珍贵的,不是随便就能获得的。而后来所发生的事情也似乎验证了这一说法,克里斯蒂娜和安德鲁,经历了枪林弹雨、硝烟弥漫的战争洗礼,最终走到了一起,圆了两个人相爱的梦。

祖国在每一个人的心中都是神圣而庄严的,对于克里斯蒂娜也一样。随着纳粹德国闪击波兰,人类历史上规模最大、死伤人数最多、牵涉人数最广的第二次世界大战正式拉开了序幕。作为一个波兰人,克里斯蒂娜对于自己的祖国充满了感情,她讨厌战争。

此时,纳粹德国的气焰更加嚣张,欧洲的局势也越来越混乱了。因为战争的缘故,欧洲原本宁静的天空成为了空军角逐的主要战场,想要乘坐飞机飞回波兰已经是不可能的事情了。海面上,德国潜艇如同幽灵一样在海上不断地游动,封锁了一些主要的港口和河道,使得轮船也无法直达波兰。没有办法,克里斯蒂娜只好坐上了开往英国的轮船,到英国之后再绕道赶回波兰。

回国的路途并非一帆风顺,克里斯蒂娜返回波兰的路途中充满了波折和坎坷。在那种动荡的局势下,战火使得流民的数量急剧增加,这也使得人们内心的邪恶逐渐放大,取缔了人性本善的一面。许多的流民成为了土匪、

克里斯蒂娜

流氓和强盗的集合体,成群结队地打劫形单影只的路人。

幸好,天无绝人之路。正当克里斯蒂娜为如何安全地返回波兰苦恼的时候,一个机遇出现了。

纳粹德国的疯狂进攻,使得许多国家进入了战时供给空前匮乏的状态,物资需求急剧增加。由此产生了一种专门贩卖各种物资的商人,他们为各个国家提供战略物资,钢铁、铜、硝石或者其他的物资。

尽管这个行业十分的危险,一旦被敌国抓到,迎接他们的通常是以"通敌"罪而射出枪膛的子弹。但是在高倍利益的驱动下,仍有不少人用钱打通了交战双方的关系,往来于战火纷飞的战场。

克里斯蒂娜在英国就刚好碰到了这样一批运输队,队伍的带头人是一个叫波尔的胖子,也就是他通过大量的金钱击穿了德国严密的封锁线,组建起了这个运输队。克里斯蒂娜搭乘着这辆货车回到了波兰。

此时的波兰已经被纳粹德军占领,但是波兰的抵抗并没有因为政府的撤离而停止,波兰名为"火枪手"的抵抗组织依旧顽强地和纳粹德军进行着不断地交战。望着面前这些漆黑、残破的建筑,以及坑坑洼洼的街道,克里斯蒂娜蹲在地上,她轻轻地抚摸着波兰的泥土,抓起了一把泥土放在自己的鼻下,品味着波兰泥土的芳香,她哭了。泪水如同泉涌一般不受控制地从她那明亮的眼眸中流出,流淌进她的内心。

同家人短暂地待了几天以后,克里斯蒂娜再次踏上了征程,她要寻找波兰的抵抗组织,参与到抵抗法西斯德国入侵的战斗中去。没过多久,身为本地人的克里斯蒂娜很轻松地就从一些熟识的农夫口中获知游击队的情况。她按照那些人的指引,找到了游击队在附近的据点,而她爱情的大门也随着她的这个决定再次向她敞开。

在一个联络员的带领下,克里斯蒂娜来到了波兰抵抗组织的据点,在这里，克里斯蒂娜见到了童年的一个熟人——安德鲁·科尔斯基。

温室里只能培养出娇嫩的花朵，培养不出笑傲风雪的松柏。安逸的生活只能造就娇柔的小姐，造就不出叱咤风云的女间谍。没有千锤百炼，烈火焚身，风刀霜剑也锻造不出像克里斯蒂娜这样杰出的王牌女间谍。

此时的安德鲁是波兰反法西斯组织的一名军官，在安德鲁的影响下，克里斯蒂娜选择了成为英国特工，用曲线救国的方式，贡献自己的力量。

在克里斯蒂娜与英国情报组织接触之后，克里斯蒂娜的爱国热情深深地打动了与她会面的英国军官。在这位军官看来，克里斯蒂娜身材高挑，韵味十足，举手投足时不经意间流露出的贵族气质，是一个可以迷倒众生的美女，正是他们新部门迫切需要的人。

此时，华沙沦陷，波兰名义上灭亡了，西科尔斯基将军在巴黎成立流亡政府（法国战败后又迁往英国）。

流亡政府在匈牙利、罗马尼亚等国家设立的办事处等组织都光明正大地在办公，驻外的波兰大使们仍旧可以履行职责。波兰平民可以到除了德国的任何一个国家去避难。尤其是匈牙利，匈牙利人非常支持波兰人，并且对流亡者慷慨大度，极为尊重。因为正是波兰人把他们从土耳其人的枷锁中解救出来，匈牙利人现在要还波兰人这笔旧情。战争刚开始，就有成千上万的波兰人涌入匈牙利，官兵都被隔离开，并且一旦把他们送到盟国的军队，马上就可以投入战斗。

克里斯蒂娜和其他数十名著名女特工接受培训的地点是在比尤利的十几间民房里，第二次世界大战中的官方称谓"精修学校"。

这里有位神秘的教官，是学校重金礼聘来的，他身上散发的不仅仅是良好的教养、高尚的品质，更有一种说不出的贵族气质。有传言说他有欧洲王室血统，是位贵不可言的王子，这个说法没有人表示怀疑。因为无论是他

克
里
斯
蒂
娜

优雅的举止,还是英俊的外貌,配上剪裁合体的衣服,任谁看去,都是让人敬仰爱戴的绅士。

可是他教授的课程却让克里斯蒂娜大吃一惊——盗窃。他的偷盗技术真可谓炉火纯青,登峰造极。他那双优雅灵巧的手,只会让人们把它和钢琴上流淌的美妙的音乐,画布上凸现的美景意境,下笔千言、动人心弦的英雄史诗联系在一起。没想到它会与偷盗扯上关系,它对一把把纷繁复杂的锁,就像有"芝麻开门"的魔咒,可以轻松打开。

还有一位教官,战争开始前在旧上海的警察部门供职,教授的课程是从俘虏口中得到情报,以及处理没用的俘虏,课程只能用残忍来形容。据说,特种兵用的双刃匕首就是他的发明。他还一再告诫学员"两枪原则",即使你能确定第一枪已经打中了目标,为了确保万无一失,一定要在要害再补上一枪,以确保他不会再危害你。

对待尚未吐露情报的俘虏,要让他老实交代就得会"修理"。"修理"俘虏不是一般人能做的。心肠硬是首要条件,眼睁睁看着一个好好的人在自己面前痛不欲生,而且是被自己折磨成这样的,但决不能有怜悯之心,假如你和俘虏易地而处,他也不会对你手软。让俘虏双手举过头顶,下颚抵在墙上或者地上,就近用鞋跟或是枪把先轻揍一遍,不老实交代就一遍遍加重,对已经是累赘的俘虏就要彻底解决,与其让他生不如死的活受罪,还不如一枪来个痛快。

似乎精修学校的每个教官都大有来历,他们无一不是各个领域的顶尖人才。上级把各方面人才聚集在此,再把他们的看家本领交给学员,使得从这里走出去的每一个间谍都是精英。

特工训练的艰苦是常人难以想象的。对于克里斯蒂娜来说,特工的课程是陌生而遥远的,除了逃跑课程里的骑马她能驾轻就熟以外,其他科目都与她善良的本性相违背,她要比别人经历更痛苦的忍耐,才能等到破茧成蝶的那一天。

特工最严峻的考验不是能否完成任务,而是一旦被捕能否顶住敌人的刑讯。盖世太保之所以臭名昭著,不是因为它的情报多么精准,而是它足够残忍恐怖,即使再英勇无畏、视死如归的人,也难保不会招供,一旦被逼供出组织机密,将暴露整条情报链上的特工。

所以,特工学校还要教会特工们被捕时会判断对方是已经证据确凿了还是想诈供,而且非常时刻要启用一个秘密武器——"L"药片。它可不是起死回生的药品,而是刚好与之相反的东西。那是有外壳保护的氰化钾药丸,一旦咬破外层包装,氰化物几秒之内就会让人死亡,无药可救。所以只能使用一次,药片用法简单,唯一难点就是用药的时间。

克里斯蒂娜和其他特工通过重重考验,忍受常人无法想象的艰难险阻,承受着如影随形的死亡威胁,全情忘我地投入到特工生涯中。

人生的道路上总是充满了选择,每一个选择都将影响到未来。此时的克里斯蒂娜就作出了她人生中最为重要的一个选择,成为一名游走于黑暗之中的女间谍。她自己也明白,间谍,尤其是女间谍,这条道路上充满了艰辛和坎坷,但是她还是义无反顾地选择了这条道路。克里斯蒂娜的人生也翻开了新的篇章,间谍生涯由此开始。

波兰有一个抵抗组织,外号"步枪手"。这个组织的主要任务就是不时地派来信使,把德军的动向等消息提供给克里斯蒂娜和安德鲁。

当安德鲁不停地把波兰的逃亡分子运往安全地带时,不幸的事情发生了,他被逮捕了,被送进了布达佩斯监狱。但幸运的是,安德鲁遇到了他的老朋友,那个来自二局的少校。

少校对安德鲁说:"中尉,你是幸运的,因为现在这里仍完全由匈牙利

克里斯蒂娜

人控制着。我的意思你应该明白吧,那就请你赶快离开匈牙利吧。"安德鲁在少校的帮助下成功地逃了出去。安德鲁找到了克里斯蒂娜后,马上搬到了一个新住处。在新房子刚安定下来,克里斯蒂娜就把自己想再一次潜回波兰的想法和安德鲁说了。

安德鲁听她这么说,着实吓了一跳,当然并不是安德鲁不支持她这么做,只是他现在非常的担心,因为克里斯蒂娜的相片和一些相关文件都在法西斯手里。这对她来说是相当危险的,尤其是现在还要回到波兰,那危险系数就会更大。

克里斯蒂娜对于这种危险根本不担心,因为在她看来,既然选择了间谍这条路,就不能顾虑那么多。

一切都按照克里斯蒂娜的计划进行。她本来打算这一年的10月动身,但是在这期间却发生了一段小插曲。在10月中旬的时候,有一个信使给克里斯蒂娜捎来了一份报告,报告上说,十多名逃离德国战俘营的英国士兵现藏在华沙的一家聋哑人收容所。因为现在都说希特勒会实施一个计划,据说那个计划被说成是"仁慈地杀害"残疾人,所以说这些士兵的处境是非常危险的。为了营救这些英国士兵,克里斯蒂娜不得不连续地奔波,11月中旬时启程到布达佩斯,数天之后又抵达了华沙。在那里,克里斯蒂娜出色地完成了任务。

克里斯蒂娜心里知道自己此次来这里的目的,她没有任何犹豫就径直去了聋哑人收容所,到了那里之后却发现英国士兵已经撤离了。

克里斯蒂娜后来和英国士兵的领导人见了面,这位领导人坚持要求地下组织把他们都分散开,这样既方便逃离又可以降低风险。而且在疏散之后,他还让地下组织帮助他们进入前苏联的占领区。

听到这个英国领导人的要求后,克里斯蒂娜自告奋勇,主动要求把另外两名英国士兵从波兰送往匈牙利。

但是，克里斯蒂娜将事情想得过于简单了，敌人的封锁是一方面的因素，更为重要的另一方面的因素就是这两个士兵的身体状况。被捕期间，他们都接受了敌人的严刑拷问，身上伤痕累累，经过医生的初步检查，克里斯蒂娜得知，这些士兵必须先接受休养和调整，否则他们的身体会彻底崩溃的，随时都有生命危险。当时的情况已经没有时间了，克里斯蒂娜手里还有一份情报必须送到布达佩斯，她根本不可能等两个士兵的伤势好转以后再送情报，这是情报的紧急程度所不允许的。于是，克里斯蒂娜就把这两个士兵交给她的那些"步枪手"朋友照料，关于饮食起居每一个小的环节都作了精心布置和安排。虽然这次克里斯蒂娜没有亲自护送这两个士兵，但却与他们结下了深厚的友谊。

在这次行动中，克里斯蒂娜的处境是非常的危险，感觉好像时刻都可能发生意想不到的灾难。尤其是疯狂的德国人在街上当众抓人。如果被抓的人不能拿出有真实的身份证明的话，那么这些人就有可能会被送到集中营或是做苦力。克里斯蒂娜根本不在乎这种危险，一面积极仔细认真对待，一面仍然在搜集着各种情报，不停地工作。间谍工作使克里斯蒂娜彻底地改变了，她找到了人生的奋斗目标，正不断地向目标努力、再努力。

对于一个女人来说，选择这样一种职业，不仅需要具有一种坚强的毅力，更需要具备一种耐力，不管遇到怎样的困境，都能冷静沉着地应对。

任务圆满完成之后，克里斯蒂娜获得一个短暂的假期，而且圣诞节马上就要到了，克里斯蒂娜决定和安德鲁好好地享受这个难得的圣诞假期。可就在此时，一场突如其来的流感席卷了华沙大部分地区，克里斯蒂娜也未能幸免。

这场流感爆发得十分突然，而且异常凶猛。克里斯蒂娜一直高烧不退，

克里斯蒂娜

咳嗽不断,最为严重的时候甚至都咳出了鲜血,这让安德鲁担心不已。在她生病的这段时间里,安德鲁寸步不离,衣不解带地照顾着脸色苍白的她。看到克里斯蒂娜的病情逐渐好转,苍白消瘦的脸颊再次恢复了红晕,安德鲁那颗绷紧的心才算了放了下来。

乱世之中,灾难可能随时降临。克里斯蒂娜和安德鲁本以为可以过一段比较平静的二人世界,但不幸发生了。

这一天,凌晨 4 点左右,天边刚刚泛起鱼肚白,克里斯蒂娜和安德鲁还沉浸在睡梦中,可偏偏有些人就不让他们享受这份宁静,非得来捣乱。

门铃声将他们惊醒,身为间谍,如果连这点警觉都没有,那么也就没有存在的价值了。刚醒来的那一会儿,克里斯蒂娜和安德鲁两人对视了一眼,都在思考,到底是谁这么早就来敲门呢?

克里斯蒂娜迅速起身穿好衣服,而安德鲁因战争失去了一条左腿,这会儿,他匆忙地下床把假腿安好。他们正忙乱的时候,外面的门铃声已经变成了急促的敲门声,而且越来越响了,"砰砰"的敲门声仿佛要将门板砸碎一样。

安德鲁来不及整理好衣服,就以最快的速度打开了门,门外站着四名匈牙利警察进入到安德鲁的视线里。

这四名警察看着开门的安德鲁,他们的脸上仍旧目无表情地扫视这屋里的一切,然后一言不发地从安德鲁身旁走进屋内。进屋后,这四名警察打开了所有的灯,然后展开了地毯式的搜索,对于每一个房间、每一个角落,都搜查了个遍。

在搜查一遍之后,四名匈牙利警察仍旧不放弃,仍想在这屋里发现点有价值的东西。

克里斯蒂娜和安德鲁已有预感,所以早就把一切相关的文件都清理掉了,屋里剩下的带有文字的东西恐怕就是那些有彩图的旅游小册子以及一些刊登旅馆广告的地图之类。

匈牙利警察又搜查一遍全屋后,还是一无所获,最后,他们就把那些旅游小册子之类的东西都装进箱子里了。

克里斯蒂娜看着警察把那些东西慢慢地装进箱子,她就来到了洗手间,安德鲁随后跟了进去。警察时刻都在注视着他们的一举一动,也快速转身尾随其后。

克里斯蒂娜像每天一样,洗脸刷牙,一步步地做着,而那个警察目不转睛地盯着克里斯蒂娜和安德鲁。

安德鲁的确有话要和克里斯蒂娜说,但是那个该死的警察就像个跟屁虫似的,紧跟着他们俩,他根本找不到机会和克里斯蒂娜说话。

克里斯蒂娜洗漱后,就和安德鲁一起从洗手间里出来,就在出来的那一瞬间,安德鲁用波兰语和克里斯蒂娜说了一句话:"你说写满电话的记事本该怎么办呢?"

还没有等克里斯蒂娜回答,那个警察说:"不许说话,你们要是想说的话,就用德语。"

"这位小姐不会德语,如果那样的话,那她根本就不能说话了。"安德鲁说道。

"这个我就不管了,反正你们要是想说话,必须用我们能听懂的语言,否则你们就不用交谈了。"那个警察煞有介事地说。

安德鲁和克里斯蒂娜两目相视,目光代替了语言。因为他们已经从眼神里看出对方的想法了。

警察在房间里搜索了近一个小时,什么也没有发现后,就把安德鲁和克里斯蒂娜推进了警车里。克里斯蒂娜压低声音对安德鲁说:"你把记事本

克里斯蒂娜

给我,我有办法处理。"

安德鲁摇了摇头,现在局势这么危险,他怎么会让克里斯蒂娜更加深陷其中呢？即使有困难,他也要自己承担。这是他对她的承诺和责任。

安德鲁和克里斯蒂娜被关进了监狱。本来以为这次会受折磨,因为其他的同志只要进了监狱就难逃一劫。出人意料,他们这次又得到了那位朋友匈牙利少校的暗中帮助而幸运地被释放了。

警察们当然不可能就这么让他们离开,两名便衣警察把他们送走,事实上,这两名警察是负责押送他们,送到他们平常的集合地——哈格里咖啡馆。对于警察们的这一举动,他们当然知道这又是一个陷阱。

警察们肯定知道,此咖啡馆就是安德鲁、克里斯蒂娜以及其他一些组织成员们经常聚会的地方。显然,此处已经引起了警察们的注意,这才有了安德鲁和克里斯蒂娜被捕的这一幕。

这个时候,如果其他人要是在的话,那就太危险了！组织里的人肯定没法识别那些便衣警察,一旦组织里的人上来跟安德鲁两人打招呼,很可能就将他们暴露出来,进而威胁到整个组织的安全。

他们努力地想办法通知同伙,躲过这一劫。

当安德鲁和克里斯蒂娜朝着哈格里咖啡馆方向走去的时候,那两名便衣警察若即若离地跟随着他们两个人,快要到咖啡馆门口的时候,安德鲁看到了一个站在对面街道上四处观望的一个小伙子。这个小伙子个子不高,而且很瘦。

安德鲁一边走着,一边四处观望,趁着两个便衣不注意的时候,安德鲁谨慎地做了一个姿势,这个姿势在别人看来可能没什么,但是那个小伙子知道这个姿势所代表的含义:有人在跟踪着他们。

小伙子一下子就领会了安德鲁的意思,很快就消失在茫茫人海之中。

克里斯蒂娜和安德鲁以及那两个便衣警察走到咖啡馆，随便选择了一个桌子坐了下来，两个人点了一些吃的。便衣警察在这里等了半天，无果。

事实上，在克里斯蒂娜和安德鲁还没来的时候，咖啡馆已经聚集了他们组织的许多成员，是机敏的安德鲁的姿势信号，让他们得以提前疏散，避免了暴露的危险。

不久，便衣警察离开了咖啡馆，克里斯蒂娜和安德鲁安全地逃离了纳粹的魔掌。

通过这件事，克里斯蒂娜搜集情报的范围不再局限于自己的国家波兰，因为战争波及的范围不断扩大，根据工作的需要，克里斯蒂娜辗转于意大利、埃及、法国和英国等国家，为英国的情报机构提供了不少有价值的情报。在每次处于险境时，她都凭借着勇敢机智，最后化险为夷。

战争除了战场上的枪林弹雨、炮火纷飞外，还有许多不为我们熟知的一面，那就是敌后运动。间谍更是战争背后不可或缺的重要组成部分。楚楚动人的克里斯蒂娜，就是这些活跃于敌后运动的间谍之一。

经过特殊训练的克里斯蒂娜，在第二次世界大战时期以一个联络者的身份往来于战火纷飞的战场，进行策反、破坏、联络运动，为英、法、波、俄等国传递了许多重要的情报，为盟军在欧洲战场的作战提供了重要情报，为反法西斯事业做出了突出的贡献。

1943 年 2 月，正是西伯利亚最为寒冷的时候，刺骨的寒风在天地间不断地呼啸。此时，德国错误地判断了这里的天气情况，使苏军对纳粹德军的作战取得了重大的胜利，苏德战场的局势已经渐渐向苏联方面倾斜。

同年，盟军在西西里登陆。意大利国王发动了政变，被囚禁的法西斯三巨头之一的首相墨索里尼，宣布退出战争。虽然希特勒派出了特别行动队救出了被囚禁的墨索里尼，在意大利北部建立了法西斯政权，但是法西斯

克里斯蒂娜

的败局已初露端倪。

紧接着盟军在纳粹德军重兵防守的诺曼底成功地登陆,由此,盟军进入了对法西斯阵营的全面大反攻,胜利的曙光已经越来越近。

盟军在正面战场上的节节胜利极大地鼓舞了沦陷区人民的反抗情绪,尤其是战争初期沦陷的法国、波兰等国,各种抵抗纳粹分子的组织如同雨后春笋般涌现出来,很大程度上拖住了纳粹德军前进的步伐。

德军战线拉的太长,其后勤保障和对占领区的控制都需要抽出大量的军队来维持。无奈之下,德军只能在占领区抓苦役来维持后方的运输和修筑防御工事等。

为了逃避苦役以及被充当炮灰送入战场,无数的法国人逃进了绵延漫长的阿尔卑斯山脉中。在那里,法国人组成了马基游击队,充分发挥了游击战的特点,对德军在法国占领区的各种铁路、公路以及补给站进行了不间断地骚扰和破坏。这支游击队为此后法国获得解放发挥了巨大的作用。

此时,原来的法西斯轴心国之一的意大利已与纳粹德国反目成仇,双方发生了激烈的交战。克里斯蒂娜接到了英国特别行动执委会的一个机密任务:立即前往意大利,和那里的游击队以及其他部队取得联系,与法国马基游击队一起对修建在阿尔卑斯山附近的德军的后勤补给中心进行突击,让法国和意大利的反法西斯战线连成一片,进一步实现对德军的最后打击。

阿尔卑斯山脉是欧洲十分著名的山脉,那里虽然风光秀丽、景色迷人。但在这些迷人的外表下,险象环生,雪崩、坍陷的雪窟,棱角坚硬的岩石,使得这条山脉上许多的地带都十分危险。接到任务的克里斯蒂娜不仅要穿越这些危险的地带,而且还要突破德军的层层防线,才能和游击队取得联系。

德军布防的道路十分难走,装甲车开过后,使整个路面都变得更加凹凸不平了。此时,乔装打扮的克里斯蒂娜碰到了一支德军巡逻队。在这种状况下,如果有任何想逃避的举动或是闪躲的动作都会引起敌军的怀疑。

突然,克里斯蒂娜意识到自己的口袋里还装着特种行动执委会给即将前往战场的人配备的丝绸地图,这种材质的地图便于携带,即使折叠也无丝毫损害。但如果被巡逻队发现的话,那真的是必死无疑了。

此时,进行检查的德军正在逐渐向她逼近。突然,一辆越野吉普车从克里斯蒂娜身边飞驰而过,卷起了大片飞扬的尘土。克里斯蒂娜灵机一动,她将丝绸地图抽出来围在了脖子上,这样看上去就像是阻止灰尘落入脖颈一样,别人想不到这里面会有文章。

德军虽然对克里斯蒂娜进行了盘问,但并没有对她以及那条围巾多加注意,只是打量了她几眼,随便问了几句话就过去了,一次危机就这样化解了。

这一路上,克里斯蒂娜遇到好几次这样的险情,但她都凭借着出色的演技蒙混了过去。但是在即将踏入意大利与英国特工"罗杰"进行会合的时候,最大的一次危机出现了。

途中一支德国边境巡逻队追上了她,克里斯蒂娜知道麻烦又来了,如果现在急忙逃跑,子弹会毫不犹豫地射进自己的后背,结束自己的生命。

所以,她佯装镇定,一脸笑容地面对着几个德国士兵。

"嗨,我说你是要到那边找男人吗?"另一个德国兵嬉笑地调侃道,"我们伟大的日耳曼男人可要比那些意大利男人优秀得多啊!"

"不!当然不是了,长官。"克里斯蒂娜故作骄傲地说道,"我们日耳曼民族是世界上最优秀的民族,我们日耳曼男人个个都是最出色的英雄!"

"那你要到意大利去做什么?现在战事正紧,那边危险得很。"一名德国士兵继续说道,"没有我们日耳曼英雄的保护,像你这么年轻漂亮的姑娘独身过去是很危险的。我看我们还是把他带到安全的地方吧!"说着便准备把

克里斯蒂娜

克里斯蒂娜拉到车上去。

克里斯蒂娜慌乱不已,她知道,这次自己麻烦大了,这几个人肯定是色鬼,她知道自己一定不能被他们抓回去,否则不但自己会遭到他们的蹂躏,而且这次任务也将没办法完成。想到这里,克里斯蒂娜悄悄地把手伸到背后,时刻准备着和他们同归于尽。

这时一名身穿中士军装的德国军官从后面的车上跳了下来。他似乎感觉出克里斯蒂娜的与众不同,他好像发现克里斯蒂娜不知何时背向身后的双手。

"站在那别动!你,把手举起来放在头上。"中士大声命令道。

克里斯蒂娜毫不犹豫地照他的命令把双手放在头上,只是,她的手里已经握着一个拔了引线的手榴弹。克里斯蒂娜用流利的德语喊道:"中士,你必须放我过去,不然的话我们就同归于尽!"

很明显,这不是克里斯蒂娜在故意吓唬他们,她说话的同时也向德军士兵们靠近了两步。德军见此情形,也一下子明白了过来,这就是一个发疯女人,于是都慌张地跳上巡逻车逃跑了。

克里斯蒂娜的英勇无畏让她再次有惊无险地度过这一关,最终到达意大利布斯卡与英国特工"罗杰"会合。

翻山越岭,突破了层层关卡,精神处于高度紧绷的克里斯蒂娜此刻已经筋疲力尽了。"罗杰"对躺在床上休息的克里斯蒂娜劝说道:"希望保利娜小姐能够好好休息,养好身体再进行后续的任务。"作为一名间谍,他们的真实姓名早已经被遗忘,留下的只是一个又一个的代号,"保利娜"是克里斯蒂娜在意大利进行间谍活动的一个名字。

紧绷的神经得到了放松,克里斯蒂娜对"罗杰"说道:"谢谢你,'罗杰'。我不需要再休息了,你知道的,有一些工作我们必须要尽快去做,而且是越快越好。我们不能给德军任何可以喘息的机会,我们已经就要胜利了,不是吗?"

克里斯蒂娜从"罗杰"的手中接过了任务:去策反那些为德军效命的外国人的思想工作。

这些外国人是被纳粹德军俘虏的战俘士兵,纳粹德国的双线作战使得德军兵力吃紧,不得不启用这些战俘充当士兵。每当战斗开始的时候,德军就会给这些俘虏配备一些火枪,后面则是德军的督战队以及他们的机枪,一旦他们后撤,机枪便会毫不留情地收割他们的生命。

对于生命的珍惜是人的本性,没有人希望死亡,因此对这些战俘士兵们的策反工作也将是十分艰难的工作,但克里斯蒂娜还是接下了这个任务。

经过仔细的前期准备,克里斯蒂娜以寻找自己的丈夫为由,向德军表示愿意花大价钱赎回自己的丈夫。她还对德军表示,一个人的消失对于俘虏而言,将是微不足道的,没有人会追问的。就这样,在"钱可通神"的作用下,克里斯蒂娜终于成功地混入了战俘营。

克里斯蒂娜在战俘营的一个小屋子内, 对这里的俘虏发表了一场演说,她说道:"我的兄弟们,请你们好好反省一下你们现在的行为吧! 你们真的打算为你们的仇敌卖命吗? 法西斯在欧洲挑起了战争,把战火烧遍了我们美丽、富饶的土地,不光是我的祖国波兰,你们的那片广阔土地也是一样。纳粹分子的罪恶仍在蔓延,你们能装作视而不见吗? 是谁迫使你们离开故乡、离开妻儿,到这里做纳粹的奴隶? 又是谁让你们背负起'纳粹走狗'的骂名?"克里斯蒂娜丝毫没有停下来的意思,她似乎要激怒这里的人,"兄弟们,你们的祖国正在战胜德国,已将纳粹军队粉碎在斯大林格勒城下。我为你们感到无比的骄傲和自豪。但同时,我也为你们现在的行动感到羞愧万

克里斯蒂娜

分。"克里斯蒂娜再次沉默了一下，语气似乎也温和了一点。她攥紧了拳头，狠狠地咬着牙齿，目光坚毅地看着这些似乎被激发出斗志的士兵。"伙计们，拿起你们手里的武器瞄准我们共同的敌人吧！"克里斯蒂娜真切地说道，"盟军已在法国诺曼底成功登陆了，用不了多久，我们就能把纳粹赶回老家去。"克里斯蒂娜将这一鼓舞人心的消息通告给大家。

毫无疑问，克里斯蒂娜的演讲十分成功。当克里斯蒂娜离开战俘营地之后，营地内便爆发了内乱。战俘们抢了许多纳粹德军的武器，成为了游荡于德军后方的游击队，也有的人加入了法国的马基游击队，一同在敌人的后方战斗，直到战争结束，这些人带着光荣的解放勋章回到了自己的祖国。

对于身为波兰人的克里斯蒂娜而言，同胞之间的自相残杀让她心如刀割一般疼痛，不管是出于任务需要还是民族情感，她都积极劝说那些因威逼利诱被迫加入德国军队的波兰人，放下手中的武器，一致对外。

拉尔什山口也叫勒马德莱娜山口，作为连接周围地带的必经之路，是重要的军事要地。在那里，德国除了驻扎一些纳粹士兵外，更多的是波兰士兵，他们都是附近的居民，在纳粹的威胁或利诱下加入了德国军队。克里斯蒂娜此次的任务就是要对那里的波兰士兵进行策反，进而占领这个重要的军事要塞，为盟军后续进攻做好准备工作。

法西斯的猖狂和惨无人道是众所周知的，当法西斯在欧洲肆虐的同时，各种反法西斯的组织也在欧洲各地逐渐发展起来。此刻，克里斯蒂娜就来到了一个反法西斯阵营的秘密据点。在那里，通过种种关系，克里斯蒂娜搞到了一辆汽车。

因为主干道上德军的封锁和搜查异常严密，克里斯蒂娜只能驱车走别的小道。这些小道很多都是牧民们来回上山放牧时候走出来的道路，因而十分狭窄，且蜿蜒、崎岖，逡巡林立的巨石和陡峭笔直的悬崖时刻都对她的生命构成巨大威胁,再加上前一天晚上又下了一阵大雨,使得原本复杂危险的环境更增添了几分艰难。

蜿蜒的羊肠小道实在是太过狭窄了,克里斯蒂娜独自驾驶吉普车行驶一段时间后,便抛下车开始步行了。克里斯蒂娜足足用了一天半的时间,终于到达了山顶。在堡垒的背风处,她成功地找到了在那里的波兰联络人,让他们聚到一起,并用波兰语向那群波兰籍士兵说了自己此行的目的。

"兄弟们,见到你们真的是太好了!"克里斯蒂娜开门见山,"相信你们知道我为什么来这里,没错,我和大家一样,都是波兰人,都有共同的敌人——德国法西斯。""我想你们不会忘记1939年9月1日那一天,德国法西斯突然袭击了我们的国家,使我们国家遭到重创,人们的生活根本无法得到保障。现在我们终于有机会将他们打败,相信大家也很想早日回到自己的故乡,重建我们美丽的家园。"接着,克里斯蒂娜说了自己波兰贵族的身世以及这几年抗击德军的活动。克里斯蒂娜再一次发挥了她过人的口才和演讲才华。最后,她成功地说服同胞们离开德军,转而加入了抵抗部队。

在意大利,她又和一支拥有200名精锐士兵的游击队取得了联络。在意大利的阿尔卑斯山上,还协助游击队成功地袭扰了德军。从法国通往意大利的两条要道之间,他们占据着最高据点。这一点着实给德军带来不小的麻烦,因为德军的补给线要给前线补充战略物资必须要经过此处。打击敌人的补给线就会直接减轻前方士兵们的战争压力,为正面战场上早日击溃德国法西斯起到了一定的积极作用。

虽然说克里斯蒂娜身在敌后,没有参加战场上的激烈战斗,没有体验过枪林弹雨以及硝烟弥漫的战场气氛。但是,一场预谋已久的突袭即将到来。此时,克里斯蒂娜没有想到,他的战友们更没有想到。

1944年夏季,战争已经到了最后阶段,盟军在各个战场上的不断胜利,

克里斯蒂娜

使德军在士气上越来越消沉，随着战争的不断消耗和后勤的供应严重不足，使德军在战场上更为被动。

为了做最后的挣扎，试图在正面战场上取得扭转战争局势，德军采取了一项针对敌后战场的行动。目的主要就是清除频繁活跃在重要交通线上和一些主要物资供应区上的游击队，从而保证其后勤部队的快速跟进。自然，活跃在阿尔卑斯山区，地处意大利和法国边境线上的重要反德力量马基游击队，就在这次清扫计划的目标内。

在此期间，克里斯蒂娜已从意大利到了法国，而且是和"罗杰"一起回到法国迪涅。7月14日是法国的国庆日，"罗杰"和克里斯蒂娜一起去参加了在迪涅举行的一个庆典典礼。随着引擎发出的巨大的"隆隆"声，震透了稀疏的几朵云彩时，他们都翘首以待，愉快地注视着一架架飞机到来，战斗机群在哈利法克斯和飞行堡垒之间来回巡视。这些飞机将飞往韦科尔地区空投武器弹药以及生活物资，那里急需这些弹药和物资的供应。

一想到这场已经持续了5年的漫长如噩梦般的战争即将结束，一种轻松愉快的心情油然而生。此时的克里斯蒂娜正沉浸在对战争胜利后的规划幻想中。

德军方面此时也早已得到了这一准确情报。经过策划，德军最后作出决定，将在7月14日这一天，对迪涅地区和韦科尔地区施行报复式打击。

大约10点钟左右，最后一架飞机消失在云彩之中。两架战斗机突然出现在空中，所有的人都以为是英国飞机。然而，当它们向人群俯冲下来时，克里斯蒂娜和"罗杰"还有其他人几乎同时看到了飞机上那个可怕的"卐"形纳粹徽章。

这两架德国战斗机俯冲到离地面大约几十米的高度时开了火。紧接着飞机又升到高处，一轮俯冲扫射同时扔下几颗炸弹。地面上已乱作一团了，人们四散逃跑去寻找能够躲藏的地方,哭喊声、嚎叫声不绝于耳。

这仅仅是噩梦的开始,后来又有更多的轰炸机从不远的天空中飞过来。敌机在三次俯冲后就全都飞往韦科尔的方向。因为德军此行的主要目的是打击正在接收空头物资的马基游击队,随后炸弹如同雨点般落在了韦科尔地带。

克里斯蒂娜和"罗杰"立即带领一部分人前往韦科尔地区救援。救援行动之后,"罗杰"接到了一项新的任务,于是他又回到迪涅地区。

克里斯蒂娜继续留在了阿尔卑斯山区,她时而打扮成村姑模样,时而又扮作牧羊女,用各种身份掩护来为各个游击队送去一些指示或者下达一些命令。在敌后游击区的情报传递工作和组织联络游击队实行对德军的打击任务,克里斯蒂娜都做得十分出色。

正当克里斯蒂娜还在阿尔卑斯山区完成着情报机构安排的任务时,一个令她震惊的消息让她不得不停止手中的任务,因为"罗杰"和他的同伴被捕了,她必须立即去救"罗杰",她要尽快赶到迪涅,尽自己最大的努力把"罗杰"救出来。

在迪涅,克里斯蒂娜很快就找到了组织的联络处,当克里斯蒂娜到达的时候,在这附近执行任务的人员都来了,而克里斯蒂娜也通过别人了解到了整个事情的经过。

很快,联络处里就乱成了一锅粥,大家纷纷讨论着如何才能够将"罗杰"等人尽快地营救出来。

克里斯蒂娜知道,想要用武力去救"罗杰"等人,几乎是不可能成功的。对于纳粹分子而言,好不容易抓到了几个可能是间谍的人员,必定会派重兵看守,防止别人前去营救,甚至可能提早就布置好陷阱,等待着他们自投罗网。经过深思熟虑,克里斯蒂娜最后决定,自己独自一个人想办法去解救

克里斯蒂娜

"罗杰"等人。

事实上，克里斯蒂娜自己也清楚，留给她的时间没有多少了。作为一名间谍，尤其是一名女间谍，不仅需要间谍所需要的各种随机应变的能力，更需要有勇有谋。克里斯蒂娜不仅外表出众，经过多年的间谍生涯的锻炼，她在处理各种问题上也明显地成熟了许多。

为了能够成功解救出"罗杰"等人，克里斯蒂娜做了充足的准备。经过乔装打扮之后，克里斯蒂娜很快就来到了监狱附近。要想营救"罗杰"等人，首先摆在克里斯蒂娜面前的就是要确定他们具体被关押的位置，否则一切都是徒劳。通过金钱开道，克里斯蒂娜打着寻找亲戚的旗号，混进了监狱。

当克里斯蒂娜进入监牢后，里面弥漫着的气味差点让克里斯蒂娜吐了出来。监牢内非常阴暗，而且哀号声、叫骂声不断，尽管克里斯蒂娜很仔细地观察每一个牢房里的犯人，希望能够找到"罗杰"等人，但是监牢里实在太混乱了，她根本无法仔细去观察监牢里的每一个人。

忽然，克里斯蒂娜的脑海中灵感一闪，她想到她和"罗杰"都很喜欢的一首歌曲《弗兰基和约翰尼》。

于是，克里斯蒂娜哼起了这支歌曲，婉转的歌声从克里斯蒂娜的咽喉中轻轻地传出，在阴暗的牢房里四处回荡。她的方法的确很有效，没过多久，她就听到了"罗杰"独特的声音，顺着歌声望去，她确定了"罗杰"的具体位置。

紧接着，克里斯蒂娜就找到了监狱的宪兵，她想从宪兵的嘴里得到一些方便于她下一步行动的有用信息。她用恳求的语气对监狱的宪兵说："我是'罗杰'的妻子，他是在刚刚的一场大逮捕中被抓进来的，我很想见丈夫一面，希望你能帮帮忙。"

这位宪兵看着一声村姑打扮、又比较瘦弱的克里斯蒂娜，有一些心动想要帮助她，可是他没有那个能力，便说："这个忙我帮不了你，我能帮你的也就是送送食物之类的小事，如果你想见你丈夫的话，在这里唯一能帮到你的人可能就是艾伯特·申克上校了。因为申克上校是地方管辖区和那些德国法西斯的联络人。"

克里斯蒂娜离开监狱后，通过其他办法终于见到了申克上校。

"你好，上校，很不好意思打扰你，但是这件事也只有你能帮上忙。上次，德国人抓到了 3 名盟军特工，我的丈夫'罗杰'也在其中。"克里斯蒂娜看着申克上校说。

在克里斯蒂娜来找申克之前，申克就已经对她有了一定的了解。申克默默不语，继续听着克里斯蒂娜说。

看着申克审视的眼神，由于中间人的介绍，克里斯蒂娜心中似乎有底了，她接着说："关于我的情况，你可能已经调查了一些。不错，我也是一名英国特工。据我所知，现在盟军已经在离这不远的地方登陆，很快就会来到这里了。如果我的丈夫和朋友真的遇害了，我想你应该明白，等盟军到来的那一天，那些杀害我丈夫的人的生命也就到头了。我不是危言耸听，因为你们的手上沾满了我们战友的鲜血，盟军们一定会为他们报仇的。"

即使没有听到克里斯蒂娜的这些说辞，申克也知道德军在战争中的处境已经非常不利了，他也一直在权衡着自己到底应该怎样办。对于前方盟军所取得的一些战绩，他已经明显能感觉到，未来的胜利应该是盟军的。克里斯蒂娜用朴实的语言感染了申克，面对眼前的这位女人，申克不得不承认克里斯蒂娜是一位非常有主见、非常勇敢的特工。于是，他决定和她合作。

"这件事情我自己帮不了你，但是有一个人可以帮你，这个人叫马克斯·韦姆，他是那些德国人的'官方'翻译。但是要想找他帮忙，你得花很大

克里斯蒂娜

的血本。如果不花钱，那事情就办不了。所以你得弄到足够的现金让韦姆去打通关系。"申克看着克里斯蒂娜说。

经过申克上校的安排，克里斯蒂娜在申克夫人的公寓里见到了韦姆。

韦姆长得个子不高，而且还有点驼背。他穿着德国法西斯的制服，在腰上还别了一把枪。如果不认识他的人，根本想不到他是个什么级别的军官。

经过一番详谈，韦姆同意帮助克里斯蒂娜了，可他让克里斯蒂娜尽快筹到足够的酬金，否则的话他不敢保证是否能够成功把"罗杰"他们从监狱里弄出来。

克里斯蒂娜立即开始筹钱，她不想因为没有筹到钱而使韦姆改变主意。从韦姆那里离开之后，克里斯蒂娜以最快的速度回到了塞纳。她立即同总部取得了联系，把详细情况向总部汇报了一遍，希望总部给她空投 200 万法郎以便救回"罗杰"和同伴们的性命。总部在接到克里斯蒂娜的汇报后，马上就把钱给空投了过来。

现在，营救"罗杰"的一切都准备好了，唯一差的就是一个有利的时间。而此时，在监狱里的"罗杰"和其他同志，已经没有了往日的精神，感觉似乎在等待着死亡的来临。

虽然他们不知道死亡现在离他们有多远，但是那种生命危在旦夕的感觉却日渐强烈。从盖世太保的审讯室回来后，他们又被囚禁起来，那些德国法西斯只是简单地审问了他们，而且他们每天几乎都没怎么吃东西。

"罗杰"等几个同志都被安排在一个牢房里，即使这样，他们之间也不怎么讲话，因为有个奸细也被安排在他们这个牢房里。直到有一天中午的时候，"罗杰"他们第一次吃到了一顿像样的饭菜。这顿饮食的突然变化，好像意味着死亡已经来到了他们的身边，这好像是催命宴。

其实，"罗杰"他们不知道，在他们看来是送行的午餐，却是克里斯蒂娜营救他们的时候带来的。

那天下午，身穿国防军衣服，腰里仍旧别着那把左轮手枪，头上戴着印有骷髅画军帽的韦姆走进了监狱，命令宪兵们把"罗杰"三个人全部带出来。"罗杰"他们一看到这种情况，就更加确定中午的那顿饭是他们生命中的最后一顿饭了。

"罗杰"和同伴们战战兢兢地跟在韦姆的后面。韦姆从腰中把手枪拔了出来，押着"罗杰"他们走到了监狱门口。在监狱的外面停了一辆车，当时看见这辆车的"罗杰"心想，枪毙我们还要选择新的地方吗？

其实，在那辆车里坐着的就是来营救他们的克里斯蒂娜，为了不让其他人发现有什么异常，克里斯蒂娜没有下车。韦姆让"罗杰"三个人快点上那辆车，此时的三个人已经没有选择的权利了，但当"罗杰"他们走到车的跟前时，他们不敢相信自己的眼睛所看到的，车上居然坐着克里斯蒂娜。一直悬着的心终于落下了，原来这一切都是克里斯蒂娜安排的。"罗杰"他们迅速地上了车，随后汽车以最快的速度远离了监狱。大约在晚上 11 点钟的时候，他们把车停在了一座谷仓旁边。在那里，约翰·罗珀和几名工作人员正在等着他们。

看到克里斯蒂娜成功地把"罗杰"他们营救出来，大家都特别高兴。

在"罗杰"等同志被救走的同时，还有另一个好消息，就是美国装甲部队已经成功攻占了迪涅。

正如克里斯蒂娜保证的那样，韦姆和申克上校得到了保护。但后来申克上校因为没有听大家的劝告，导致他在迪涅遇害了。虽然申克上校不在了，克里斯蒂娜还是履行了她的诺言，对于申克夫人和他的两个孩子，她和"罗杰"都给予了很多帮助。

韦姆虽然受到了一点的小波折，但经过"罗杰"的帮助，韦姆最后安然

克里斯蒂娜

无恙地回到了他的故乡比利时。从此以后，再也没有听过韦姆的任何消息。

这次营救战友，克里斯蒂娜冒着生命危险与纳粹军官周旋。她在这次营救中所表现出来的才能，得到了大家的认可。她在这次任务中所肩负的责任，几乎超过了常人所能承受的限度。

在狱中的"罗杰"根本不会想到，克里斯蒂娜单枪匹马地就把他们救了出来。如果不是克里斯蒂娜有胆有谋，事先计划周全，营救也许不会成功。

智慧与美貌相并重，女间谍克里斯蒂娜历经千辛万苦，终于将战友从纳粹分子的手中救了出来。虽然这只是克里斯蒂娜间谍生涯中的一件小事而已，但是却拯救了"罗杰"等人的生命，使得英军的情报机构没有被泄露，保全了整个组织。

1944年，随着盟军的节节胜利，德国法西斯迅速溃退，盟军在欧洲战场上的失地也逐渐被收回，笼罩在欧洲大地上的战争阴霾正在慢慢散去，胜利的曙光即将在饱经战火的欧洲上空显现。这是个令所有人都欢欣鼓舞的时刻，克里斯蒂娜也和所有人一样沉浸在即将迎来胜利的喜悦之中。

克里斯蒂娜很享受她的这段战斗生活，充满危险和活力的战斗生活激励着她，刺激的间谍生涯充分地展现了她的才华，使她在各色人群中如鱼得水、游刃有余，一次次地完成了一个又一个充满危险的任务。

世界上总有很多巧合的事情，在克里伦酒店，她与约翰·罗珀不期而遇，能够结识像约翰·罗珀这样的新朋友，这让她很是兴奋，他们相约一起回伦敦。

几天后，克里斯蒂娜、约翰·罗珀和另外一名军官向抵抗部队借了一辆汽车，驱车来到了里昂。他们从里昂搭乘飞机，经过巴黎回到了伦敦。不断的交往加深了他们之间的友谊，更让他们成为了无所不谈的好朋友。

后来，英国特种行动执委会把克里斯蒂娜暂时安排在英国空军妇女辅助队工作,经过几个月的漫长等待,克里斯蒂娜接到了一个很光荣的任务。1944 年 11 月 21 日,她自豪地身穿英国皇家空军的制服抵达了意大利。约翰·罗珀当时也恰巧准备前往波兰执行任务,所以他们得以同行。在大街上,当安德鲁的奥佩尔牌小汽车映入眼帘时,他俩简直是兴奋极了。

与克里斯蒂娜的重逢让安德鲁心潮彭湃、激动万分。安德鲁心疼地看着克里斯蒂娜当时瘦得皮包骨的样子,好在她脸上一直洋溢着胜利的喜悦。因为有任务在身,安德鲁与克里斯蒂娜在一起的时间只有几天。但是在一起的那几天里,他们都非常开心,彼此都沉浸在劫后重逢的喜悦之中。

当时华沙起义刚结束,克里斯蒂娜又回到了莫诺波利。那时的波兰正经受着战火的蹂躏,克里斯蒂娜、安德鲁以及波兰分队由于无兵无权,只能眼睁睁地看着自己的祖国遭受劫难,此时对他们所有人来说,那都是令人难过的时刻。他们日夜守候在收音机旁,收听着前方的战报,密切关注着来自祖国的每一份信息。她此时最强烈的想法就是立即赶赴波兰,为自己饱经磨难的祖国尽自己的一份力量。

克里斯蒂娜的出色能力受到了思雷福尔上校的好评。她聪明、有活力,做事有干劲,给上校留下了深刻的印象。她为这些想进入波兰的英国军官介绍情况,让他们尽快了解波兰。

克里斯蒂娜当时住在巴里的帝国饭店,而安德鲁和约翰·罗珀则被共同安置在巴里后山上一间条件很差的冷屋子里。但罗珀却很少见到他的朋友们,因为他们正在努力从事波兰语的翻译工作,而且每天都要负责完成两次通讯任务。

那是个极其寒冷的冬天,天气恶劣极了。克里斯蒂娜他们遇上了意大利 30 多年来最为恶劣的气候,然而更为恶劣的是他们的心情。当时,克里斯蒂娜被派往华沙的任务已经被取消了,不能为祖国效劳的打击让她极度

克里斯蒂娜

地失望。

此时,安德鲁内心也有着无尽的苦衷,克里斯蒂娜的行为也总是让他痛心,不知有多少次他不得不被她的热烈追求者从她的身边赶走。其实他们之间早就互有协定,要各自过独立的生活,互不干涉,但两人在经过漫长的恋爱过程后,内心早已对对方深深地产生了一种嫉妒和占有的情感。他俩之间的爱依旧是那样的强烈,彼此依旧是那样需要对方,所以每次他俩相聚的时候,彼此都会感到异常的幸福,暂时忘掉所有的不愉快。

重逢的喜悦不能完全冲淡两人之间不愉快的记忆,安德鲁知道,取消前往华沙的任务让克里斯蒂娜的心情极为糟糕,他想让她休息与放松一下,调整好不愉快的心态,也可以重新找机会审视与选择两人之间的关系。

安德鲁精心安排了一个度假的计划,他找到了一个风景如画的小宾馆,在那里找好了几间舒适的房间,他觉得克里斯蒂娜会喜欢那里的。重逢以后他们还没有更多的机会进行交谈,经历了战争的洗涤,安德鲁有许多话要对克里斯蒂娜说。他不仅要向克里斯蒂娜在韦科尔和迪涅所取得的出色功绩表示祝贺,还要告诉她一个重要的人生决定,因为他第一次那么认真地考虑放弃自己个人独立生活的想法。他迫切地要将自己的决定告诉给克里斯蒂娜,希望就此改变她对婚姻生活多少有些偏见的观点。安德鲁怀着强烈的期待之情等待着自己筹划的假期的到来。

然而,事实却是与安德鲁的愿望相违背的。克里斯蒂娜决定即刻前往开罗,因为她要去设在那里的多边原子武装力量统帅部下属的行动部门工作。这也是克里斯蒂娜取消与安德鲁一同度假的唯一理由,也许这并非真正的原因,但是克里斯蒂娜也没有给过安德鲁其他理由。

克里斯蒂娜坚持把执行任务放在了与安德鲁的感情的前面,在这种情形下所发生的激烈争吵终止了他们之间那种和谐、完美的亲密之情。后来,尽管他们还会常常在一起,但是原来那种亲密感觉已经不复存在了。

人生就像一台戏,有序幕,有高潮,也有谢幕。女间谍克里斯蒂娜的人生就好似一台谍战大戏,她在人生的舞台上尽情地表演,上演了一幕又一幕的谍战大戏,随着剧情进入高潮,她的间谍之路也达到了高峰。但是,一部戏终有谢幕的时候,她的表演也随之结束了。

1952 年 6 月上旬的一天,艳阳高照,空气清新,树木染上一片新绿,山上不知名的野花在阳光的照耀下,竞相开放,争妍斗奇。一阵清风徐来,散发淡淡的幽香,沁人心脾。

这样的一个好天气,对应的应该是一个好心情。但是伦敦街头的人们却处于悲痛之中,应该说不仅仅是伦敦街头的人们,还应该包括受到克里斯蒂娜帮助的国家的人们的心情也都非常的沉重。

伦敦各大报纸的头条刊登了这样一条新闻:"一个不为人知的女间谍——克里斯蒂娜"。文章中报道了她被杀的原因和经过,包括杀她的凶手已经绳之于法,以及她做间谍时为同盟国窃取了哪些有用的情报,对世界反法西斯做出了怎样的贡献等。

文章的下面还附着她生前的一张照片。照片中,她坐在沙滩上,挽起裤管,赤着双脚,露着洁白的双臂,脸上洋溢着幸福的笑容。在她照片的旁边,就是杀害她的凶手丹尼斯的照片。这两张照片形成了鲜明的对比,一个是女英雄,一个是杀人凶手。

以"民族英雄——克里斯蒂娜"为头版的新闻出现在波兰的报纸上。报纸上详细报道了她的家世背景和她为波兰国家做出的贡献。当这几个大字映入了安德鲁的眼球时,他不能相信自己的眼睛,他不能相信这是事实,他更不能相信他挚爱的克里斯蒂娜会离他而去,他无法接受这个残酷的事实。心灵上的伤痛比肉体上的伤痛更难抚平。安德鲁瘫坐在沙发上,沉

克里斯蒂娜

默不语,他的精神几乎达到崩溃的程度了。但是,作为军人的安德鲁凭着坚强的意志终于克制住了自己的情绪。他尽量使自己保持平静的心态,然后用颤抖的手拿起报纸。虽然他不愿意面对克里斯蒂娜死亡的消息,但是为了给克里斯蒂娜报仇,他还是认真地阅读了报纸上的内容。渐渐地他的眼睛模糊了,泪水像断了线的珠子一样坠落在报纸上,落在了克里斯蒂娜的照片上,瞬间,照片中的克里斯蒂娜也流泪了。

伤心欲绝的安德鲁轻轻地抚摸着照片中的克里斯蒂娜,弯下腰深情地吻着克里斯蒂娜面如桃花的"脸"。

许久,他用凶狠的眼睛恶狠狠地盯着杀害克里斯蒂娜的凶手丹尼斯的照片。他不能原谅丹尼斯把他心爱的克里斯蒂娜杀害的事实。他在波兰一刻也没有逗留,立刻飞往英国,他要当面质问丹尼斯,为什么要杀害他的爱人克里斯蒂娜?

飞机缓缓地升入空中,安德鲁安静地坐在座位上,看着天外洁白的云朵,他仿佛看见了克里斯蒂娜的脸庞。他下意识地伸出双手想要抚摸克里斯蒂娜的脸庞,但是,他触摸到的是冰冷的玻璃窗。安德鲁清醒过来了,他痛苦地捂着自己的心口,泪水再一次地流出了眼窝,他的内心承受着痛苦的煎熬。

虽然只有几个小时的时间,但是在安德鲁的眼中却是漫长的,终于,飞机缓缓地降落在英国的机场。

女间谍克里斯蒂娜死去的消息传到了"罗杰"的耳中,"罗杰"先是一怔,因为他也无法相信这是事实。

克里斯蒂娜曾经救过"罗杰",她是"罗杰"的救命恩人。在"罗杰"意志消沉的时候,是克里斯蒂娜唤醒了他对生命的渴望。在渐渐的交往中,"罗杰"被克里斯蒂娜的人格所折服,被她对生命的追求和热爱所感动,被克里斯蒂娜对间谍道路的执著所钦佩,他在心底已经把克里斯蒂娜当作人生的榜样。

女间谍的生命不是结束在敌人的屠刀下,而是结束在一个患有精神病的人的手中。愤怒的"罗杰"通过报纸知道,原来杀死克里斯蒂娜的是一个纠缠她、爱慕她,又痛恨她的精神病患者。但是,"罗杰"不会因为那个人患有精神病而原谅他。

任何人无论在生前多么的风光、多么的辉煌,但是死后都要归入泥土。有的人可能会魂归故里,有的人却只能埋骨他乡,克里斯蒂娜已经冰凉的身体此刻就躺在异国的土地上。

天空中乌云密布,冷风无情地吞噬着伦敦的街头。克里斯蒂娜的情人安德鲁、敬佩她的代号为"罗杰"的英国间谍,她生前最后见面的朋友维斯坦、法国马基游击队的队员们,还有她生前的好友、同事,一起参加了克里斯蒂娜的葬礼。

葬礼很简单,没有奢华,只有庄严。伦敦教区著名的主教主持了简短的主教派葬仪,主教在祈祷完以后,又致了葬词。

经过简短的宗教仪式以后,护柩者抬着克里斯蒂娜的灵柩走入了肯萨尔—格林罗马天主教公墓。这个公墓的范围很大,呈半圆形,周围树木翁绿,墓地内芳草如茵。

洁白的墓碑鳞次栉比, 每一个墓碑代表着世界上一个鲜活生命的结束,也代表着活着的人对死去的人的思念和牵挂。乌云渐渐地散去,太阳光透着云朵照射到地面。法国游击队的队员们小心翼翼地抬着克里斯蒂娜的灵柩行驶在公墓的路上,地上留下他们抬着灵柩的影子。对于游击队队员们来说,克里斯蒂娜就是他们心中的女神、女英雄,克里斯蒂娜曾经很多次地帮助他们。当他们得知克里斯蒂娜死去的消息时,立刻从法国来到伦敦

克里斯蒂娜

参加克里斯蒂娜的葬礼,并请求参加埋葬克里斯蒂娜的仪式。

心如死灰的安德鲁走在最前面,他手中拿着克里斯蒂娜生前最喜欢的圣母像。他面无表情,眼窝深陷,眼睛直盯着正前方。

冷风吹拂着安德鲁面无表情的脸庞,不知不觉中,他们已经来到了克里斯蒂娜的墓地,那是一个圆形的墓穴,墓穴很大,能容下两个人。这是安德鲁亲自为他和克里斯蒂娜挑选的。他记得和克里斯蒂娜在一起的时候,克里斯蒂娜曾经依偎在他的怀中,他紧紧地搂着克里斯蒂娜的肩膀。克里斯蒂娜谈起她前两次婚姻的不幸,不禁潸然泪下。她希望和安德鲁的爱情能够幸福长久,能有一个圆满的结局。安德鲁承诺她,在他们死去以后,要埋在一个圆形的坟墓中,为他们的爱情画上一个圆满的符号,并且他们共同许下了生生世世做夫妻的誓言。

一块乌云把太阳的光芒遮住了,整个天空变得很昏暗。游击队的队员们把装有克里斯蒂娜遗体的灵柩放在了墓碑的旁边。

悲痛欲绝的安德鲁艰难地走到克里斯蒂娜的灵柩前,看着面色苍白、双眼紧闭、身体僵硬地躺在灵柩里的爱人克里斯蒂娜,他的哭泣声更加让人心碎。

渐渐清醒的安德鲁下意识地握了握手中的圣母像,这是克里斯蒂娜最喜欢的一张画像,自从得到这张临摹画像以后,克里斯蒂娜一直把它视为珍宝。如今,克里斯蒂娜已经离开人间,她生前最喜爱的东西也要伴随在她的身边,安德鲁要把克里斯蒂娜喜欢的圣母像挂在她的墓碑旁边。

在克里斯蒂娜 10 岁时,安德鲁就和她相识了。近 30 年的相处,虽然中间有很多时候他们没有生活在一起,但是上帝一直都在把他们的命运紧紧地安排在一起。

在德国入侵波兰的 1939 年秋,克里斯蒂娜和安德鲁又一次相遇了。这

次两个人都没有错过彼此，他们珍惜眼前美好的关系，开始恋人的生活。那段时间是克里斯蒂娜和安德鲁一生中最美好的时光。

安德鲁一遍一遍地回忆着和克里斯蒂娜在一起时的难忘时刻，不愿相信克里斯蒂娜已经逝去这个事实的安德鲁咆哮着，撕心裂肺的声音久久地在这安静的墓园里回响着。

痛苦的安德鲁没有忘记他特意为克里斯蒂娜带来的那两枚勋章，那是她生前最珍贵的东西。

"这是你生前获得的两枚勋章，今天我把它们带来了，让它们陪着你。"若有若无的声音从安德鲁的口中传出来。他拿出这两枚沉甸甸的勋章：一个是因救两名英国军官而被授予的乔治勋章，一个是因救索伦森少校而被法国授予的银星十字勋章。

安德鲁将这两枚勋章小心谨慎地放在克里斯蒂娜的胸前，它象征着克里斯蒂娜生前为正义之战而做过的屡屡事件，是对她功绩的一种肯定，更是对她为国家、为人民服务的一种赞赏。两枚银色的勋章静静地在克里斯蒂娜的身上映出微弱的光芒，好像它们也在为她的逝去感到惋惜。

身边的一名游击队员走过来，扶起趴在克里斯蒂娜灵柩前哭泣的安德鲁。

游击队员们缓缓地将灵柩盖从下往上推，随着灵柩盖的缓慢移动，一颗耀眼的明星、一个传奇的人物渐渐地远离我们。

她出生于富裕的贵族家庭，接受良好贵族教育的同时却也有着异常叛逆的童年。和其他的女孩子一样她也渴望爱情，但是却屡次被爱情的玫瑰刺得鲜血淋漓、遍体鳞伤。她选择了成为间谍，为反法西斯事业贡献出自己的一切，但是战后却连生计都难以维持。美若天仙、追求者众多的克里斯蒂娜，没有死在枪林弹雨的纳粹炮火之中，却十分讽刺地死在了她的追求者

克里斯蒂娜

手里。

从贵族出身的富家千金到后来生活的穷困潦倒，从柔弱、娇嫩的少女到坚强、果断的女间谍，从风靡万千的选美冠军到后来的讽刺死亡，克里斯蒂娜短暂的人生，经历了太多别人不曾经历的故事，跌宕起伏，波澜壮阔，有过耀眼的辉煌，让人膜拜；也有过惨淡、悲痛的人生，让人为之惋惜。

战争是复杂的，除了我们能够看到的枪林弹雨、炮弹纷飞的战场外，在这个战场的背后，还有着许多不为人知的战斗也在进行着。在战场的背后，有这样一群人在悄无声息、默默无闻地在为正面的战场做着努力，他们有着一个统一的名字——间谍，而出身贵族的克里斯蒂娜就是她们其中的一名佼佼者。

女间谍克里斯蒂娜为了波兰，为了同盟国，为了第二次世界大战最后的胜利所作出的功绩，是任何人或者任何事物都无法磨灭的。她的功勋不仅仅是她生前获得的那几枚勋章，在她死后，历史这块永不褪色的石碑上也深深地刻着克里斯蒂娜为这个世界做出的贡献。

清风徐徐，树木瑟瑟，低沉的音乐仿佛依旧在这块土地上回荡，向人们诉说着一段不为人知的历史，久久不曾散去。黑色的画像在坟地上随风飘荡，事已去，人已散，留下的只剩一堆寂寞的黄土，一座孤独的坟墓，一块冰凉的墓碑以及一段可歌可泣的人生。

事业、爱情双赢的女间谍
维吉尼亚·霍尔

　　美国有一个叫"自由之州"的美丽城市,坐落在美国东海岸中部的马里兰州,而维吉尼亚·霍尔正是出生在马里兰州最大的城市——巴尔的摩。

　　20世纪初,拥有属于自己的农场的人在巴尔的摩并不多见。霍尔的父亲当时有一座农场,这座农场是霍尔家祖辈相传的财富。可以说,霍尔父亲一家世代经营着自己的农场,这座农场是几代人的经营结果。农场不仅凝结了祖辈的智慧,而且也有许多家人在这里收获了浪漫和爱情,霍尔的父母就是其中的一对,他们在这里赢得了彼此的世界。霍尔的父母对这座农场有说不尽的情感,他们希望自己的孩子以后能够继承这座农场,并延续它的生命与活力。

　　1906年的春天,巴尔的摩却一直被凄寒笼罩着,天气像刚出生的娃娃一样阴晴不定,时而整整一天都在下雨,时而又风雪弥漫。

　　4月6日清晨,几天没露面的太阳挤开厚厚的云层,露出了它的笑脸,温暖的阳光照耀着土地。小草、树木在这温暖的阳光中也都伸直了自己的腰,接受着阳光洗礼。

　　此时,霍尔家的房子里,来来回回地走着不同的人,显得格外的忙乱、嘈杂。也许是小霍尔知道了外边阳光太美好,准备要出来了。响亮的婴儿啼哭突然响起,打破了忙碌焦急的人们脸上的表情。霍尔出生了。这一刻,阳

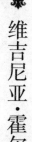

光好像更加的温暖、耀眼。

刚刚生产过的母亲躺在床上,脸上的笑容中透着一丝疲倦,父亲把婴儿交到母亲的怀中。父亲伸出手臂,将母亲和怀中的婴儿一起抱住,说:"亲爱的,这个孩子身上会有我们所有的爱,我们就叫她维吉尼亚·霍尔吧!"母亲赞同地点了点头。

在父母的宠爱下,霍尔渐渐地度过了快乐的童年时期。

马是一种高贵而深沉的动物,它独特的品格和魅力赢得了人类的尊重。霍尔自小就受到了父亲的影响,爱上了这个人类的朋友。霍尔家有一个马场,马场在农场的西北角。那里是小霍尔和父亲最喜欢并且经常去的地方。有时候,父亲会带着小霍尔骑在马上,在广阔的天地间策马狂奔。每当马在父亲的鞭子下飞快奔跑着的时候,小霍尔会在马上感受微风拂面的感觉,夏天还好一些。冬天的时候,刺骨的寒风像是要钻进骨头里,小霍尔在马上一声也不吭,当回到马舍,她的脸已经被风吹得通红了,但她还是兴致勃勃的,从她那兴奋的表情上能够看出来,她很喜欢这项运动。兴趣是最好的老师,父亲没有想到,他经常带着小霍尔去骑马,会让小霍尔对骑马产生兴趣。

时间飞速流转,没有任何一个人能够留住时间。此时小霍尔的外貌有了很大的变化,婴儿肥的脸蛋变成了鹅蛋型;红红的头发像是那耀眼的阳光,已经长过了肩膀;高挺的鼻梁,坚定地立在脸上;一双蓝似海洋的眼睛,让人一看就忍不住想要溺毙其中。尽管才是上小学的年纪,但是能看出长大后,霍尔的美丽不会输给任何人。

一年夏天,霍尔的父亲带着霍尔来到城里参观对美国有影响的一些地方。他们选择先去参观华盛顿纪念碑。这座纪念碑建成于 1829 年,矗立在芒特弗农广场上,纪念碑顶端矗立着华盛顿雕像,是华盛顿第一个大型纪念碑。站在纪念碑的前面，霍尔的父亲给霍尔讲着美国的历史，讲着那个年代发生的事情。霍尔静静地听着，在她的心里，萌生出一种信念，她也要为国家奉献。

离开华盛顿纪念碑时已经是中午了，父亲带着霍尔又来到爱伦坡故居参观。这是美国诗人埃德加·爱伦坡居住过的地方。在爱伦坡故居附近，有一座食品市场，父亲带着霍尔来食品市场吃点东西。据说，当年的华盛顿总统也曾在这里吃过饭。食品市场里，霍尔紧紧地抓着父亲的手，眼睛四处看着，这里面的东西好新奇，好些是她没见过的。

霍尔的父亲带着霍尔在市场里吃过午饭后，就来到一艘停泊在水面上的战舰参观。这艘战舰是在巴尔的摩下水的，在美国独立战争期间立下了赫赫战功，现在在它的起航地建立了一座博物馆。看着眼前斑驳的战舰，霍尔的心好像飞到了那个战火纷飞的年代。

离开战舰，父亲又带着霍尔来到了麦克亨利堡。这座城堡在第二次美英战争期间，成为了美军抵抗英军的前沿阵地。麦克亨利堡地理位置十分重要，扼守着进出港的要道。1814年，这座城堡被英军大炮不间断地炮击着。当时，为了解救被英军扣押的美国平民，一位勇敢的美国律师弗朗西斯·斯科特·基来到了阵前和英军交涉。这位律师看着英军炮击城堡，感到十分担忧，怕这座城堡会被英军占领，这样英军就会长驱直入了。可是，在英军炮击后的第二天，这位律师透过早上的浓雾看到了城堡上面的美国国旗，感慨万分，于是激情满怀地写下了《星条旗永不落》这首诗，后被配上曲谱后流传全国。霍尔听得热血沸腾，这次和父亲的参观给霍尔留下了深刻的印象，也在她心里埋下了"国家"两个字。

彩虹是令人着迷的，七彩缤纷的色彩装点着湛蓝的天空，让天空更加美丽；春天是令人满心欢喜的，因为她把希望和温暖带给人们，让人间充满

维吉尼亚·霍尔

希望的新鲜气息;大学是令人神往的,因为这里有青春的萌动,有理想的欢腾,更有着无人打扰的烂漫生活。

理想是青年人前进的动力。美丽的霍尔和普通的青年人一样,也有着自己的人生坐标。从中学时代开始,看到手拿公文包,穿着时尚,温文尔雅的外交官们,霍尔内心就会羡慕不已。离开了温暖、充满幸福气息的家,来到这里,霍尔有很多的不舍。

这里有陌生的环境,也有很多不熟悉的面孔,可霍尔没有退缩,因为她清楚地知道,来到大学就离她做外交官的梦想更近了。她已经不再是那个莽撞、贪玩的小霍尔了,她在心中已暗下决心,将自己的全部热情都投入到为自己的梦想而奋斗的路途中,努力地学习知识,让自己成为一名出色的外交官。

骑士的忠诚,誓死守卫自己效忠的家园。为了守护自己的家园不惜付出任何代价,甚至是生命。霍尔从小就非常地崇拜骑士,那种守卫精神使霍尔深深地折服。现在的霍尔守卫着自己的梦想就如同骑士一样,不离不弃,始终如一。

转眼间,霍尔就要大学毕业了。在深思熟虑之下,为了她能够成为外交官的梦想,她决定出国留学。因为做一名外交官,无论是在语言的学习,还是在风土人情的学习上,都离不开国外的大环境的渲染,所以要想成为一名合格的外交官,努力使自己在国外多感受一下,这是必要的,也是必不可少的。霍尔深深地认识到这一点的重要性,所以也希望父母支持自己出国留学的决定。

尽管霍尔的父母非常舍不得霍尔离开他们的身边,但是他们知道一直以来,霍尔为了自己的理想所付出的努力,因此还是支持她能够完成自己的理想。所以对于霍尔出国留学的这件事情,他们表示了赞成。

父母的支持带给霍尔非常大的动力，她开始着手准备留学的一些事宜，整装待发。

事情进展得很顺利，霍尔的留学手续办好了。远行的飞机带着霍尔飞向那未知的国度。

因为修习的是法语，所以霍尔留学的第一站是法国。

在来法国之前，霍尔就从书上看到过法国的一些介绍，知道法国是一个古老的国度，位于欧洲，濒临海洋，首都是巴黎，周围有很多的国家像德国、意大利、瑞士等。

法国的气候多样，但是可能是靠近海边的关系，法国人率真、浪漫，喜欢和大自然交朋友，地势有高原、平原、丘陵、盆地。当然，世界上最著名的阿尔卑斯山脉也在法国的境内。他的自然景观和风土人情吸引着霍尔，不过为了更贴近法国，霍尔决定要在法国停留的时间长一些，好能仔细欣赏法国。

来到事先定好的地方，收拾好自己的东西，霍尔决定先去街上转转，领略一下法国的风情。

艳阳高照，晴空万里。霍尔带着好心情出门了，她先后参观了埃菲尔铁塔、卢浮宫、巴黎圣母院、巴士底狱遗址、先贤祠、协和广场等地方。这些地方给霍尔留下了深刻的印象，仅仅是外观，就给她带来了一种心灵的震撼。

开学了，霍尔投入到了学习当中。作为一名留学生，她清楚地知道自己的追求。老师教的东西，她努力吸收着。刚开始的时候，由于语言上的困难，霍尔学习得很吃力，但是为了改变这种情况，她每天只睡几个小时，其余的时间都用来学习当地的语言。至于学习语言的方式，有时候她和当地人用语言沟通，有时候她会大声朗读当地的报纸，这样既锻炼了语言能力，又了解了当前最新的新闻时事。

维吉尼亚·霍尔

通过坚持不懈地努力，霍尔不仅能跟上老师讲课的进度，还成为了班级里的佼佼者。到了学习期满，她获得了学校的奖励。法国的学习结束了，霍尔看着眼前的地图想了想，决定了下个学习的地方是德国。

德国位于欧洲的西部，在欧洲的所有国家中，只有德国的邻国最多，霍尔认为在德国她能学到更多的知识，有助于她成为出色的外交官。

既然有了决定，霍尔就行动起来，她办理好去德国留学的事宜后，就来到了德国。不过霍尔没有想过，此时的德国会给她带来什么样的影响。

这时的德国处在一个复杂的环境中，魏玛政府在德国于第一次世界大战战败之后代表这个国家签订了《凡尔赛条约》，条约的内容多年来一直压制着德国的人民和军事力量。在希特勒"有心的"引导下，这个国家的人民正在燃起复仇的火焰，共和国的社会在以纳粹党为首的各个社会党团的摆弄下是非不断。

霍尔在这个时期来到了德国，她既看到了勤劳的德国人民，也看到了在混乱的社会环境下死去的人们。霍尔的心在颤抖着，她不理解为什么一些人会那么疯狂地对待自己的同胞，用残忍的手段杀死他们。

日子一天天的过去了，霍尔在德国看到了许多事，也学到了很多。接下来，她想去留学的国家是奥地利。

奥地利是音乐之都，在这个国家中诞生一大批具有影响的音乐家。奥地利位于欧洲的正中，因此也有人称奥地利为欧洲的心脏。在 1867 年的时候，奥地利和匈牙利签订条约，成为奥匈帝国。第一次世界大战后，奥匈帝国解体，奥地利成立了共和国。

读万卷书、行万里路，异域风情给年轻人带来太多的感受，太多的遐想。霍尔来到奥地利，立刻感受到奥地利的音乐文化氛围。在学习之余，霍尔去奥地利歌剧院欣赏了歌剧，也去音乐厅听了音乐。在这座充满音乐氛围的城市里，霍尔用她的脚步量遍了城市中每一处角落。但是，德国的状况给奥地利也带来了影响，霍尔将这一切都记在心里，希望自己在成为出色的外交官后，能给每一个国家带去和平。

时间过得很快，不知不觉中，霍尔在奥地利的留学生活也要结束了。尽管外面的世界很精彩，可是家的概念却有着越来越强大的吸引力。她在外边待了几年，有些想家了。母亲做的香甜可口的饭菜，父亲那坐在椅子上吸着烟的情形，不时地出现在霍尔的脑海中，她决定回家！

国外的留学生活让霍尔收获了很多。通过这段时间的留学，更加巩固了霍尔成为一名外交官的信心，她现在完全有能力胜任外交官这一职务。

对于自己的未来，霍尔充满了自信。

几年的留学经历让霍尔成长了不少，模样也发生了改变。以前的稚气已经从她身上退去，成熟、大方、美丽在霍尔身上体现出来。红红的头发披散着，走动时在肩上形成一道道浪花；宝石蓝的眼睛里闪烁出灵动的目光；高挺的鼻子、浓黑的眉毛都在彰显着霍尔的成熟。

在自己家的农场，霍尔待了一段时间，帮着父母做一些家务。霍尔认为这样做对于父母来说，也算是一种补偿。自己常年在外，家里面都是父母在操劳，如今从国外留学回来了，应该多做一些事。

上天对每个人都是公平的，它不会忘记每一个努力的人，只要付出就会有收获。经过了这么多年的学习，霍尔无论是在理论知识上，还是在实践应用上，都为成为一名优秀的外交官打下了牢固的基础。终于在 1931 年的一天，喜讯从天而降。早晨母亲在忙着收拾屋子，父亲出去工作了。电话铃声急促地响了起来，霍尔的母亲急忙放下手中的活，拿起电话。

"喂，你好。"

"你好，请问是维吉尼亚·霍尔吗？"电话那边说。

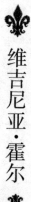

维吉尼亚·霍尔

"我是霍尔的母亲,请问你找霍尔有什么事?"母亲疑惑地问。

"我们这里是美国国务院,我们很欣赏维吉尼亚·霍尔的才华和能力,希望她能够来我们这里工作。"电话那边又说。

"哦,这是我们的荣幸,我会及时转告给她的,谢谢!"母亲听到这个消息非常兴奋,她深知能成为一名外交官是霍尔一直以来的梦想,为了这个梦想霍尔付出了很多。母亲的手都有些颤抖,她缓缓地推开门喊霍尔告诉她这个消息。霍尔听到这样的话有些发蒙,蓝色的大眼睛闪烁着疑惑而又惊讶的光芒,激动的心情久久不能平复。

从中学时代开始,霍尔就确立下自己的梦想——成为一名外交官。为了能够达到这一目标,霍尔一直坚持不懈地努力着。当不断努力追求的理想成为现实时,那种触动的感觉仿佛流星划过夜空带来的绚丽。那一瞬间的喜悦、复杂心情的交错,让人久久回味,不能自拔。

成功与失败往往只是一念之差;梦想与现实往往只是一步之遥;幸运与灾难往往只是一瞬之间。世间的很多东西,生活中的很多事情,我们常常无法预料、无法控制。我们能够做的就是尽量将事情变得更加妥善,更加完好。当困难来临时我们积极地去面对,乐观向上地应对这些问题,不逃避、不胆怯,只要做到这样,我们的生活就会充满希望。

身为一个外交人员,了解世界的政治动态,掌握世界格局的变化规律,这些内容都是必须关注的,霍尔深深地认识到了这一点。因此,她从上大学开始,就一直积极地关注和了解世界各个国家的政治事宜。

由于工作的特殊性,霍尔经常出国在外。工作虽然忙碌辛苦,但是她觉得非常的充实、开心。

在国务院工作的几年时间里,霍尔先后去了爱沙尼亚、奥地利等地,工作表现非常不错。最近她在美国驻土耳其大使馆工作,在这里她将要待上一段时间。

草长莺飞，万物并作，仿佛是在眨眼工夫，时间就到了 1939 年。与往年相比，进入这一年，身在大使馆工作的霍尔发现工作变得异常忙碌起来，每天要处理的事情与以前相比要多很多。由于世界上的一些国家存在政治纷争，因此世界的局势也变得敏感起来。

其实，当霍尔进入国务院的时候，国际社会就存在着诸多的问题和矛盾，特别是欧洲。到了 1939 年，欧洲紧张的局势不仅没有稳定下来，反而有着愈演愈烈的趋势。希特勒占领了莱茵河地区后，胃口越来越大，做起了武力征服世界的美梦，支持佛朗哥、同意大利和日本缔结盟约，接下来就是吞并奥地利和捷克斯洛伐克。

奉行绥靖政策的英、法两国政府天真地认为，只要满足希特勒的要求，就可赢得"时代和平"。

回顾从前，战争给人们带来了痛苦、损失、生命的消亡。战后签订的一系列不平等条约，为以后的矛盾恶化埋下了隐患。比如"一战"后签订的《凡尔赛条约》，就为第二次世界大战埋下了伏笔。因为在《凡尔赛条约》中，德国受到了近乎于侮辱性的削弱和限制，这就给希特勒发动第二次世界大战创造了机会和借口。

虽然德国在"一战"中战败了，但是德国的本土没有被战火波及，德国工业体系依旧完整，这为德国的迅速崛起提供了保障和基础。希特勒上台后，德国法西斯势力不断扩大，希特勒开始疯狂扩张。1939 年 8 月，德国将整个世界拖入了战争的深渊。

在霍尔刚成为外交官的时候，她的工作地点是在波兰。但是由于工作出色，霍尔的工作开始频繁调动，这一年她调到了美国驻土耳其大使馆工作。大使馆的工作非常繁忙，霍尔感觉压力很大，要强的她更是积极努

维吉尼亚·霍尔

力地去认识和观察这些她需要知道的东西。

就在此时，爱德华推开了霍尔办公室的门。爱德华是霍尔在工作中结识的好朋友，他是一个非常不错的小伙子，金色的头发，迷人的双眼，能说会道，乐于助人。除了在工作上的合作，平时霍尔和爱德华的来往也很频繁，因为他们在理想抱负、兴趣爱好等方面有很多共同之处。工作之余，他们也经常一起探讨两个人都感兴趣的话题。他们约定这个周末一起去骑马打猎。期盼的周末很快就到了，爱德华的心情格外愉悦，经过几天的考虑，他准备在今天打猎结束的时候，向霍尔表达他的爱意。

有时我们无法预知下一秒自己会发生什么，自己的下一秒又会是一个怎样的自己。正是这样，太多的未知让生活变得危险，变得复杂。此时，正处在骑马打猎的兴奋之中的霍尔根本没有想到一场意外在等着她，她为此付出了惨痛的代价。她的外交官梦想从此破灭，她的人生从此改变，她也走上了一条与众不同的道路，成为了隐蔽战线上的战士。

爱德华打猎的兴致正在高涨的时候，突然听到了前面的林子里在猎枪的声音响过之后，便是一声惨叫。爱德华的心乱了，他知道，刚才霍尔骑着马就是朝着那个方向去的，于是他扔下手中的猎物，夹紧马背，向那个方向快速地冲了过去。

爱德华看到此时的霍尔半躺在地上，身体僵硬，腿边有一大滩的血，而且还在不断地向外涌出来。看见爱德华，霍尔抱着左脚，脸色惨白，满脸的泪水地哀声叫道："好痛啊！救救我，爱德华！"

"这是怎么回事？"爱德华飞快下马，冲了过去，看着她腿上的伤口和不绝涌出的血液，顿时就慌神了，"天呐！霍尔，这是怎么了？"爱德华边喊着边从衣服上撕下了一大块布条，将霍尔流血的左脚紧紧地包裹着。

"我的马好像被什么东西绊倒了，猎枪掉在地上走火了，好疼！"霍尔的声音十分微弱，身体剧烈地颤抖着。

爱德华抱起霍尔，骑着马朝医院飞奔而去。

手术过后，霍尔仍处于昏迷状态，爱德华和其他一些同事在床边陪伴着她。病房里的气氛十分压抑，似乎要凝固了，霍尔的同事们脸色凝重。根据医生对他们的描述，由于伤势比较重，为了保证霍尔的生命安全，医生在万般无奈的境地下，决定将她的左腿膝盖以下切除掉。一条腿和生命相比孰重孰轻不难判断。然而，这对霍尔来说，却无疑是致命的打击。

同事们都知道，霍尔对外交官这份工作的热爱，对这份工作付出的努力，但是美国国务院是不会允许一个带着假肢的人在这里工作的。所以看着还没有醒来的霍尔，同事们的心里都很不是滋味，为她感到难过。

此时，爱德华一个人在医院里等候着霍尔的醒来。太阳收起了最后的一丝残辉，霍尔的手指轻轻动了一下，爱德华注意到了这个细节，急忙凑过身来轻声地唤着霍尔。

爱德华的心里是无比的沉重的，他并不想让霍尔知道她失掉了左腿，但是他也清楚，霍尔总有一天要勇敢地面对这些。

"霍尔，快起来吧。我是爱德华，你能听得到吗？霍尔！霍尔！"在爱德华的叫声中，霍尔缓缓地睁开了眼睛。她眼睛迷离地望着四周，虚弱地说："这是哪里？我在哪儿？"

爱德华握着她的手，安慰地说道："亲爱的霍尔，这里是医院，我们现在在医院。"

"我怎么在这里？为什么？"霍尔似乎被惊吓到了，猛然要挣扎着起身，爱德华急忙将她慢慢地扶起。就在这时，霍尔看到自己的左腿短了一大截。她不知道从哪里突然来了力量，用力甩开爱德华，双手颤抖着，向自己的腿摸去。那苍白的手轻轻地触碰那短了一截的左腿，霍尔的眼泪刹那间迸发

维吉尼亚·霍尔

涌出。

"这是怎么回事！爱德华,这腿是我的吗？为什么？为什么！"霍尔嘶吼着,用全身仅有的一些力气使劲地捶打着自己的腿,捶打之下,包扎好的腿又被涌出的鲜血染红了。爱德华眼里流露出心疼的目光,含着泪水,用力抱住霍尔,阻止她再去伤害自己的腿。

"霍尔,你冷静一下！那是你的腿,你要面对现实！"

理想是美好的,但是理想的美好往往会衬托出现实的残酷。霍尔疯狂地敲打着自己的身体,爱德华似乎已经控制不住了。

"天啊,我的腿呢？这是怎么回事,我该怎么办？啊！谁来救救我？天啊！"霍尔从爱德华的怀抱中挣扎出来。

爱德华劝阻道:"霍尔,你要勇敢一些！我们都很难过,可是我们更希望你坚强地站起来。生活还在继续,你要好好地生活下去！"

"不！不！我该怎么办？我无法再活下去了！"霍尔的心情又有几人能体会,失去了腿,在失去腿的同时,理想,她的理想也同时死去。她明白国务院不需要这样残缺的外交官,为了外交官的梦想,她付出了巨大的牺牲,这么多年的努力才换来今天的成功。如今这一切都要付诸东流了。她也想勇敢,可这又谈何容易呢？

透过病房的窗户,能看到外面已经是一片漆黑了,可这夜幕就如同霍尔那看不清的未来一样。霍尔也在默默地伤心,她沉浸在自己的世界里呆呆地看着窗外。霍尔似乎并没有察觉到同事们都在守着她,想要看清这黑暗的夜空之后藏着怎样的风景。她眼里的迷茫、眼里的忧伤、眼里的无助,似乎要把这黑暗的夜空撕碎。同事们都没有用话语来安慰、鼓励霍尔,因为他们知道,在事实面前,无论是多么华丽的语言,多么鼓舞人心的话语,都显得那么苍白,那么无力。面无表情的霍尔眼中聚集了泪水,一滴一滴从脸颊滑落。当一个人的梦想就这样被击得粉碎的时候,又有谁能镇定下来,又有谁能不去伤心呢?

这样的路只铺在霍尔自己的脚下,只有她自己能够拯救自己,没有人能够帮到她。霍尔在默默地拾起散碎在路上的生活,她是坚强的,当无助的情绪退了潮,坚强再次回到了她的心房。当然,这样的过程是漫长而曲折的,拾起生活的路是伴随着痛彻心扉的苦楚的。

月亮之所以亘古以来都被人们所传颂,是因为它有阴晴圆缺的变化;蝴蝶之所以美丽,是因为它要经历蜕变的疼痛;维纳斯之所以有着无法复制模仿的魅力,也是因为她的断臂残缺之美。人无完人,有些看似缺陷的东西,也许正是它的完美所在。好与坏,善与恶,美与丑,完美无瑕与漏洞百出,这些问题如何将其下结论,关键是要看看面对问题的人是从怎样的角度去对待这些问题。

随着伤势的稳定,霍尔出院了,回到了自己的住处。回到住处的霍尔,紧锁着房门,不见任何人。在霍尔的心中,有太多的不甘心,也有太多的无奈。她躲在屋子的角落里,双手抱膝,无尽的凄凉在屋内的四周环绕。霍尔不停地回忆着自己为梦想曾经付出的所有努力,一点一滴,丝丝环扣。

每当同学下课去玩的时候,她总是奔波着拿着书去图书馆学习;许多朋友已经工作,已经有了家庭的时候,她还在异国他乡为着自己的目标毫不懈怠地努力着;别人的父母在家中享受天伦之乐的时候,霍尔的父母仍然双双孤单地守在家中,担心着她在外面是否开心、是否安全。

每每想到这些,霍尔就揪得心痛,她默默地低下头,眼泪滴落在地板上。黑暗的屋子里,她躲在角落里不敢出来。看着自己仅剩一半的左腿,回想自己在打猎时的一幕幕场景,霍尔心里有着万千的后悔。

霍尔从来没有过这么低迷的时候,她已经不在乎伤口。她想用酒精来

维吉尼亚·霍尔

麻醉自己,地面上凌乱地散落着各样的空酒瓶。但是霍尔却发现,越是这样她就越痛苦,每每酒醒之后,她得到的不仅仅是伤痛,反而更多的是无尽的空虚。

房间的桌子上面摆着一封信,信封上面有着醒目的"辞职信"三个字,这是霍尔在酒醒时写的,她明白美国国务院不会再接受她了。

腿上的残缺让她饱受了失去的痛苦滋味,身在异国他乡,没有人能真正理解霍尔悲伤的根源究竟在哪里,所有的一切都要霍尔独自去面对,这对于一向一帆风顺的霍尔来说,无疑是致命的重击。

美丽的面容,满腹的才华,远大的理想,有良好的教育,她的一切都很顺利。就这样一个近乎于完美的人,如今要面对常人无法忍受的磨难,这让霍尔痛不欲生,不知所措。

孩子是父母的心头肉,不管距离有多远,父母对孩子的爱永远都不会变。"霍尔!霍尔!"爱德华在外面用力地敲打着房门,他已经来了很多次了。在前几次的时候,霍尔没有打开过房门,爱德华每一次都是无功而返。但这一次,爱德华决定无论如何也要见到霍尔,因为霍尔受伤的消息已经通知给了她的父母,她的父母正在马不停蹄地朝这边赶。

"霍尔,你开开门,你已经几天没有好好地吃过东西了,我很担心你,求你快把门打开。"爱德华的叫声透过房门,霍尔虽然听见了,却还是维持着以前姿势,一动不动。接连的叫喊声没有得到回答,爱德华有些难耐了,他准备破门而入。就在他刚要用力的时候,紧掩了几天的房门终于被慢慢地打开了一个小缝。

"你还好吧?我快担心死了。"爱德华关切地问,双手用力抱紧霍尔,霍尔的身子无力地靠向爱德华,她或许是真的累了。已经没有过多的力气说

一句话,爱德华将霍尔扶到了床上,开始帮她收拾起屋子来。

"你要振作起来,霍尔,我们对你都非常有信心,要照顾好自己。"他一边收拾着东西一边说,眼里泛着泪花,"你的父母已经知道你受伤的消息了,他们已经在来的路上了,可能最近几天就会到了,希望你好好调整一下情绪,别让他们太难过。"爱德华真的很喜欢霍尔,他希望霍尔能振作起来,面对现实,不希望霍尔的父母见到霍尔现在如此堕落的模样。

"你怎么和他们说了,我不想让他们知道!"听见爱德华说自己的父母已经在来的路上,霍尔生气地对着爱德华说。

"他们终究会有知道的一天,这是不可避免的!这是一件不走运的事儿,让我们一起帮助你好吗?"爱德华用渴求的眼神看着霍尔,希望她能读懂自己的心意。看着爱德华的眼神,霍尔像是明白了什么,之后就扭头避开了。

几个小时过去了,屋内被爱德华收拾得焕然一新,他为霍尔烹制了一桌子美味的食物,整间屋子充满了生活的气息。

"过来吃点东西,吃饱了才有力气去工作。"爱德华不经意间说到了工作两个字,转念间就后悔了。"对不起,霍尔,我……"

"没事的,我已经将我的辞职信写好了,等过阵子伤势完全好了之后,我就将辞职信交上去。"霍尔故作轻松,但话语间却流露出无尽的伤感与无奈。

"不管怎么样,你要战胜你自己,不要气馁。既然活着,那就精彩地活着,而且你要比别人活得更精彩!"听到这些话,霍尔突然眼前一亮,脑海中闪过一丝希望,也好像突然明白过来些什么,嘴角露出一抹久违的微笑。"谢谢你!我会坚强生活的,活出属于我的精彩人生。"说罢,两个人就一起吃饭了,虽然霍尔吃得不多,可是看得出来她在尽力地吃下每一口东西。

维吉尼亚·霍尔

"活出属于自己的精彩人生"，霍尔在以后的日子里做到了，成为间谍后的霍尔一直记得当年的这句话，并为这句话努力着。

爱德华的话对霍尔产生了很大的影响，她重新振作起来，伤势好得很快。等伤势完全好了之后，霍尔带着自己的辞职信来到了大使馆。虽然上级领导一直很欣赏霍尔的工作能力，正准备提拔霍尔，但是事与愿违，面对这样的结果，也只能非常惋惜地接受了霍尔的辞职。

尽管心里有了信心，但是面对现实，霍尔还是很迷茫；虽然有万千的不舍，可是未来的路还是要自己走。过一段时间父母就要到了，霍尔决定要展现给他们自己最好的一面。在爱德华的帮助下，霍尔找到了一家订做假肢的工厂，新的假肢很快就做好了，当工厂将新的假肢送来之后，霍尔摸着假肢，眼里流出了泪水。

霍尔将自己的眼泪擦去，把假肢装到了自己左腿上。刚刚装上假肢的时候，霍尔有些不习惯，毕竟已经好长时间没有用左腿了，所以左腿显得不灵活。但是看着自己的两条腿都能站在地面上，霍尔的心情好了许多。

从装上假肢开始，霍尔每天都在练习用假肢走路，慢慢地习惯没有左腿的日子。刚开始练习的时候，假肢和自己的左腿磨合得不太好，再加上大量的练习，到了晚上，霍尔的左腿和假肢相连接的地方总是血肉模糊。爱德华有时在下班之后会来到霍尔的家里，帮助霍尔做些家务，这时他就会看到霍尔血肉模糊的腿，他感到十分心痛。

霍尔已经逐渐习惯了使用假肢，虽然使用得还不算灵活，但是这已经很好了。日子就在练习中飞快地跑掉了，这天，爱德华告诉霍尔她的父母明天就到了，霍尔为了把完美的一面呈现在父母的面前，她决定去火车站接他们。

来往的行人都能看见一个长着红色的头发、蓝色的眼睛，脸色有些苍白的女子站在车站的门口似乎在等待着什么。车到了，人们在陆续地往车站外面走去，当霍尔的父母走到在车站门口等候的霍尔身边时，抑制不住的泪水奔涌而出，三个人拥在了一起，哭声一片。

此时此刻，社会动荡，到处充满了硝烟的血腥气息，两位老人想把自己的孩子接回家中，不想霍尔再在外面奔波忙碌了。他们明白霍尔梦想破灭的痛苦，可是毕竟外面并不安全，又没有人可以很好地照顾霍尔，他们已经在心里这样打算着。

但是前些日子，爱德华说过他有朋友在法国，如果霍尔要去法国的话，他可以帮助霍尔。霍尔以前在法国巴黎留过学，能够讲一口流利的法语，对那里有一定的了解，所以打算离开土耳其去法国。与回到家乡相比，霍尔还是更愿意留在外面。她虽然已经从痛苦中慢慢挣脱出来了，可是对于其内心而言，她还是不甘心就这样消沉下去。在她的心中有着一股傲气和不服输的精神，她不相信自己的命运就此停滞不前。

但是霍尔的父母并不同意霍尔离开他们，经过几次交谈，父母的态度还是很坚决。

有一天，母亲对霍尔说："听说有一个小伙子在你受伤的时候一直照料着你，为了表示感谢，你邀请他来家里吃饭吧！"霍尔点头，之后就给爱德华打了电话，确定了时间。

这一天很快就到了，爱德华穿上自己最好的衣服，带上准备好的礼物就出门了。其实，爱德华心里一直都喜欢着霍尔，如果不是霍尔受伤，那天打猎的时候，他就要向霍尔表白了。但是世事难料，一场意外让爱德华没能成功地表白。不过在爱德华看来，这不过是上天考验他对霍尔是否有真感情，只是个小插曲而已。这次，他决定趁这个时机向霍尔表白自己的感情。

来到霍尔的家，几个人在餐桌上说说笑笑地吃了饭，霍尔的父母向爱

维吉尼亚·霍尔

德华表示了感谢。窗外阳光明媚,吃过饭之后,爱德华邀请霍尔出去走走,他决定要向霍尔表白。

两个人沿着平整的马路向前走着,来到了市区的一座公园内。霍尔还没有完全适应假肢,不能长时间走动,两人便找了一处石凳坐了下来。

阳光是那么的明媚,他无私地将爱洒向了大地,世间万物都在他的普照之下,生机勃勃地生长着。望着阳光下的霍尔,火红的头发更加耀眼,蓝色的眼睛那样深邃,让人想沉溺其中。爱德华着迷地看着霍尔,鼓起勇气说:"霍尔,我很喜欢你!我们的关系能比朋友更进一步吗?"

突如其来的表白让霍尔愣住了,她没有想到爱德华会跟她说这件事,一时间不知道怎么回答。

霍尔面无表情,爱德华的心有些忐忑不安,接着说:"我真的很喜欢你!其实从你刚来到大使馆时我就注意到你了,那时的你充满着阳光,散发出蓬勃的朝气,一身职业装更是让你充满着职业女性的智慧,你的身影总是在我脑中徘徊,挥之不去。"

霍尔沉默了,她思考了一会儿,对爱德华说:"如果是以前的我,我也许会答应你的。但是现在,我认为我们不适合。"

"为什么?我希望我以后的人生路上,你会在我身边,让我为你分担你的痛苦,不管是风风雨雨,我们一起面对,一起走下去。"爱德华激动地说。

"爱德华,你冷静些。让我们做朋友,一辈子的朋友!"霍尔说着就伸出了自己的手。

"霍尔,你真是太冷静了,我们当然会是朋友,一辈子的朋友!我会等着你。"爱德华给出了霍尔想要的承诺,也伸出了自己的手。两个人的手紧紧地握在了一起。

"爱德华,我需要你的帮助。"霍尔对爱德华说,她希望爱德华能帮助她说服她的父母,同意她去法国。"有什么事情你就说吧,我们是朋友。"爱德华说。

两个人回到了霍尔的住处,爱德华为了帮助霍尔,拿出了他当外交官的经验,开始了演说。从父母和孩子之间的关系到目前世界的局势,能想到的能说的爱德华一点不落,霍尔看着拼命劝说的爱德华不禁笑了,给他倒了杯水。当爱德华的告白告一段落后,霍尔的父亲终于对这位准女婿露出了笑容。

霍尔的父母知道霍尔想要去法国的决心,尽管已经残疾的霍尔在外面奔波会使他们提心吊胆、寝食难安,但是面对女儿的选择,他们决定给予尊重。

相聚总是那么的短暂,离别的无奈总是在心头淡淡的萦绕。车站,霍尔和父亲、母亲话别。送走父母之后,霍尔也要出发了,她转身看了一眼这座城市,这是她曾经战斗过的地方。车来了,霍尔上了车,没有回头,目标明确地前进。

在战火纷飞的年代里,涌现出很多的杰出人物,他们抛头颅、洒热血,为了正义的事业不惜牺牲宝贵的生命。但是有这样一群人,他们每天在刀锋上游走,却常常被人们遗忘。他们可能不在战场上杀敌,但是却可以消灭千军万马。他们可能救民族于危难之中,但却从不争名争利,默默地隐身于人海中。他们做事很高调,但做人却非常低调。他们淡然面对生死,凭借自己的勇敢和智慧谱写着一段段潜伏的传奇,他们被称为间谍。

间谍通常都是神秘的,看似离你很近,但是实际上却相隔万水千山;他们看似很简单,但是却又那么独特而又难以捉摸。俗话说,知己知彼,百战不殆。准确的情报在战争中起着非常重要的作用,有时会影响战场的局势,甚至决定战争的走向。但是准确情报的来源则要靠间谍了,是他们凭借自身过硬的本领,沉稳冷静的性格以及随机应变的能力游走于生与死的边

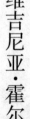

维吉尼亚·霍尔

缘,缔造着一个又一个不朽的神话。他们披着厚厚的伪装,人们看到的往往是他们那随和的性格,镇定自若的神态,却很少看到面纱下那冷酷的面孔以及略带杀气的眼神。他们用个人独有的手段,密切地注视着黑暗中的一举一动,暗暗地控制着局势的发展。

利益与正义、和平之间总是会发生冲突,在希特勒指挥德军入侵波兰后,第二次世界大战就爆发了。此时的人们还没有看清,这场战争会将全世界都卷入进去,这是全人类的灾难,最终是一场法西斯与反法西斯之间的较量。

虽然战争是残酷的,但是在这种无情的搏杀中,不论是勇者的刚强无畏、奋力拼杀,还是智者的聪明才智、敏锐机警,他们都以自己独特的方式撰写着精彩的人生。

霍尔离开了土耳其,在爱德华的帮助下,来到了法国。在法国的众多城市里,霍尔选择了巴黎。在她看来,巴黎是一座大的都市,会有很多的机会,她希望能在这座城市里找到合适的工作。当然,工作的内容应该是和她的理想贴近。

几经周折,霍尔终于找到了一份救护车服务人员的工作。但这不是普通的民用救护车,而是战地救护车。战地救护车其实就是流动的医院,是为了配合战争的需要出现的。

得到这份工作,霍尔很高兴。因为这份工作能利用她所具备的外交知识,能了解战场情况和世界局势。霍尔十分珍惜这份工作,几个月下来,法军士兵都知道有一位漂亮的战地救护车服务人员,说话风趣,知识渊博,对人和蔼可亲。

希特勒的欲望日益膨胀,他将目光瞄准了法国。法国,是这场噩梦的牺牲品。为了报复"一战"中的一箭之仇,德军制定了代号为"黄色方案"的作战计划。1940 年的春天不仅没有春的气息,而且还硝烟弥漫,幻灭了所有的希望。纳粹德国在这个季节里进攻了法国。法国防线没能守住,德军长驱直入,占领了巴黎。

对于纳粹的疯狂做法,霍尔是知道的。现在除了英国,整个西欧都在纳粹的控制之下。思前想后,霍尔决定前往伦敦,希望在伦敦找到自己追求的事业。

霍尔靠着自己的才智,顺利通过了德军的层层封锁,辗转来到伦敦。这一路上,霍尔再一次见识到了纳粹的疯狂,她的内心十分愤怒,因此她决定要成为一名与纳粹做斗争的战士。

怀揣着对梦想的那份憧憬,背负着对正义的那份追求,霍尔踏上了追逐梦想的旅程。然而,原本信心满满的霍尔被残酷的现实打击得体无完肤,身心俱疲。

原来,军队有严格规定,身体残疾一律不得参军。虽然霍尔的各项素质都能达标,但当体检的时候,他们发现霍尔腿部有残疾后,就残忍地拒绝了霍尔的请求。一时间,霍尔很痛苦,又一次陷入了迷茫之中。

看着自己那残缺的身体,霍尔心里痛苦极了。但是她知道,自己不能这样碌碌无为,郁郁而终。所以,她不再消极,她开始忙碌起来。白天,她辛勤地四处找工作,利用空暇的时间,她就去图书馆看书,她不断地用知识来熏陶自己、充实自己。她知道,只有更好地完善自己,才能为以后的工作打下更坚实的基础。

功夫不负有心人,很快,霍尔在大使馆找到了一份勤杂工的工作。这份工作使得她可以近距离地接触外交官,离她的梦想更近一点。霍尔心里清楚,这份工作不可能是自己永远的归宿,它只不过是自己实现理想过程中的一块跳板。她在寻找合适的机会来改变这一切。她时刻关心战争的进程,

维吉尼亚·霍尔

关心国际局势的发展，她在等待自己能大展拳脚的那一时刻。精诚所至，金石为开。在霍尔的不断努力下，终于有一天，一个机会向她走来。通过一个偶然的机会，她遇到了英国准军事机构"特别行动委员会"的传奇人物维拉·阿特金斯。霍尔知道，对她来说，这是一个绝佳的机会，她必须牢牢抓住。在与维拉·阿特金斯的简单对话中，霍尔使出浑身解数，让维拉·阿特金斯牢牢地记住了这个奇特的女孩子。她不仅会说一门流利的法语，更重要的是，她思维缜密，对时局有着独到的见解，而且她心系正义，一心想施展自己的才华。

维拉·阿特金斯觉得霍尔各方面都比较出色，有成为一名特工的潜质。霍尔像貌特别出众，高挑的身材、精致的脸庞，举手投足间流露出的高贵气质，都使得这个女子是那么的与众不同，那么的吸引人的目光。

霍尔从此成为了英国准军事机构"特别行动委员会"的特工。维拉·阿特金斯在作这一决定时是经过慎重考虑的，因为"特别行动委员会"从来没有女特工。但是维拉·阿特金斯有种直觉，他觉得霍尔一定会成为一名优秀特工。他决定先对霍尔进行培训，以此来验证自己的眼光。

当霍尔得知自己将接受"特工"这一特殊职务时，心里久久不能平静。不分国界的工作是特工最重要的特点，他们不问出身，只效忠于培养自己的情报机构。特工的另一大特点是忠诚，他们可以为了所效力的一方，不惜牺牲自己的生命。

霍尔虽然具备了当特工的一些基本素质和技能，但是对于特工来说，这些素质和技能都只是皮毛。为了成为一名合格的特工，霍尔要经历一系列的魔鬼训练。

首先，霍尔做了一些心理测试，例如测谎、药物催眠等等。做这些的目的是要测试一下她的忠诚度，她对思维意识的控制能力，以确保以后在遇到危险时,在面对敌人的威逼利诱的时候,不泄露组织的秘密。这方面的测试是非常严格的,使用的设备也是非常先进的。因为这个环节是所有环节中最为重要的。情报组织在选人时,必须确保绝对的忠诚、绝对的可靠,确保她能为了组织的利益,牺牲自己的利益,并且能够抵得住外界的诱惑。

霍尔不费吹灰之力就通过了这些测试,因为从她决定当特工的那天起,她就把自己的生死置之度外了。她的心里只剩下任务,只剩下组织的利益,所以,这些测试根本就难不倒她,反而证明了她的无限忠诚。

虽然霍尔说着一口流利的法语,但是战争形势很危急,不确定会被派往哪个国家。这就要求霍尔必须学习其他国家的语言。时间短、任务重,只有具备超凡的语言学习能力,把外国语说得和母语一样的地道,才能顺利地混进敌人的内部,稳稳地潜伏在敌人的壁垒中。虽然学习的过程很艰难,但是难不倒勤奋好学、意志坚定的霍尔,她挑灯夜战,常常苦读到天明,终于在短短的时间内掌握了两三种常用的外语,为自己的间谍生涯打下了良好的基础。

语言是通向特工生涯的铺路石,那么学会驾驶就是危机时的护身符。霍尔之前并没有驾驶过汽车,一切都得从头学起,可是霍尔由于腿部的残疾,她刚踏上驾驶的旅途,就麻烦不断,困难重重。对霍尔来说,因为左腿残疾,在驾驶过程中随时都可能面临驾驶失灵的局面,产生的后果不仅仅是危险的,而且是致命的。教练让霍尔放弃,但是她不甘心就这样放弃,想想自己以前的经历,她觉得必须挑战自己,克服腿部残疾的困难,正常人能做到的事情,她一样可以做到。

怀着这样的信念,霍尔一次次锻炼僵硬的左腿。每用一次力,一股钻心的疼痛便迅速蔓延全身。霍尔忍住剧痛,一点点地摸索着,尝试着。白天训练完,晚上霍尔会趁着同事们睡觉的时候偷偷地跑回去训练。由于每天锻炼时间过长,锻炼强度过大,霍尔的左腿被磨得伤痕累累,血流不止,但是她仿佛并没有注意到这一切,而是不停地锻炼着。功夫不负有心人,有一天,在训练时,教练忽然发现霍尔可以和正常人一样地驾驶了。

都说特工的工作是极其危险的,每天都过着朝不保夕的生活。在危险来袭时,必须要有真功夫才能在危机中逃生。

在学习格斗的过程中,霍尔常常达不到教练的标准,没办法做到那么灵活,动作也没有那么迅速,但是霍尔很聪明,她懂得扬长避短,她的防御能力特别强,而且她不是仅靠蛮力取胜,她心思缜密,善于观察,经过长时间的摸索和总结,霍尔掌握了格斗的基本要领和克敌制胜的诀窍,她技艺精湛,不断克服了腿部的缺点,而且明显比同期训练的同事更为出色。

由于特工工作的隐蔽性,不能不时刻小心提防,以防被敌人发现蛛丝马迹。所以,他们需要携带武器,但是必须是不易被别人发现的。所以特工需要易携带而且科技含量比较高、威力比较大的武器。当一个人面对一群人时,有震慑力的武器才能镇住敌人。这些武器通常被藏在身体的某个部位,或是安放在一些不起眼、不易被怀疑的物品中。例如死亡之吻——口红手枪,顾名思义,就是一种口径为 4 毫米左右,外观做成口红形状的看上去特别美观小巧的一种手枪。这种手枪是专门为女间谍设计的间谍工具,构思巧妙,不易被怀疑,是间谍工具中使用简单方便、具有代表性的作品。

无线电通信是特工必须掌握的重要能力之一。因为特工虽然是作为一个单独的个体隐藏在敌对阵营之中,但是他需要不定期地和组织联系,按照上级指示办事,这就需要懂得无线电通信。

特工要熟练使用密码电台,学会破解各种密码。组织成员之间秘密联系时大都通过密码电台。而破解密码的能力对间谍来说也是种最基本的能力,这样在截获敌人的秘密信息时才能全方位地了解敌人的情报,更好地为服务组织谋取利益。人体解剖学也是间谍必学的课程之一，把特工训练得冷酷无情，不带感情色彩，在执行任务时能够举得起刀、下得了手，这就是人体解剖学训练的目的。通过解剖，还能清楚地了解人体最脆弱的器官是哪里，怎样才能一下击中最脆弱的器官，这也为以后的间谍生涯中能够最有效地击毙敌人打下了基础。

即使再完美的表演，也会有露出破绽的瞬间。当你成为敌人攻击的目标，面临敌人大范围的追捕时，易容术成了特工逃生的一种重要手段。

霍尔非常擅长易容术，因为她平时善于观察，想象力也特别丰富，这样在易容时就能更随心所欲。就连每天和她在一起训练的队友们，也常常会被霍尔高超的易容术蒙蔽双眼，这为霍尔传奇的间谍生涯奠定了基础。

经过了一系列的魔鬼训练，霍尔终于正式成为英国准军事机构"特别行动委员会"的一名特工。值得一提的是，霍尔是该组织的首名外线女特工。当她以神秘的姿态游走在明与暗的边缘线上，没有人能看得出她曾经的稚嫩。

没有人知道这一切的一切，都是在经过魔鬼般的训练后，慢慢磨炼成的。没有人知道她为了这一天所承受的痛苦与磨难。多少次，她忍住自己的眼泪；多少次，在夜深人静的时候，她独自抚摸着自己的伤口。彷徨过、失望过，可就是没有放弃过。她用自己的行动践行着自己的诺言，书写着无悔的青春。

不久，霍尔接到了通知，她被派往法国去执行秘密任务。她马上就要踏上间谍的道路，她将在梦想的国度里扬帆起航，创造自己的传奇人生。

时间飞逝，历史的车轮在不断变幻着轨迹。世事在轮回中发生变化，新生事物终将取缔旧的事物。

万物复苏，大地母亲孕育着新的生命，自然界的万物都做好了生发的

维吉尼亚·霍尔

准备。一切看上去是那么的和谐平静,那么的美好,殊不知在这份美好的下面蕴含着多少将要爆发的故事。

自古以来有战争,就注定有流血、有牺牲,有失败、有胜利。每一场结果都不会是那么的尽如人意,但每一件事物却都遵循着自己变化的规律。

自然界的生存有着一定的自然规律,各个国家之间同样也存在着一定的生存规律,规律一旦被打破将会造成不可挽回的结局。

1940年,德军逼近巴黎时,危在旦夕的局势并没有迫使贝当和魏刚等人背水一战,而是把领导权拱手送给了德国。这群投降派们选择了不抵抗政策,贝当宣布巴黎为"不设防城市"。之后,法国雷诺政府垮台,贝当正式出任总理,并向德国宣布无条件投降,法国军队全部解除武装并交出武器。这样德国直接占领法国的北部,贝当的维希政府则成为地地道道的傀儡政府,所拥有的权利也是相当有限,仅仅管辖法国南部地区。

法国南部地区对外说是贝当统治,实际上却受纳粹德国的控制。法国南部的一些人想去外面的地区寻找出路,但是纳粹占领者建立了"封锁区"。"封锁区"管理非常严格,在"封锁区"之间,如果你想出去或者进来,都要接受检查。到维希法国建立谍报网络,这是霍尔的第一个任务。那么霍尔就必须有一个合理的身份,这个身份还不能引起纳粹的怀疑。几经考虑,霍尔的身份是《纽约邮报》的记者,毕竟与其他身份相比,记者的身份更便于行事。她的代号是"玛丽"。

霍尔走在街上,在她身边不时地有当地人在她身边匆忙经过,这些人都是行色匆匆,表情麻木。当然,街上也有不少端着枪的纳粹德国士兵排着队走过,空气中弥漫着紧张的气息。

转过几条街,霍尔来到了《纽约邮报》在维希地区的办公地点。

在接待处,霍尔将自己的材料递了上去,《纽约邮报》的负责人看了之后,就给霍尔安排了办公的地方。霍尔来到了自己的办公桌前,和旁边的同事打了招呼,就坐下整理自己的物品了。

大隐隐于市,作为一位出色的间谍,首先就要会隐藏自己。霍尔很成功地做到了这一点,一段时间下来,霍尔的报道稿件频频在报纸上发表,她不仅成为了一名合格的记者,还给周围的人一种她只是一个普通的上班族的感觉。

利用自己是记者的身份,可以随时采访的机会,霍尔和当时的法国地下组织取得了联系,并在他们的帮助下,开始发展自己的间谍网络。为了保障安全,间谍网络必须是独立运作、单线联系的,因此除非遇到特殊情况,否则霍尔是不会和任何人联系的。

当霍尔的间谍网络建成后,就开始执行任务了。在维希地区,有很多人会受到纳粹法西斯的迫害,在这些人中,有一部分是需要保护的,他们或者被纳粹法西斯逼迫得东躲西藏,或者已经被他们抓到了集中营。霍尔的任务就是找到这些人,并帮助这些人从纳粹法西斯的魔爪中逃脱。

霍尔在一次次的任务中成长起来,经过她的帮助,有很多重要的人士脱离了法西斯的魔掌。这一天,霍尔的一个消息渠道给她传来了消息,有一位反战人士正在被纳粹法西斯追捕。

真正成熟的间谍不会不辨真伪地相信所有的信息。有的时候,哪怕是最值得信任的人也不可以轻信。因此,霍尔没有急着去营救这个人,而是先确定了消息是否准确。

确认了消息之后,聪明机智的霍尔没有采取常用的办法,她怕总用一个办法会引起纳粹的怀疑。几经考虑,她决定兵行险招,带着这个人大大方方地从纳粹分子的眼皮底下溜掉。

找到这个反战人士的时候,霍尔能看出来,在纳粹法西斯的追捕下,这

维吉尼亚·霍尔

个人很狼狈。霍尔没有露出一丝表情，只是说："我是玛丽，是帮助你的人！"霍尔拿出了准备好的衣服让这个人换上，然后拿出自己的化妆品在这个人的脸上涂抹几下，等霍尔停下之后，就发现这个人一下子就变年轻了。之后，霍尔收拾好东西，带着这个人出门，先是乘车，然后又步行向检查的关口走去。

"站住！检查！"守在关口的纳粹士兵喝道。

"长官，我是《纽约邮报》的记者，这是我的证件，我需要出关去采访。这位是我的助手，这是他的通行证。"说着，霍尔就将证件递给了纳粹士兵。

纳粹士兵看了看问道："怎么？你的证件是出去和进来的，而他的只是出去的呢？"

"是这样的，他的家在另一座城市，借着这次采访的机会，他要回家看一下。等到了那座城市，再去领回来的通行证。"霍尔对着士兵解释说。

虽然纳粹士兵觉得这两个人很可疑，但从外貌上他没有看出来什么，而证件上也没有问题，没有办法，他只能让霍尔两个人出关。就这样，霍尔将这个人送到了安全的地方，而纳粹警察们还在城里加紧搜捕这个人呢！

日子在一天天的流逝，在霍尔的帮助下，一个又一个反战人士从法国南部地区离开。但是每一位在霍尔帮助下离开的人都记得，在那个危险的地区里，有一位记者，虽然她的面容总是有些变化，但是她那红色头发永远是那么的耀眼。

时间飞逝，霍尔在维希法国已经待了很长时间，她的任务完成得很出色。

此时，已经到了 1941 年，可是就在这快要过去的这一年年末，12 月 7日的清晨，随着"虎、虎、虎"信号的发出，日本海军联合舰队在美军毫无防备的情况下，对珍珠港进行了一番狂轰滥炸，给美国以沉痛的打击。

日本人没有想到，此次偷袭珍珠港对他们将来的失败埋下一颗定时炸弹。本来对是否参战还没有统一意见的美国，被珍珠港事件动员起来了，可以说珍珠港事件是让美国参战的导火线。

对于日本的猖狂行为，美国、英国不再容忍，立即开始了战争动员、战略协调以及兵力和物力的调配工作，并加紧同盟国之间的协作。太平洋战争便由此引发。

"二战"进程中，偷袭珍珠港是一次具有决定性意义的事件。它彻底地将美国卷入了第二次世界大战，为同盟国注入了一股强大的力量，最终导致了轴心国的覆灭。

1942 年 1 月 1 日，中国、美国、英国、前苏联等 26 个国家共同签署了《联合国家宣言》，宣告各签字国政府保证不论是军事上还是经济上的资源都要全部使用，以遂行对德、意、日等法西斯国家的作战；各国保证不与敌人缔结单独停战协定或和约。《联合国家宣言》的签署标志着世界反法西斯统一战线正式建立。

美军在 1942 年初加强了夏威夷、巴拿马和本土西海岸等地的防御力量，并在美、澳之间交通线上的岛屿增加驻军，占领斐济群岛、菲尼克斯群岛、新赫布里底群岛等战略要地，加强了萨摩亚群岛防御力量，并且在约翰斯顿岛、巴尔米拉岛建立空军基地。

维吉尼亚·霍尔

美国这一系列措施的主要目的就是建立一条从美国西海岸到澳大利亚的稳固交通线，把澳大利亚作为重要的反攻基地，并确保其安全，为以后的反攻作做准备。

此后美国又将整个太平洋战场分为两大战区：西南太平洋战区，由麦克阿瑟陆军上将任司令；太平洋战区，由美军太平洋舰队总司令尼米兹海军上将兼任司令。

1942 年 6 月,经过充分准备,第二次世界大战中的一场重要战役爆发了,美军太平洋舰队与欲攻占中途岛的日军联合舰队展开激战,这就是中途岛海战。美国海军最终成功地击退了日本海军。中途岛海战也成为世界海军史上以少胜多的一个著名战例。

对于美国海军而言,中途岛海战是他们的复仇之战,也是由战略防御转向战略进攻的转折点,在以后的交战中再也没有放弃战略攻势。中途岛海战之后,美军把目光投向了瓜达尔卡纳尔岛。

瓜达尔卡纳尔岛是太平洋所罗门群岛中最大的岛屿,是控制所罗门群岛及其附近海域的一把钥匙。日、美双方皆将瓜达尔卡纳尔岛视为争夺焦点,调兵遣将,海、陆协同作战,在地形复杂的岛上以及附近海域展开激战。瓜达尔卡纳尔岛争夺战历时半年,最终美军凭借雄厚实力获胜。瓜达尔卡纳尔岛争夺战是太平洋战争中一场空前惨烈的搏杀,是美军在南太平洋诸岛登陆作战的首次胜利,是日本陆、海军协同作战的第一次大败北。美军从此在太平洋战争中转入全面反攻阶段。

德军也不甘寂寞。1941 年 6 月 22 日,法西斯德国背信弃义,弃《苏德互不侵犯条约》于不顾,发动了侵苏战争。

世界局势变化莫测,霍尔对这些有着深入透彻的了解。由于她是隐蔽战线上的特工,所以她能做的是关注局势,根据局势变化调整自己的工作方向。“特别行动委员会”的上司也知道霍尔的工作十分出色,因此在 1942 年把霍尔调到了法国里昂,让她在那里和法国抵抗组织合作。

在法国里昂,霍尔除了帮助那里的犹太人和战俘逃脱纳粹的抓捕,疏通逃亡通道外,还要为法国抵抗组织成员提供他们需要的一些情报。当然,法国抵抗组织和外界的联络也是需要霍尔帮忙的。

在纳粹德军的紧追不舍下,法国抵抗组织的条件十分艰苦,他们没有

被服制品,甚至连枪支弹药都不全。在这样困难的情况下,霍尔帮助他们解决许多实际问题。

阳光懒洋洋地洒在大地上,天气闷热,空气中没有一丝风在流动。在这样的天气里,人都变得懒洋洋的,不想出门。但是,霍尔作为特工,她必须出门获取有利的情报。这一次,霍尔的任务是找到一个安全可靠的地点,并把这个地点告诉英国方面,以便英国方面给法国抵抗组织空投物资。而完成这项任务,首先强调的就是安全性和准确性。因为只有安全和准确地投放物资,才能帮助法国地下抵抗组织。

这是一个艰巨的任务,因为是在纳粹的眼皮底下实施空投。霍尔去了很多地方,每去一个地方,她都会变换装束。

一个又一个的地方被霍尔否决了,不过最终霍尔还是找到了一个理想的地方。这是山脚下的一片森林,进入到森林的中心地带霍尔发现有一块比较宽敞的地方,这个地方正好可以用来作为空投物资的地点。

霍尔研究了怎样出入这个地方,把空投下来的物资放到哪里,怎样运走。如果发生意外,怎么隐藏。

当一切都准备好之后,霍尔把法国方面需要的物资发给了英国,并绘制了空投地图。这份空投地图,霍尔绘制得十分准确详细。正是因为有了这份准确详细的空投地图,英国空兵在约定好的日子里,将物资准确地投放到了预定地点。法国抵抗组织成员在霍尔的组织下,顺利地将物资运走。等纳粹士兵发现出现了问题的时候,物资已经运到了安全地带。

一次又一次出色地完成任务,霍尔成为了法国抵抗组织的"明星人物"。霍尔以法国里昂为基地,帮助了一批又一批人脱险。脱险者在她的组织下,与法国抵抗组织合作,为共同的事业奋斗。

作为一名特工,首先要有隐蔽性。为了保证身份不被怀疑,除了长期潜

维吉尼亚·霍尔

伏外,特工一般在一个地方只待几个月,有的甚至是几天。但是霍尔却不顾自己安危,在同一地方待了一年多的时间。

世上没有不透风的墙,纳粹情报机关发现了霍尔的一些疑点,决定抓捕霍尔。但是,让纳粹感到头痛的是,每一次他们去抓霍尔时都扑了空。明明获得的情报已经很明确霍尔在那个位置,可就是没有找到。纳粹虽然没有抓住霍尔,但是他们已经知道霍尔有一条腿是假肢。几次都没有顺利抓住霍尔,盖世太保头目没少训斥属下,这让属下对霍尔恨得牙痒痒。

盖世太保是纳粹德国的秘密警察,是 1933 年由戈林组建的。1934 年,希姆莱成为了盖世太保的首脑,组织盖世太保实施法西斯恐怖统治,其工作很让希特勒满意。1939 年以后,秘密警察渗透到社会的各个角落和德军的占领区,只要是听见反对法西斯的声音,他们都会动手抓捕。

霍尔把德军情报一次次发送到盟军和法国抵抗组织手中。盖世太保称呼霍尔为"跛腿小姐"。盖世太保头目说:"有一个跛腿的女人,是法国境内最危险的人,她是盟军最重要的间谍。"

盖世太保头目还向属下发出一份材料,上面描述霍尔做的所有事情,并说明霍尔是一个颧骨较高、肤色较浅的女人。属下行动很迅速,他们根据上面传下来的资料,将霍尔的名字和画像印在了通缉令上面,然后大量散发、张贴。盖世太保还明确通知城市居民,如果有人发现霍尔不举报,就与霍尔同罪论处;如果举报出霍尔的藏身地点,就重重有赏。

盖世太保的搜捕让霍尔的处境变得十分艰难,盖世太保每天都在大街小巷里寻找着霍尔的踪迹。但即使在这样艰难的环境里,霍尔就像忘记什么叫作危险一样,不断地接受任务,不断地以出色的表现完成。霍尔依旧为情报事业奔波着。

人有失手,马有失蹄。这一天是霍尔和下属人员定好交换情报的日子,虽然知道外面有盖世太保在追捕自己，但是霍尔为了这份有价值的情报还是去了，他们定好的地点是市中心的喷泉广场。

霍尔把接头的地点定在这里正是因为这里的繁华，人多的地方往往是最好的掩护地方。况且前几次接头地点都是这里，退路是早已设定好了的，如果不出意外的话，能快速地撤退到安全的地方。

霍尔给自己化好妆后就从家里出来了，她沿着马路小心地走着，路上不时有盖世太保在盘问着路人。

"前面的人，站住！"一个盖世太保发现了霍尔在路上，就开口喊道。

这种时候，霍尔没有丝毫的紧张，她知道如果被盖世太保看出破绽，自己就死定了。她稳稳地站在原地，等着盖世太保的到来。一名盖世太保走到霍尔的身边："你的证件呢？干什么的？要做什么去？"

霍尔掏出自己的证件给盖世太保。"哦！是合法公民呀！准备干什么去？"

"长官，好几天都是连着的阴雨天，好不容易天晴了，我打算去喷泉广场走走。长官去过喷泉广场吗？那里的风景可是很美的。"霍尔露出怯生生的表情。

盖世太保听完霍尔的话，又上下打量了她几遍，把证件还给霍尔说："去吧！不过我们是有宵禁的，天黑之后不许出来。"

"是的，长官，我明白了！谢谢长官的提醒。"霍尔唯唯诺诺地应着。

将自己的证件收好后，霍尔又向前走去，这名查问霍尔的盖世太保向另一个可疑的人走去。不过，他心里总是觉得似乎有点什么落下了。

霍尔和接头的人计划在广场西侧见面，也就是靠近居民区的那一侧的石凳上。远远地透过人群，霍尔就发现有一个老大娘坐在那个石凳上。

那是一位70多岁的老大娘，她像是走累了，偶然坐在这个位置的，但

维吉尼亚·霍尔

是霍尔发现老大娘的左手是握成拳头的，放在离腿有 3 厘米远的石凳边上。这是她们定好的肢体暗号。

穿过人群，霍尔走上前去坐在老大娘的左手边。坐下来的时候，霍尔很自然地将自己的右手姿势变成和老大娘一样的。老大娘用眼角瞄了一眼，也确定了霍尔就是要跟她接头的人。

"姑娘，现在是什么时间了？"老大娘问。

霍尔看了看太阳说："可能是 9 点多钟吧！"

"是吗？看太阳的高度应该快到中午了吧！"老大娘怀疑地问霍尔。

"哦，可能我对看太阳猜时间有些拿不准！"霍尔回答说。

肢体暗号和语言暗号都对上了，霍尔就把自己得来的情报交给了老大娘，拿到情报后，老大娘冲着一群奔跑的孩子喊："西莉亚，我们该回家了。"

过了一会儿，一个脸上长着雀斑、褐色头发带着微卷的小女孩跑了过来，老大娘就牵着女孩的手走了。

霍尔依旧是坐在原处，姿势也没有变化过，她观察着广场内的人们。

忽然，她发现，有几个盖世太保向这边走来，霍尔知道自己可能暴露了，就站起来，向居民区走去。

在广场上搜寻一圈后，没有发现霍尔的身影，盖世太保将目光转向了广场的周围。他们发现广场西侧是一片居民区，于是就奔居民区去了。

与此同时，霍尔已经进了居民区里的固定地点，她在居民区里换上自己为了逃生准备好的衣服，并给自己化成了一个老太婆的模样。霍尔知道，刚才盖世太保之所以能追到广场里，是因为自己的腿漏了馅，这次想要从盖世太保的手中逃脱，必须让自己的腿不会出现破绽。

于是，霍尔把自己的假肢卸了下来藏好，然后拄着拐杖出了门。霍尔慢慢地在居民区的胡同里走着，盖世太保仔细搜索着每一个角落。很快地，盖世太保就来到了霍尔面前，"喂，老太婆，看见一个走路有点奇怪的女人没？"

"没有，我刚刚出门，到哪里去看那个走路奇怪的女人？"

"老太婆，你说话客气点。我们是在执行任务，如果不好好回答，小心我们把你抓起来。"盖世太保大声呵斥着。

"长官，我真的没有看见，我都这么大数岁的人了，还能活几天！"

在这群盖世太保中，有一个小头目，他看着这个摇摇晃晃的老太婆，突然开口问："你的腿是怎么回事？"

"你问我这腿呀！我这腿是一次出门的时候，被一个开着车的人撞的，对了，那个人还穿着和你们一样的衣服。我没有钱装假肢，只能是这样了。"

几名盖世太保互相看看说："走，到别处找找，她跑不了多远。"说着，这帮盖世太保就走了。

由于盖世太保迟迟抓不到霍尔，接下来的搜查更严了。只要是发现长得像的人，二话不说，直接抓起来。霍尔的工作也只能暂停了。

在这样的恐怖环境下，霍尔即便是有通天的手段也使用不出来，因此，她只能躲避起来，等形势稍缓一些再出来活动。

冬天很快到来了，这个冬天似乎比以往的每一个冬天都要寒冷，盖世太保的行动没有因为寒冷而停止，霍尔的特工网络已经隐蔽起来了，严密的搜索使霍尔的"网"不得不紧紧地收着。

上司很关心霍尔的安全，让霍尔从法国撤出来。霍尔接到通知后就准备启程，因为被通缉，霍尔不能出现在人多的地方，因此，她准备步行穿越布满积雪的比利牛斯山脉，到西班牙去。与周围战火纷飞的国家相比，西班牙无疑是一个非常好的避难场所，霍尔的决定是正确的。经过了精心准备之后，霍尔开始向西班牙出发了。

维吉尼亚·霍尔

霍尔辗转来到离西班牙不远的一个小镇。一路追来的几个盖世太保，有的已经被她干掉，其他几个也被甩掉，危机暂时解除。小镇上人来车往。饥寒交迫的这几天，不知道是怎么过来的，霍尔现在只想好好吃一顿，好好休息一下。

到达西班牙，霍尔就算是远离了战火，远离了自己钟爱的事业。她在西班牙马德里过了几个月悠闲的生活。

养兵千日，用兵一时。在霍尔为没有任务焦急万分时，上司的电报终于到了，通知霍尔出山。这时已经是 1943 年的下半年了，世界反法西斯同盟国的雄厚经济潜力和军事潜力日益发挥出明显的优势，反法西斯战线捷报频传。

在苏德战场上，历时 200 多天的斯大林格勒战役和库尔斯克战役取得了胜利，苏军歼灭了德军大量的有生力量。德国在苏德战争中损失惨重，战略攻势被迫停止，转入了战略防御和退却。而前苏联取得了苏德战争的战略主动权，由战备防御转为战略反攻。这一切极大鼓舞了全世界人民反法西斯斗争的斗志和决心。

在西欧，反法西斯运动正在蓬勃发展。德国在各占领国的统治已经摇摇欲坠，各国人民反法西斯意识高涨，他们组织了武装斗争，与德军交战。在地中海和大西洋，盟军控制了那里的海上通道。

在非洲和地中海地区，由蒙哥马利和艾森豪威尔率领的盟军取得了"火炬"战役的胜利，并向意大利逼近。7 月底，墨索里尼当政的时代终结了，在艾森豪威尔军队的强大攻势下，意大利终于宣布无条件投降。

在太平洋战场，麦克阿瑟和尼米兹率领美军向日军发动袭击。日本联合舰队司令长官山本五十六遭遇伏击毙命。

战场上的情况对于盟军来说越来越有利。日本在太平洋战争中接连失败,在亚洲战场上,中国人民艰苦卓绝的抗战,使得日本入侵部队进退维谷。在苏德战场上,纳粹德国遭到致命打击。苏军发动大规模的战略反攻,德军抵挡不过,节节败退。希特勒急忙调兵遣将,将西线战场上大量的兵力调往东线战场,以阻止苏军西进。自从盟军在西西里登陆之后,意大利政府就宣布投降。德国面临孤军奋战的境地,不得不部署大量的兵力在意大利固守。这些条件都为盟军在欧洲开辟第二战场打下了基础。

在这种大背景下,1944 年,霍尔克服了重重障碍,最终回到了法国。对于一般人来讲这是不可能的事情,明明知道盖世太保在通缉自己,明明知道身体残疾的种种不便,却还要冒着巨大的风险回到法国。但这就是霍尔,这就是她同别人的不同之处,这就是一名出色的特工。

此时的盖世太保还在追捕霍尔,回到法国后的生活同样充满了挑战。但霍尔已经有了自己的对策。首先她将自己化名为"戴安",并通过自己出色的化妆手段,将自己年仅 38 岁的年纪化成一位年迈的农妇。为了掩饰自己腿部的缺陷,她把自己的衣服里面塞了大量的填充物。这给她的行走带来了极大的不便,但也正好掩饰了缺陷,看上去更像一位步履蹒跚的老人。

日出而作、日落而息是牧场人工作的标志,霍尔每天沐浴着这份阳光勤勤恳恳地忙碌在牧场中。任谁也不会猜到,每天劳作在农场里笨拙的农妇,就是盖世太保想抓的特工霍尔。此时的霍尔自己掌握着一个庞大的特工网络,在情报界有着举足轻重的位置。

在牧场里,霍尔总是穿着麻布衣服,步履蹒跚地行走在牧场中。挤些牛奶来供自己用,并且将多余的牛奶制成奶酪,装在陶罐里拿到集市上去叫卖。

由于她的奶酪用奶新鲜,香甜可口,深得当地人的喜爱,每次都供不应求。就是在这卖奶酪的过程中,霍尔结识了一些当地人,大家逐渐地熟悉起来。

维吉尼亚·霍尔

聪明的霍尔知道,这些无疑是为她的潜伏打下了坚实的基础,她最终的目的还是要搜集情报。当德国人交谈之际,在没有任何防备的情况下,霍尔已经将他们谈话的内容全部地窃听过来,而德国人却浑然不知。在他们眼里,霍尔只是一个淳朴的农妇,靠卖奶酪和牧羊为生。

茫茫草原上,一位跛脚的农妇驱赶着羊群。不料一只不听话的小羊闯进了德国人活动区内,行动不便的农妇尽力追赶着,但还是让它在活动区内肆意地活动着。农妇在追赶的过程中,路过了正在交谈的德军,那只是恰巧路过,谁又会多想些什么呢?

羊儿受了惊吓在不断地奔跑着,此时的坡脚老妇人也是狼狈地在追赶。就在人们表示同情的时候,一辆军用车停在了老妇人的前面,两名德国军人模样的人员将老妇人带上了汽车。

汽车扬长而去,路边的积水被溅起朵朵浪花。刚开始的时候,老妇人还做着挣扎,但是后来就听天由命,不做任何无谓的挣扎。选择安静地等待接下来发生的事情,因为她知道有些事情一旦发生了,挣扎是没有任何用处的。汽车行驶了很远,在越过许多沟沟坎坎后终于停了下来。老妇人被两名德国军人带进了屋里。

"说吧!你来法国的任务是什么?"军官问道。

老妇人回答道:"任务?长官您是说任务吗?您在和一个跛脚的老太婆说任务?我们普通百姓的任务就是活着,战争连年,能够活下去就是我的任务。"

"即使你说的这一切都是真的,那你为什么要去德军的活动区内?"

"长官,我靠养羊生活,羊跑了我当然要抓了。"

"那么大片的牧场,它早不跑、晚不跑,为什么偏偏到了德军的活动区才跑?"

"长官,您已经说了,那么大一片牧场,被圈起来的不多,羊儿只能是向里面或者外面跑啊!"

"为什么所有人都在避暑,而只有你一个人在外面?"

"长官,人不吃饭会饿,那么羊不吃东西也会饿的。"

一场唇枪舌剑就这样开始了,面对德国军官咄咄逼人的询问,老妇人并没有畏惧,而是机智地进行回答。

在谈判没有任何结果的情况下,德国军官不得不下令放了老妇人。

老妇人回到牧场,走进自己的羊群。刚才受到惊吓的小羊显然温顺多了。她爱惜地抚摸着小羊,脸上露出了一丝不易察觉的微笑。温顺的小羊乖巧地享受着老妇人的爱抚,就在这时,老妇人突然从小羊身上拿出了一个很小很精致的黑色物体,可是大家都没有去留意那是什么东西,都以为是羊儿身上的污物。只有老妇人最清楚这是一种怎样的先进技术。

此种物品还要配合一个小小的不引人注意的遥控器使用。将黑色物体固定在某一物体上,通过遥控器控制被固定的物体。这就是为什么小羊儿到德国人活动区附近才奔跑的原因。

但是,在事情发生的时候,更多人关注的是人,有谁会去在意一只不会说话、什么都不懂的动物呢?

这就是一名情报工作人员,关键的时候淡定自若,不畏艰险与阻碍。巧言辞令,为自己寻求一条生路。更重要的是知道常人的想法,并能很好地加以控制。

牧场上的夜晚很美丽,是很多人向往的圣地。那里充满了自然的气息,仰卧在软软的草地上,望着头上的闪闪星光,会让人忘了所有的烦恼和痛苦。

然而这样美丽的夜晚,霍尔并没有时间欣赏美景,而是迅速将截获的

维吉尼亚·霍尔

情报发回伦敦。霍尔让盖世太保恼火不已，他们更加恨透了霍尔这个人。同时也下了更大的力气进行抓捕她，但都以失败告终。

盖世太保心里一直愤愤不平，于是仔细分析失败的原因。夜晚，盖世太保认真琢磨，霍尔是个人名，随时都可以改变的，形象也随时可以伪装的。但是行为却伪装不了，任务也是伪装不了的。突然间盖世太保恍然大悟，一切情报都是由基地发出的，源头应该就是基地，看来得去趟基地了。

远处的太阳就像鱼儿泛白的肚皮，天刚蒙蒙亮的时候，迫不及待的盖世太保就出发了。

羊儿在绿油油的草地上悠然地吃着草，眉头紧锁的霍尔似乎在思索着什么问题，心里隐隐有一种不祥的预感，一场生与死的较量即将来临。这也正是考验霍尔的洞察力，思维的敏锐程度。霍尔赶着羊群，去以往都要去的基地附近的空地上，因为这样才可以不被怀疑，即使是怀疑也不会有什么证据。一向谨慎的霍尔，时不时地观察着基地的运作，看是否有什么有用的情报。霍尔正在观察思考，突然间一辆汽车疾驰而过，霍尔以特工特有的一种反应力，瞬间将所有的注意力和目光都转移到了车上，从汽车牌号可以知道这辆车是来自总部的车辆，但是她不会害怕，更不会退缩，因为她的热情和对事业的奉献精神一直驱使她向前。她必须想好对策，于是有一个想法在她脑海里出现了，一直这样的在外面等待，虽然有所收获，但是要想破坏他们真正的目的还是很难的，所以不能再这样下去了。

其实霍尔想出的办法很简单，就是利用羊奶再酿成酒。虽然看似简单却又很好用。她会酿成很香很美味的酒，这里的士兵或是军官也许就会要这种东西。于是她每天都在酿着，每天都在等着，等着盖世太保的到来。其实霍尔也不知道来的人就是盖世太保，只是知道这个人一定不是普通人的。

盖世太保经过几天的调查了解，把目标初步确定在养羊的老妇人身上。盖世太保决定去碰碰运气，看是否可以得到什么有价值的线索。不一会儿盖世太保就来到了羊舍附近。在羊舍附近，阵阵酒香借着风的吹送向盖世太保的方向飘来，这酒香勾起了他的酒瘾，不过突然间想到自己的任务，所以他忍了忍。

　　盖世太保绕着羊舍走了一圈，但并没有发现什么可疑的情况，便推开了院门，大声喊道："有人吗？"

　　"谁呀？"随着"吱呀"的木门声响起，从屋里走出了一位老妇人。看着门口处军官模样的人，老妇人问道："长官，有什么事情我可以帮忙吗？"从来人的气质、眼神中，霍尔感觉到此人绝非一般人，必定是有目的而来。心想这样也好，没有辜负自己的一番精心准备。

　　盖世太保上下打量了老妇人一番，面前的老妇人如此胖，而且步履蹒跚，心想，看来这次也是白来了，特工不可能是这样的，而且和自己苦苦追寻的霍尔差距也太大了。

　　感觉失望的盖世太保一时间沉默了，霍尔却将他的举动尽收眼底，这下更肯定了自己的想法。沉默片刻后，霍尔再次问道："长官，您有什么事吗？"

　　思绪被人打断，盖世太保才意识到自己的失态，便茫然说道："刚才路过，闻到酒香，便进来看看。"

　　霍尔借机答道："不瞒长官，我刚酿造了一坛美酒。如果长官有心情，可以进来品尝一下。"盖世太保听后，正好感觉自己心烦，所以就坐了下来。霍尔抓住了这一机会，赶紧拿着装满酒的碗，放在了盖世太保的面前。盖世太保拿起酒喝了起来，如此美味的酒让他不得不赞叹，喝得差不多了，感觉也是该离开的时候了，他站起身要走。

维吉尼亚·霍尔

霍尔抓住时机说道："长官如果认为我酿的酒不错，还想再喝酒，不必跑这么远的路了，打声招呼，我就给你们送过去。"盖世太保听后觉得这个主意不错，于是说道："如果方便那就过来吧。"霍尔急忙说道："那我去那说找谁啊，如果没有通行证，我是要被士兵当成反抗分子抓起来的。"盖世太保说道："你就说找新来的士官就行了。"说完之后就走了。霍尔为自己的初步成功感到兴奋，但是危险也正在向她靠近。不出一会工夫，霍尔已经将要用的酒装好，就等着明天送了。

天刚刚开始放亮，霍尔起身准备好行装出发了。不久，霍尔来到了基地门口，守门士兵让她止步，问："干什么的？"霍尔回答："给你们新到的长官送酒的。"士兵听后，知道她说的人就是盖世太保，但还是问："有通行证么？"霍尔说："长官说了，到这里提他，你们就会让我进去了。"士兵看了霍尔一眼说："你等等，我去问问。"霍尔老实地站在门外等候着。

不一会儿，士兵回来了，他对霍尔说："可以了，你进去吧。进去后不准东张西望，送完酒就快点出来！"霍尔一边点头一边说："谢谢！我马上就出来！"霍尔进去后，顺利地将酒送到了盖世太保那儿，也非常巧妙地回答了盖世太保一些略带疑问的问题，然后就出来了。顺利地回到了家中，霍尔开始思考下一步的行动，并为下一步行动作铺垫。

回到家中的霍尔又开始酝酿着美酒，白天依然去放羊，晚上汇报工作，就这样日复一日地收集情报。

战争的硝烟仍在蔓延，牧场似乎也受到了感染。几天以后，基地里的德国部队蠢蠢欲动，似乎有什么大事情将要发生。霍尔依旧重复着每天的动作，但唯一不同的就是她也绷紧了神经，注视着一切微妙的动作，生怕自己遗漏什么情报。

机会总是留给那些有准备的人，就在前方战事越来越吃紧的时候，霍尔也终于不负众望，将基地的作战计划窃取到手，并以最快的速度破译，再一次为盟军提供了具有重要价值的情报，自己立了一大功。

在这一次的较量中，盖世太保再一次以失败告终。

这次任务结束后，霍尔再一次转移了。霍尔这一次转移到了法国西部的 **Brittany** 海岸，并加入了上卢瓦尔省的法国抵抗组织。

自从上次的严重失误后，盖世太保已经知道霍尔就在自己的附近，但由于其隐蔽性做的较好，他们一时半会还是没有办法将她抓捕。明知道敌方出色的特工就在身边，自己却一点办法都没有。不过现在好了，她的线索断了，说明她已经转移到别处。

没有美艳红妆，没有沉鱼落雁之美。但就是这样一位跛脚的女人，通过自己的努力向世人证明了自己的能力。厚厚的麻布裙子、分层的毛纺衬衣是她不变的装扮，瘦弱的身躯、蹒跚的脚步却阻挡不了霍尔前进的步伐。

战争的局势瞬息万变，谁也预想不到明天将会发生什么。在局势动荡不安的时候，霍尔通过无线电截获了一份重要情报信息——德国准备开始撤退。

破译情报后，霍尔将情报迅速传递出去。与此同时她开始计划着怎样协调游击队作战。她利用自己高超的易容术和特殊身份，组织游击队破坏四座桥梁，导致德军火车出轨，不仅杀敌百余人，还抓获数百战俘。

一波未平，一波又起。就在此次事件刚刚接近尾声的时候，霍尔又截获了另外一份情报……

她又一次全身心地投入到了新的战斗中。

在战火纷飞、硝烟弥漫的战争年代，为了刺探情报，霍尔单枪匹马深入虎穴，在危机重重的困境中与敌人斗智斗勇。她用那固有的魅力征服着身边的人，用那敏锐的洞察力不断寻找可乘之机，用那缜密的思维对局势作

维吉尼亚·霍尔

出准确的判断,用那良好的应变能力应对局势的变化。她总是那么镇定自若,沉着冷静地游走在危险的边缘。

她只是个弱女子,但却做着许多男人都无法完成的事业;她没有完美的面容,但是高超的化妆术足可以让她一次次骗过敌人的眼睛,巧妙地躲过盖世太保的追捕;她不是谋略家,但是她的情报却足以决定成千上万人的生死,关乎国家的存亡。她厌恶战争,心系战火中的无辜百姓,为了追求自己的理想早把生死置之度外。她的心中充满了正义,充满了爱国之情。她孤身隐藏在敌人的壁垒中,一次次的舍生忘死换来了敌人的情报,为战争的胜利打下了坚实的基础。她心中想的都是国家,都是人民,却唯独忘了她自己。她把自己最绚丽的青春年华都献给了神圣的间谍事业。

"二战"结束后,战胜国都处在战争胜利的兴奋状态中。但是,英雄不会被人们忘记,英雄的事迹更不会被埋没。美国总统杜鲁门下令奖赏在"二战"中做出杰出贡献的人,追授一些在战争中不幸遇难的将士为烈士,并给予家属相应的经济补偿;为战争中奋勇杀敌、立下赫赫战功的将领升官加薪,并授予一定的荣誉称号;犒劳那些出生入死的士兵们,为复原士兵安排再就业,并且为他们的住房奔走呼吁,努力提高他们的待遇。

举国上下一片欢腾,人人都沉浸在胜利喜悦之中,杜鲁门心里十分得意。这时,身边的官员对总统说:"在您的领导下,盟国赢得了战争的胜利。您开明的奖赏制度,使有功者受到了应有的奖赏。"杜鲁门笑着摇摇头,说道:"不,还有一个特殊的群体没有受到奖励。"官员问道:"特殊的群体?怎么从来没听您提起过呢?"杜鲁门缓缓地说:"这关系到国家的安危,在特定的时期,越少人知道就越好,这些人肩负的责任很重,每天都在没有硝烟的战场上打拼,他们的贡献要比任何人都大得多。没有他们,就没有我们今天举国欢庆的场面。"

是啊！他们总是躲在暗处，不被人们所熟知；他们不在战场，却时刻都身临险境；他们外表柔弱，但个个身怀绝技；他们善于伪装，但对祖国却永远怀着一颗赤子之心；他们看似平凡无奇，但却影响着军事行动的胜败。杜鲁门深知，没有这些特工舍生忘我的工作，战争不可能这么顺利的结束。他们所做的贡献，是一般人不可比拟的。

在这些特工中，霍尔的表现最为出色。她身残志不残，虽然身体的缺陷给她的特工工作带来了诸多的不便，跛脚的这一特征也被敌人所利用来对她进行搜捕，但是霍尔不仅克服了身体上的不适，而且每次都能巧妙地逃生，还能在敌人的眼皮底下把情报发送出去，为打击德国做了突出的贡献。盖世太保曾经大范围地围捕霍尔，并称霍尔是盟军最厉害的女特工。一个跛脚的女人，竟能把盖世太保吓成这样，不惜花费大量的时间和精力去追捕她，可见霍尔当时对敌人有多大的震慑力，更能看出霍尔的表现是多么的出色。杜鲁门决定要重重奖赏霍尔，在怎么表彰霍尔这一问题上，杜鲁门思索了好久，决定在白宫举行一个盛大的仪式。

杜鲁门找来一位官员，让他找到霍尔，并通知她来参加为了表彰她的成绩而举办的盛大仪式。

可霍尔却拒绝了这个邀请，她要这位官员转告总统她只是做了应该做的工作，没有什么值得邀功的资本。不用举行什么仪式，她只想低调地生活。

对于霍尔所说的话，杜鲁门觉得十分不可思议。看来，真是小看这个驰骋战场的女间谍了，自古英雄多豪情，不爱红装爱武装。看到霍尔，他才知道什么叫作忠诚，什么叫作热爱。

此后，霍尔向上级提出了驻外工作的要求，她觉得工作是没有国界之分的，只要能为祖国服务，就是对工作最好的诠释。霍尔心里很清楚，在国内工作和驻外工作还是有很大区别的，凭她的能力、她的功绩，在国内她

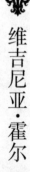

维吉尼亚·霍尔

能受到最好的保护，得到最好的待遇。但是在国外，陌生的城市、陌生的环境，自己完全是孤立的。虽然有国家的支持，但一切都只能靠自己，其中的艰辛与危险可想而知。这些她都想过，但是从她当间谍的第一天起，她就早已把国家的利益放在首位，把自己的安危抛在脑后，在祖国需要她的时候，她宁愿在最危险的地方冲锋陷阵，所以她要去最危险的地方实现自己的价值。

一个宁静的午后，正在看书的霍尔突然接到通知，说杜鲁门总统要见她。听到这个消息，霍尔十分激动。

灿烂的阳光照耀着大地，在白云的点缀中，天空显得格外的蓝。空气是那样的清新，时不时能闻到泥土的气息。鸟儿在树上叽叽喳喳地唱着歌谣，知了不时地为鸟儿伴着奏，弹奏成一曲动听的交响曲。一切是那么的美妙和谐。在白宫，霍尔见到了杜鲁门总统。杜鲁门总统对待霍尔就像对待老朋友一样，一下子消除了霍尔的紧张感，使霍尔放松下来。

经总统杜鲁门的要求，霍尔又回到了特工的轨道上，虽然充当的都是黑暗中的"第三只眼"，但是这次工作性质与"二战"期间相比，明显复杂了很多。"二战"中，霍尔的工作主要是负责窃取德国情报，但是现在，霍尔需要掌握世界各国的情报以及国内的一些动向。相比较之下，现在的任务更加艰巨，更加复杂，工作强度也随之增加，这对霍尔也提出了更高的要求。霍尔在不断加强自己各方面的素质，很快就适应了工作强度与节奏。

由于霍尔工作的出色，她被授予了"服役优秀"十字勋章。霍尔也是唯一一位获得此荣誉的平民女性。当霍尔接过这沉甸甸的十字勋章时，她的眼眶湿润了。她知道，这不是一枚普通的勋章，它包含着国家对她的工作的认可，寄托着国家对她的期望。她更知道，接过这枚勋章，自己肩上突然沉了好多。是责任吗？也许是吧，她仿佛看到了总统看她时那充满期望的眼神,看到了百姓为胜利而欢欣鼓舞的情形,看到了在执行任务过程中,为了国家利益而被敌人残忍杀害的同事们。她知道,她会踏着前人的路继续走下去,替他们完成没有完成的梦想。她更知道,国家和人们的信任,是她前进路上的动力,足以令她为之奋斗终生。

一次,在执行一项秘密任务时,霍尔结识了特工保罗·戈尔特。

保罗个子高高的、瘦瘦的,敦厚老实的外表下隐藏着一颗激情澎湃的心,表面上看他很低调,平日里不善言语,但是暗地里他却非常睿智,能巧妙地处理好各方面的人际关系。

1950 年,霍尔与保罗结婚了,他们没有像其他夫妻一样大张旗鼓地操办,更没有大费周章地宴请宾客。没有隆重的结婚仪式,没有漂亮的婚纱照片,有的只是两个人、两颗真心。

在告知双方父母的情况下,他们低调地办理了结婚手续。一切都安排妥当之后,他们去了一个偏远、人烟稀少的小山村去度过他们的蜜月。

那里风景秀丽,天空是那样的湛蓝,空气是那样的清新。在那里,有一种神清气爽的畅快感,有一种不问世事的愉悦感,更有一种前所未有的轻松感,让人抛开一切烦恼,忘掉一切忧愁,每天都过得简单快乐、无忧无虑。霍尔感觉仿佛来到了与世隔绝的世外桃源,这是她有生以来过得最快乐的时光。

在度过短短的几天的清闲日子后,他们又回到了美国,霍尔向组织申请要求继续工作。

1951 年,霍尔正式进入美国中央情报局,做了一名情报分析师。中央情报局是当时美国政府唯一的情报机构,这个机构不仅能使海、陆两军接受,而且是由总统来控制的。霍尔能在中央情报局工作,可见她当时是多么的受重视,更说明了美国政府对她的极度信任。

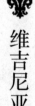

维吉尼亚·霍尔

再度工作的霍尔觉得精力充沛，浑身都充满了力气。她一直就是这样的人，工作和生活中完全就是两种状态。

在工作中她永远是那个干劲儿十足、英姿飒爽的气质美女；而在生活中，她却是个温柔贤惠、带有知性美的窈窕淑女；她是把家打理得井井有条的顾家好女人，新时代女性的典范。她有理想，有追求，清楚自己要的是什么，并用自己的智慧去达到自己的目标。她能很好地平衡工作与家庭两者之间的关系，做到了工作、家庭两不误。在享受工作带给自己的成就感的同时，她也能感受到来自家庭的强有力的后援力量。

时光荏苒，岁月如梭。1966年，年满60岁的霍尔从美国中央情报局退休。退休后她和保罗回到了生她、养她的地方，回到了有着她无数童年美好回忆的地方，回到了那让她魂牵梦绕的农场，过着简单、恬静的田园生活。

霍尔是一个受上天眷顾的孩子，虽然在她年轻时因为一场意外断送了当外交官的梦想，但是凭借自己的聪慧，她不仅成了"二战"期间最著名的女间谍，而且在"二战"后又成功地完成了自己的角色转换，拥有了令人羡慕的幸福家庭，并且安享晚年。

除了英国和法国对霍尔进行了颁奖授勋外，在华盛顿，有一个国际博物馆为了纪念霍尔还专设了她的事迹展区。该国际间谍博物馆是一个以展览间谍用品为主的博物馆，馆内展出的间谍工具共有600多件，展品来自于全世界十多个国家，也有一些著名间谍的事迹。该博物馆的执行经理彼得·厄尼斯特说："因为霍尔太出色了，我必须要把她的名字加入到这些为情报工作做出突出贡献的优秀人士之中。"

这样善始善终的结局不是每个间谍都能拥有的，都说事业做得太出色的女人往往都有心酸的感情经历，但是睿智的霍尔却把事业与家庭同时经营得如此出色，铸造了自己具有传奇色彩的人生。

希特勒的情人、英国的女间谍

南 希

南希·布鲁克福德，全名南希·赫拉莉·埃莱克新德拉·布鲁克福德，她的父亲亨利·布鲁克福德少将，是弗里德里克·冯·巴赫富特的直系后裔。当年，冯·巴赫富特是英国国王乔治一世的贴身侍卫，因为功勋卓著而受封为埃德汉伯爵，传到亨利·布鲁克福德这里已是第十代了。正因如此，伯爵一家受到了英国人的尊重。在德国，她是人人都知道的"英国小姐"、元首的密友和"知己"。就连帝国保安总局的海德里希局长也这样说："除了她，我不知道还有谁能在元首身边佩带武器。"虽然她没有完成使命，但一直到最后，希特勒也不知道她是女间谍。在反法西斯战争中，南希是得到最高奖赏的一位女英雄。

南希是伯爵最宠爱的女儿，从小便对她百依百顺，给她买最漂亮的衣服、最华丽的首饰，为她和姐姐请了最好的家庭教师，不仅教她们基础知识，还教她们外语。

照理说，贵族家庭出身的孩子的童年应该是波澜不惊、无忧无虑的，但世界的局势却让南希从小就看到了战争给人类带来的痛苦和绝望。

第一次世界大战爆发打破了人们平静的生活。1916 年 3 月，天还带着一丝凉意，协约国在法国尚蒂伊召开军事会议，会议通过了索姆河作战计划。南希的父亲——亨利·布鲁克福德也参与了这一次战役。但是，他所指

南希

挥的部队损失了大约 **60%**,手下的军官伤亡几乎达到 **90%**。伯爵本人在第一次冲锋时也受了重伤被抬下战场,因而不能把指挥失误的账全算在他的头上。但在许多人心目中,他负有一份责任:草率的计划,愚蠢的进攻,造成了如此重大的伤亡。

此时的南希只有 6 岁,还是一个无知的孩子。虽然她不懂战争,却第一次认识到战争带给人们的伤害。

看到父亲受了重伤,她心里难过。战争让英国很多人失去了家庭,失去了亲人,南希亲眼目睹了这一切,年幼的她虽然无力改变这一切,可她从心底里讨厌战争。

在南希·布鲁克福德还很小的时候,她的美丽、机智就被身边的亲人们津津乐道。她学习知识的速度很快,尽管比姐姐庞奈洛帕小 4 岁,可知道的东西一点儿也不比姐姐少。庄园的主管邓恩先生和姐妹俩讨论问题的时候,南希总是抢着回答。南希对军事方面的知识非常感兴趣,总喜欢和邓恩先生讨论战争中出现的武器。

伯爵家有一个大庄园,叫威克思通庄园。伯爵经常去庄园打猎,也经常邀请朋友陪他一起去。当然,每一次伯爵都不忘带上南希。也就是从那个时候开始,南希对马术产生了浓厚的兴趣,虽然伯爵害怕她受伤不同意她骑马,但固执的南希又哭又闹,迫使伯爵不得不教她骑马。

一个小女孩要想学好马术是很不容易的事,但南希对她喜欢的事情从来都不会放弃,也不会因为受到挫折而后悔。从那儿以后,南希勤奋地学习骑马,小小年纪就掌握了骑马的技巧。

时间是一个很奇妙的东西,它可以让花儿开放,可以让树苗成长,同时,它也可以让它们凋谢,让它们死亡。时间对世间万物如此,对人类,也从来没有心软过。

乐观的人，懂得利用有限的时间去创造无限的价值；而悲观的人，却总是感叹时光一去不复返，最后，时间只会悄悄地从感叹中溜过。所以，越是富贵的人往往越懂得创造财富，越知道怎样享受生活。

伯爵就是这样的一个人，他从不满足家里的一切，也从不担心没有钱该怎么办，他想的只是怎么创造更多的财富，怎么让自己和家人过得更好。

在伯爵的呵护下，南希感到很温暖，她喜欢一家人一起游玩时的幸福感觉。

在这样的贵族家庭中，旅行是很频繁的事情，管家邓恩先生经常会组织全家人到欧洲大陆去旅行。南希喜欢旅游，喜欢那种自由自在的感觉。伯爵在德国有很多表亲，像巴赫富特，伯爵经常会去德国看望他们。因而，南希从小就和德国的表亲有着密切的联系，长此以往，南希学会了一口流利的德语。当然，南希的语言天赋也很高，再加上家庭教师的培养，她在不知道法国是什么样子的情况下就学会了法语。

1927 年的夏天，他们全家前往纽约旅游。这一次，他们乘坐的是豪华的"毛里塔尼亚"号邮轮，连邓恩先生和家里的贴身随从也跟着去了，当然，还有一个对南希来说影响甚大的人，那就是她的家庭教师乔邓娜小姐。乔邓娜小姐不仅知书达理，而且美丽端庄，给南希传授了不少知识。

一般来说，家里的下人是不能和主人一同坐头等舱的。然而，伯爵的想法不一样，他认为，仆人应该是随叫随到，如果离主人太远，会很不方便。因此，伯爵奢侈地将所有人都安排在了头等舱。就这样，伯爵一家人浩浩荡荡地来到了纽约。

这次的美国之行并不是简单的旅游，伯爵是个有经济头脑的人，他想把自己的资本投入到美国。谁都知道，美国的经济正在快速发展，这绝对是一个发财的好机会。为了这事，伯爵付出了不少精力，茶会、宴会连续不断，

南希

几乎没有间歇的时间。

南希自然不会在意这些事情,她只关注纽约有什么好看好玩的地方。纽约的空气洁净清新,湖水明亮清澈,天空湛蓝明净。每呼吸一下,南希都觉得沁人心脾。

不仅仅是观光,南希还学到了不少关于美国的文化,领略了抽象艺术的绘画、别出心裁的建筑、栩栩如生的欧风雕塑和独具风格的音乐,美国的一切都让南希叹为观止。贵族出身的她从未考虑过为生计奔波劳碌,也正是因为没有这些事情分散她的注意力,她对艺术才有了独到的感受,才使得她因为艺术美感而对人类生活给予了更多的人文关怀,也就不难理解她对艺术家独有的崇拜和注意了。在她人生的道路上,在她决定成为间谍、为国为人类贡献一切的蜕变中,一个艺术家的特质起到了决定性的作用。

此时的她当然不会想到以后的事情,但这个时候对艺术的感知,却为她后来生活的改变作了铺垫。

时光如梭,转眼间,当年那个稚嫩的小女孩已经长大成人了。在她的身上,渐渐散发出一种女人的气息,高贵而淡雅。

同家里其他人一样,南希的个子并不高,显得娇小可爱。她天生就有一张漂亮的脸蛋,高挑的眉毛下面有一双湛蓝色的大眼睛,长长的睫毛微微上翘,红红的樱桃小嘴娇艳欲滴,白皙的皮肤更是嫩得像豆腐一般。

1930 年秋天,树木在一夜之间换上了秋装,秋风吹拂大地,片片落叶"刷刷"作响,世界变成了一片金黄。在伦敦的铁轨上,厚厚的落叶被火车碾成了碎片,在夕阳的照射下,形成了一条通往天边的"金光大道"。

这一年,南希刚满 20 岁。这时的南希,如同一朵含苞待放的玫瑰,令所有见到她的人都为之倾倒。此外,她还有一个聪明的头脑,就连英国王储也在不知不觉中爱上了她。

爱德华·大卫,是当时的英国王子,当他第一眼看到南希的时候,便被她的美丽迷住了。那是在一个大型的舞会上,形形色色的人们在一起欢歌笑舞。爱德华·大卫端着一杯白兰地,正细细地品味着。也不知道是不是喝醉了的原因,爱德华·大卫感觉自己如同走进了梦境一般,一位貌若仙女的姑娘穿着一身华丽的晚礼服,挽着一位中年男子,款款地向他走来。她红润的脸蛋光泽细腻,弯弯的睫毛下有一双会传神的水汪汪的眼睛,每眨一次,都让王子心颤。她的美,倾国倾城!当中年男子介绍说这是他女儿南希的时候,王子还没有缓过神来。南希故意咳嗽了两声,王子这才吞吞吐吐地说:"是南希小姐对吗?我可以请您跳一支舞吗?"

　　和英国王子一起跳舞,不知道是多少女孩的梦想,当这一刻降临到南希身上的时候,她却没有表现得欣喜若狂,只是微微一笑,说道:"没问题。"

　　然而,在南希的内心,这一刻是美好的,似乎所有的光芒都照射在她身上,她为此感到兴奋。但同时,她又是一个自信的女孩,这一切对她来说似乎也是理所当然。

　　从那儿以后,爱德华·大卫再也控制不住自己时时刻刻都想见到南希的冲动。他开始频繁地和南希约会,一起吃饭,一起看戏,一起郊游,几乎每天都要给南希打电话。有时候,王子甚至会直接来到伯爵府中找南希。

　　在一个阳光明媚的周末,王子给南希打来电话,希望她能一起去打猎,南希很高兴地应邀了。

　　王子亲自来到埃德汉伯爵府邸接她,她打扮成一副骑士的模样,干净利落,别有一番风韵。

　　到了猎场,王子为南希精心挑选了一匹温驯的红马,并亲自扶着南希上马。阳光暖暖地洒在南希的身上,她戴着一枚精致的发卡,在阳光的照射下发出耀眼的光芒。王子被这光芒深深地迷住了,整个上午都沉浸在其中,

南希

根本无心打猎。南希表现得非常好,从小就喜欢在庄园里陪父亲打猎的她,自然是有了一身的好功夫。

当中午到来的时候,王子邀请南希去了约克宫。他们共进午餐,谈论了很多话题。南希为自己的打猎成果洋洋自得,并开玩笑说王子连她都比不上,什么也没打着。

王子只是微微一笑,他不敢告诉南希,都是因为她太美而使他无法安心打猎。

王子邀请南希去约克宫也不是一次两次了,他们经常在一起一待就是一整天,在王子的起居室里喝白兰地,有说有笑地谈到深夜。每次到了深夜,王子都会礼貌地将南希小姐送回家。其实在这种情况下,南希希望王子能勇敢一些,但是他一直没有勇敢起来,这令南希甚是苦恼。虽然她希望王子能够向她表白,但她更相信缘分不能强求。

曾经,南希也试过让自己主动一点儿,在戏院看戏的时候曾多次因看到伤感的情节而潸潸落泪,她真希望那时王子能够给她一点儿温暖。但木讷的王子从来都没有这样做过,他不敢轻易碰南希那修长细嫩的双手,更不敢把自己的肩膀借给南希靠一靠,他总是不断地创造机会,却从来没有把握好机会。在她看来,爱情的主动权应该是掌握在王子手中的,但是,胆小的王子却始终没有把心里的爱情带给她,连口头上的承诺也从来没有过。

不久,英国人民迎来了生命中的新一轮春夏秋冬。

除夕之夜,伯爵家上上下下忙得不亦乐乎。今天的宴会和往年不一样,因为今天有一位重要的客人要来,那就是英国王子大卫。伯爵一家早就做好了迎接准备,在伯爵的眼中,王子就是他未来的女婿,他对自己的女儿非常有信心。

这一天,南希的心情格外好,伴随着雪花飘落,南希一大早就起来了。深呼吸一口新鲜空气,南希默默祈祷,这一天,一定要是她 21 年来最幸福的一天。

不一会儿,南希就听见有人窃窃私语:"王子来了!"

南希兴奋地回头望去,带着一脸期盼的表情,寻觅着王子的踪影。

只见王子身穿黑色的西服,戴着一顶圆顶帽,精神焕发地出现在门口。他彬彬有礼地向人们问好,迈着矫健的步伐走向南希邀请她跳一支舞。这一刻,舞台只属于王子和南希,所有的目光都聚集在他们的身上。南希心里一颤,似乎回到了和王子初识的那个晚上。

连续跳了好几曲之后,南希提议去喝杯酒。于是,他们来到餐桌旁,各自倒了一杯白兰地,慢慢地品尝起来。南希眺望着窗外的月色,王子则欣赏着南希的脸。

王子提议出去走走。向家人打过招呼之后,王子带着南希来到了广场,这里灯火辉煌、姹紫嫣红,看得南希眼花缭乱。美妙的音乐飘荡在广场的上空,夜空依旧是那么迷人。成千上万的人们在广场上翩翩起舞,围绕着广场中心的喷泉尽情欢唱。

天色更深了,月色变得更加朦胧。南希的美貌在这朦胧的月色之中若隐若现,他想邀请南希去约克宫,但是,在这样妩媚的夜晚,他羞于开口。

最后,他把南希送回了伯爵府邸。一路上,南希没有说一句话,王子也只是安静地望着前方,他们的心都在挣扎,都在折磨,而南希的心里,更多了一丝失望。

春风吹过大地,枯草变得翠绿起来。花园里,各种各样的花儿争先恐后地开着,它们都想早一点儿看到那片蓝蓝的天空和朵朵白云。伯爵府邸里,南希正在细细地观赏着一朵怒放的玫瑰花,一朵花,一生只有一次美丽的

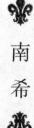

南希

机会,所以它积蓄了很长时间的能量,只为了能在绽放的一刹那放射出耀眼的光芒。

女人如花,一生也只有一次美丽的绽放,但是谁才是那个摘下这朵花并养护它一生的男人呢?

南希思考着这一切,思考着自己的人生。"也许,大卫只是一位赏花人,并不是养花人吧!"南希深深地叹了一口气。

最后,南希没有成为王子的妻子,虽然很可惜,但她相信,在未来的某一天,当再一次想起和王子拥有的快乐时光,她会微笑,这就够了。

理想,有时候就像是一盏指路的灯,在漆黑的夜晚,昏黄的灯光在你前进的路上照出一方光明。

理想,有时候又像是航船上的一个指南针,在茫茫无际的大海上,随着波涛的起起伏伏,却始终指示着你前进的方向。

当一个人坚定了信念,坚定了梦想,就会像是长满了羽翼的苍鹰,在蔚蓝的天空中自由地翱翔。

南希,就是一只长着羽翼的鹰,决定再一次飞往德国蔚蓝的天空,不仅仅是为了逃避父母安排的婚姻,还因为那里有她追求的梦想,那颗梦想的种子在南希的心里生根、发芽、生长,等待开花结果。

历史,就像是一本书,记载着人生的传奇。南希用自己勇敢、惊险的间谍生涯,在战争的岁月中留下了人生的华彩乐章。

欧洲,一个充满着勃勃生机的世界,有着美丽的神话传说,有着爱琴海神秘的文明,有着古典优雅的城池,有着车水马龙的街道。

美丽的矢车菊开满莱茵河畔,波光粼粼的多瑙河映着皎洁的月光,阿尔卑斯山高耸地俯瞰着富饶的大地。德国,就在这花的海洋中不断地繁衍生息;一个坚强的民族,就在生命之源的水边渐渐地苗壮成长。

生活就像是一张洁白的纸,等待着人们涂上五彩缤纷的颜色。邓恩先生经常组织南希一家去欧洲大陆旅行,伯爵并没有感觉到腻烦,相反还很热衷于那个开满蓝色花朵的国家。不仅仅是那里的典雅生活深深吸引着他,还因为在德国有他的远方表亲,巴赫富特一家就生活在那里。

在感情的问题上,南希果断地决定和大卫结束恋情,坚强的南希并没有表现出太多的悲伤,只是不再参加聚会,就连家庭聚会上也很少看见她娇俏的身影。南希经常一个人站在窗前看外边的世界,不知道自己到底想要结交一个什么样的男子来共度一生的时光。这个问题在她脑子里不断地提问,不断地寻找答案。

伯爵夫妇看着心爱的女儿这样闷闷不乐,以为是和王子分手,打击到了骄傲的女儿,于是决定送南希去德国散心,去自己的表亲家做客。

这些年来,两个家族经常走动,南希来比特里希家已经几十次了,对于这个家庭的成员并不陌生,可是很少看见汉姆特,那个大南希 10 岁的表哥。每一次探访,汉姆特只是礼貌地露一下面,然后就以学习繁忙或者工作脱不开身为借口就跑开了。

春天是一个充满希望的季节,小草在绵绵细雨的滋润下蓬勃生长,鹅黄的小芽在微风中伸展着慵懒的腰肢。艳丽的野花露出美丽的颜色,点缀着绿意盎然的大地。1931 年春天,南希来到德国,按照惯例,她去拜访了吉拉德·比特里希,汉姆特的父亲。这一次,南希在这古老的庄园里看见了汉姆特表哥。这个表哥一反常态没有露一下脸就走开,而是耐心地听着南希和父亲之间的谈话,还参加了家里简单的聚会,端着酒杯一步不离地和这个小表妹聊天,蓝色的眼睛里有一股火热的情感在闪动。

在德国旅行的这段时间里,汉姆特经常放下工作,跑来慕尼黑陪南希玩,尽管有些地方南希已经去了很多次,可是汉姆特还是霸道地拉上南希,

南希

不过,他也常常会给南希带来一些惊喜。比如在多瑙河边,汉姆特会忽然从口袋里拿出一枝美丽的鲜花,别在南希浅棕色的头发上。这时候,汉姆特会很绅士地牵着南希的手在河边散步,漂亮的南希和绅士的汉姆特就像这美丽的风景一样,常常让过往的行人忍不住多看两眼。在阿尔卑斯山脚下,汉姆特会弄来一辆马车,带着南希穿过村庄,踏过河流,把茂密的丛林抛在身后,看山上突兀出来的怪石嶙峋。

汉姆特并不是十分英俊的小伙子,不过他有一股很吸引人的魅力,头发是浅黄色,梳理得很整齐,似乎水边的风好像很喜欢和他开玩笑,总是吹乱他的发型。虽然汉姆特继承了家族的矮个子基因,可是他并不否认自己在身材上存在的缺陷,而是积极地面对。他不爱说话,性格内向,可是理解问题的能力常常出人意料,说话幽默风趣,就像一个绅士,深沉但不缺乏感性。不过,他做事情并不是很果断,有时候犹犹豫豫不能下定决心,但在对南希的感情上,汉姆特却很明白自己的心。

时间就像指间的沙,半个月转瞬即逝。在这段时间里,汉姆特几乎一有时间就来找南希,陪着她四处游玩,德国的每一寸土地都留下了南希的脚印和微笑,南希几乎忘记了大卫。虽然每当汉姆特问起她和王子的事情时,南希会有短暂的失神,但一瞬间她就会换回刚刚快乐的表情。

有时候感情就像是清晨的雾,太阳出来了,浓浓的雾就会慢慢地散去。汉姆特对南希的感情就像那永不消失的浓雾,越来越直白,南希也慢慢地读懂了汉姆特眼睛里的火热,一个勇敢的男人,总是会在自己心爱的姑娘面前展现自己强悍的一面,要么是自己的理想,要么是自己的事业。汉姆特在南希快要离开德国的时候,带她来到了自己工作的地方。汉姆特是一名飞行员和飞机设计师,当汉姆特和南希站在飞机脚下时,汉姆特的眼睛里燃起的火苗就像是看见南希那般炽热,汉姆特不再是一贯的沉默,而是滔

滔不绝地讲着飞机的每一个构造,汉姆特豪情万丈地描述自己在天空中飞翔是怎么样的一种感觉。

"在冲上蓝天的那一刻,我就像是这个世界的主宰者,在高高的云霄上,俯瞰这个渺小的大地,巍峨的阿尔卑斯山脉也臣服在我的脚下,长长的莱茵河也扯下了它神秘的面纱。每一次,在蓝蓝的天上遨游,我就像一只自由的雄鹰,毫无束缚地在云端里飞翔,蓝天白云和我如此接近,仿佛一伸手就可以把星星握在自己的手里。"

南希看着眼前的大家伙,仿佛自己如同汉姆特一样,张开双臂,像鹰一样,呼啸一声冲破云霄,搏击蓝色的天空。

汉姆特看着风中张开双臂的南希,裙角飞扬,仿佛一只展开翅膀的蝴蝶,没有语言可以形容她的美丽,没有词汇可以抒发他的迷恋。痴迷了的汉姆特在后面慢慢地环住了南希的腰:"亲爱的姑娘,你下次来,我带你一起飞翔好不好?我教你怎样驯服蓝天,你做我的女朋友怎么样?"

南希没有拒绝汉姆特,也没有回答汉姆特的问题。南希在等待着,等待着和王子不一样的人来拯救自己的感情,她需要勇敢的人来抚平自己跳动不止的心。

两个人拥抱着,望着眼前用冰冷的钢铁焊接起来的庞然大物。落日的余晖拉长了他们的身影,南希和汉姆特都在想着自己的心事。

西方的天空燃起一片红色的晚霞。爱情,在两个人的心中埋下发芽的种子。

南希回到德国以后,她和汉姆特一直保持着书信来往。

四季交替,冬去春来,1932 年的春天在汉姆特焦急的等待中到来了。万物在温暖的阳光照耀下,渐渐地苏醒,远处的山已经披上了绿色的外衣,河边的柳树长出嫩嫩的小芽,在春风中摆弄着柔软的腰肢,洁白的和平鸽

南希

在天空中咕咕地叫着飞过。

收拾好行装的南希决定再一次前往德国，为了自己每天梦里的飞翔，为了自己朝思暮想的那片红霞。

为这次的德国之行，南希找了一个足够说服父母的理由——去德国进修艺术。她不想让父母知道她和汉姆特恋爱的事情，更不想让他们知道自己准备学习开飞机的事情。

当德国的山峰映入南希的眼帘，这片土地已经被南希赋予了新的意义。当然，最高兴的还是汉姆特。南希的再次到来，已经说明南希接受了自己，这让汉姆特兴奋不已。

再次相见的两个人，精力已经不在游山玩水上了，而是那一堆看起来冷冰冰的家伙，还有就是他们迅速升温的感情。

汉姆特和南希经常开着飞机在天上飞行，这在南希的眼里是比参加华丽的宴会还要浪漫的事情。在和汉姆特在一起的日子，南希学会了驾驶飞机。

天气晴朗的时候，汉姆特会带南希去学习飞行。这一天，南希和汉姆特早早地来到了朗兹堡公路附近的机场，南希在汉姆特的保护下，用练习机学习飞机的起落。当南希调整好方向正要起飞的时候，看见汉姆特向她作出停止的手势，虽然南希不知道出了什么事情，还是停下了飞行的动作。

南希回过头，看着笑脸盈盈的汉姆特站起来，向飞机前的几个人招手致意："议员先生们你们好！"

"你好，亲爱的汉姆特，你又在训练新学员了，你真是个不错的教官，不知道谁这么幸运，成为你的学员。"

南希松开安全带，站起来看着眼前的三个人，一个人抱着肩膀，一言不发地看着旁边的两个人，而旁边的两个人挥着手臂，很热情地和汉姆特打着招呼。

南希很不满这样的终止活动,冷冷地看着眼前的三个人。如果南希那时候老老实实地待在座位上,那么她后来的命运是不是会有所不同呢?

命运,有时就像你抛出去的一枚硬币,猜不出落地的时候是字面还是花面,只有在尘埃落定的时候,才知道自己的选择是对还是错。

历史总是以一个又一个巧合创造姻缘,缔结神话,一些人的命运也因此得到改变。南希抬脚迈出座舱,扶着座位一跃跳下了飞机,穿着高筒靴的双脚稳稳地落在跑道上。她娇小的身材立即引来三个人的注意,只见南希穿着紧身的夹克,斜纹布的马裤,头上戴着飞行头盔。

"先生们,请允许我向你们介绍南希·布鲁克福德小姐,我的远房表妹。"

三个人吃惊地看着南希,包括那个一直没有表情的男人。南希摘下头盔甩甩头发,精致的脸庞出现在三个人面前,妩媚的眼神,飘逸的秀发,光彩照人。那个胖子笑着的嘴巴没有合拢,很滑稽地看着南希:"真是一个漂亮的女人。"

那个典型的日耳曼人首先伸出手,向南希介绍自己:"美丽的小姐,我是埃哈德·缪兹,汉莎航空公司董事长。"眯着眼睛的胖子还没等日耳曼人介绍完,就急忙开口:"漂亮的小姐,我是霍尔曼·戈林,民社党的议会领袖,议会的副议长,很高兴见到你。"

南希看着那个一直不说话的男人:"那么这位先生呢? 您如此绅士,怎么一言不发?"这时,这个沉默的男人不再恭敬地站在后面,他向前迈了一步,说:"南希小姐,你好,我是约瑟夫·戈培尔,柏林党部的领导,也是副议长,见到你很高兴。"

人生就像是一场没有剧本的戏,只要你登上了这个舞台,就会发生许多事情,在不同的时间遇见不同的人,在不同的历史下发生不同的事情,形

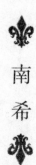

南希

形色色的人,起起伏伏的事,不会按照你预想的过程进行发展,你只有不断地适应和接受,才能在生命终止的时候,微笑地画上圆满的句号,不管你是一个普通人,还是站在风口浪尖的时代领路人。

一月份的柏林冷了许多,街道上已经着了一层冰。行人裹紧了大衣,皮鞋踏在冰上,干脆、有力、急促,没有谁不会想着赶紧找个暖和的地儿。可风不体谅行人,在宽阔的大街上,从这头吹到那头,兜头撞在行人身上。

柏林街头上,唯独褐衫队员在徘徊着。与往日不同,他们此时在外面罩了一层非常破旧的大衣,扮作乞丐在街上乞讨着准备装入纳粹金库的钱。冯·施莱格尔仍旧不交出手中的权力,同时国内反对希特勒上台的呼声越来越高涨,更糟的是,实业界已经撤回了对希特勒的支持。这使得希特勒的爪牙们慌了手脚,不得不想尽一切办法挽回局面。

冬日的白天真是短暂,刚才太阳还正当空,眼见着倏地一下落下山去了,余光追随着太阳,由近处的天空掠过,挨近天边,一点点地消失殆尽。夜降临了,南希临窗而坐,背影挡住了灯泡的光亮,字看不清楚了。她站起身来,舒展下身体。混浊的灯泡兀自亮着,破旧的桌子上横七竖八地堆着已经蒙尘的书,地上散落着泛黄的纸张,有的已经被踩破。南希倚着窗台,望向窗外,黑糊糊的不分明,就像她现在不清楚自己的未来一样。正当南希考虑要回国的时候,汉姆特的一个电话改变了南希的想法。

在电话里,汉姆特告诉南希,戈林邀请他和南希出席将在波茨坦的卡尔森教堂举行的新国会开幕仪式。

俾斯麦于 1871 年 3 月 21 日召开他的第二帝国第一次国会会议,而希特勒也选择在这个日子召开他的第三帝国第一次国会会议,目的就是要向所有人表示,他要振兴德国,并且打消有些人认为他希特勒考虑问题不够理性的想法。

冯·兴登堡总统走进教堂,步履蹒跚。他年过八十,身上佩戴一把银色的剑,白色的短头发,白色的八字胡,制服和手套是白色的,勋章和奖章也是白色的,一切都让人望而生畏,肃然起敬。他向陵墓和王座致敬后,就在祭坛前排坐下,挨着他的是身着常礼服的议会主席戈林。

南希以前没有见过希特勒,直到他站起来,南希才知道这个人就是希特勒。希特勒是个小个子,棕色头发,脸色苍白,读演说稿的时候,一小绺柔软的头发掉下来,横挂在前额上。这就是南希眼中希特勒给她留下的第一印象。

希特勒讲完走下读经台,向议会主席们鞠了一躬,然后双手握着垂在腹前。此时,上百盏闪光灯突然在教堂里闪起来。

在新国会开幕仪式结束两天后,南希收到戈林的一张请柬:"您能在明天晚上 7 点来我的官邸与我们共进晚餐吗? 届时您将见到元首,并且元首表示,他很高兴能见到您。我将派人在 6 点 45 分前来接您。"南希将请柬放在桌子上,等着汉姆特回来。当汉姆特下午回来时,南希才知道他并没有收到请柬。

第二天,戈林的黑色梅塞德斯轿车准时来到南希的公寓门口。到达议会主席官邸时,一位侍役带她走进一间华丽的小客厅,而不是去餐厅。南希待了一小会儿,另外一个门打开了,进来的是戈林和总理阿道夫·希特勒。戈林容光焕发,一眼就看见了南希,而希特勒还在滔滔不绝地与戈林讲着话。

"嘿,我的元首,请允许我介绍一下,这位是英国贵族南希·布鲁克福德小姐。"

希特勒这才转过身,打量起眼前这位小巧玲珑的英国美人。湛蓝的大眼睛水汪汪的,小而微翘的鼻子,鼻翼轻轻翕动,犹如一只小憩的蝴蝶盈盈

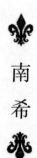

南希

扇动翅膀，圆润光滑的小脸配上这樱桃般红润的小嘴真是再好看不过了。除了美丽，南希浑身散发出一种灵动的聪慧，从她闪动的大眼睛里，从她的举手投足间，从她的一颦一笑中，甚至当什么都不做时，这种聪慧也在汩汩地往外溢。希特勒被迷住了，眼睛盯着南希不动了。

"总理阁下，能认识您，让我感到十分荣幸。"

希特勒这才回过神来，拿起南希的手吻了一下，然后鞠了一躬："南希小姐，非常高兴认识您。戈林告诉我，您也参加了国会的开幕仪式，您是德国历史上最伟大时刻的见证者。"

他们坐下来在一起谈了有 10 分钟，在这 10 分钟里，南希对希特勒又有了完全不同的印象。当南希说话时，希特勒就专注地倾听，有时深深地点头，有时又轻轻地皱眉，好像要把南希的话好好思索一番。当希特勒开口时，他的手一刻不停，一会儿拍拍南希的手，一会儿碰碰她的肩，一会儿又拉住她的胳膊，有时甚至触到了南希的腿。南希开始有些尴尬，但后来明白了，这些不是好色的举动，而是友好的表示。这就是希特勒的谈话方式，热情过分，矫揉造作，加上他谈话时总是激动万分，这些就构成了希特勒独有的谈话艺术。

戈林站在一旁，对希特勒和南希的交谈不多插嘴。吃饭时，戈林一会儿倒酒，一会儿摇着银铃叫唤侍役。希特勒既不喝酒也不吃美味的烤牛肉，只吃蔬菜和一大玻璃杯番茄汁。他告诉南希，他并不是素食主义者，只是不大喜欢吃肉和喝烈酒罢了。饭后还没有喝咖啡和白兰地时，希特勒就要离开，他说办公室还有很多工作要做，对不能陪伴大家表示歉意。向每个人道过晚安后，希特勒把南希拉到一边，握着她的手说："认识您让我感到十分高兴，希望我们会尽快再见面。"

"我想会的，总理阁下。"南希微笑着说道。

人生有许多谜,难以找到合理的答案。

南希在德国的生活同英国相比,除了开飞机以外,基本上还是差不多的。在英国她经常出现在政府高官的宴会上,出现在贵族的舞会里,甚至出现在王公大臣的花园中。

来到德国之后,这个美丽迷人的姑娘也一样没有闲暇的时候。她认识了身份显赫的希特勒、戈林、戈培尔等德国上层社会的名流。更重要的是,英国贵族的血统令这些人对这个漂亮的女人刮目相看。她的美貌得到了很多人的垂青,这么多的人中,有一个鼎鼎有名的人物,他就是阿道夫·希特勒。希特勒也为这个有着倾城倾国之貌,一个娇羞的媚眼就能使人几日都飘飘欲仙的女人而倾倒。希特勒每逢大宴小会,一有机会,便不忘发展他们之间的关系。渐渐地,他们走得更近了,南希成了他心目中的密友人选。

或许美丽是招致一切祸患的元凶。希特勒对南希开始蠢蠢欲动了。为了进一步接近南希,希特勒准备让南希为他驾驶飞机,陪他到海德堡度周末。

这次出行,希特勒除了要处理一些纳粹党内的事务外,主要的目的是和南希出去游玩。

接到这次去海德堡旅行的消息,南希感到非常意外。她没有想过元首会约请她为专机的飞行员。生命中第一次给元首开飞机,这令南希多少有些紧张。不过希特勒的专职飞行员鲍尔已经在起飞前仔细地检测了飞机的每一个零部件的工作情况,他是个非常细心的人,飞机起飞之后,鲍尔一直坐在副驾驶的位置上,他会在必要的时候帮助南希,这令南希紧张的心情缓和了很多。

碧空万里,没有一丝的浮云,这是飞行的最好条件。南希就像一个天使一样得到老天的眷顾。在这次飞行中,由于飞行条件格外好,整个飞行顺畅

南希

极了。精彩而沉稳的着陆令希特勒十分满意,走下飞机之后,希特勒不无夸奖地说:"你是我看到所有女人中最完美的一个!"这话有些暧昧,当然,希特勒并不会大张旗鼓地大肆渲染,他是个极为注意公众形象的人。

海德堡里面的人早就为元首的到来做好了准备,制订了完美的游玩计划。不过希特勒并没有在游玩之列,他要参加几个会议,解决纳粹党内的某些问题。海德堡的人在希特勒开会期间,带着南希和鲍尔参观了城市、城堡和大学。

行程安排得非常紧密,南希有些疲惫了。还好海德堡的人安排南希住在斯古拉恩旅馆,每个人的房间都是单间套房,环境舒适温馨,并且还有专人服务。

南希拖着疲惫的身体走进了套间,里面的布置使南希豁然开朗,而且茶几上已经摆好了香槟酒和果盘,果盘里还有希特勒专程托人送来的巧克力。室内的鲜花芳香四溢,花瓶中是戈林、戈培尔派人从柏林送来的鲜花。

晚宴十分隆重,南希却是独自一人去参加。希特勒没有参加晚宴,他似乎还很忙。南希再次成为晚宴上光辉照人的一颗星,不过,她没有在晚宴上待多久就回房间休息了。

一天里,又是开飞机,又是游玩,她的身体极度疲惫。回到套间,她倒了杯香槟酒,一边喝着酒,一边翻看了房间里早就准备好的报纸。在报纸上她看到了有关汉姆特的新闻,他又升职了。看上去在德国的纳粹部队里,这个家伙干得还不错。汉姆特为自己的军事生涯忙个不停,同南希见面的机会也寥寥无几了。南希开始觉得好笑,两个人竟要通过报纸了解相互的信息。香槟酒喝完,报纸的内容也看得差不多了,南希的睡意已浓,渐渐地进入了梦乡。

星期天的早上,雨淅淅沥沥地下了起来,天气非常凉。非常奇怪,昨天还是那么好的天气,说变就变,现在已经下起了雨。南希早上没有起得很早,也没有人一大早打扰她,一夜的安睡使她神清气爽。南希透过氤氲的玻璃窗望着外面,她想着心事,人生能有多少这样宁静安详的时刻呢?从她认识这个世界到现在,无数的战争上演过。希特勒的一意孤行会不会再给这个世界带来灾难?正当她沉浸在幻想的世界里,电话铃声把她的思绪拉了回来。元首的副官通知她 11 点钟的时候,元首会派人来接她,却并没有交代是什么事情。

南希下楼的时候,雨已经下得很大了,无数的雨点像是天上射下来的箭,穿过空气,落在汽车上、地面上、南希的衣服和鞋上。南希有些担心了,不会是去机场吧?这样的天气飞行可不是什么好主意。

不过轿车行驶的方向令南希打消了刚才的顾虑。汽车从旅馆驶出后,越过海德堡大桥,爬上对岸陡峭的山坡,驶向一个山间的别墅。

轿车在山间一栋很大的别墅外面停了下来。纳粹党的司机殷勤地为南希打着伞,两个人并肩走进别墅。南希的身上丝毫没有被雨水打湿,而那个殷勤的司机却湿了大半面身子。

"您请,小姐,元首在书房等着您的到来。请这边!"司机对南希笑着说。

"好的,谢谢您!"南希也非常礼貌。

南希轻轻叩了几下房门。她知道希特勒似乎睡眠不好,在他的面容上总是能够看出莫名其妙的倦意。

"请进!"里面的人干净利落地说,不过声音并不是很响亮,感觉离房门有很大一段距离。是希特勒的声音,他那特有的声音,很容易辨认。南希轻轻地推开门走了进去。

雨总是给人带来无限的遐想。希特勒也是一个人,他也有着自己特有的感情。南希进了门,看见希特勒站在硕大的落地玻璃窗前,显出他那笔挺

南希

的身材,尽管个子不是很高,但看上去非常的挺拔。

希特勒似乎并没有从那种状态中解脱出来,尽管南希已经走进了书房。

"总理先生,中午好!"南希选择了一个非常尊贵的词来问候希特勒。她缓缓地走到希特勒身边说:"我应您邀请到这里来了。"

希特勒并没有转过身来,眼睛也没有离开过窗外的雨。很显然,他对南希没有丝毫的戒备。他在努力把南希拖进他所处的意境之中,这样的情形和气氛只有对非常亲近的人才会如此。

当然,他听到了南希的话,轻轻地说:"中午好,南希小姐!"

"这样的时刻真是美妙极了。外面的雨叩打着我的心,我能够倾听到我内心深处的呼唤。现在除了恬静,什么都没有,不用去想那么多的事情,脑子里、心里、耳朵里都是雨声,像是在洗礼。"希特勒说得非常动情,或许除了南希,没有什么人看到过这样的情景,听到过希特勒如此婉约的话语。

希特勒根本没有看南希的表情,他根本没有走出自己的世界,相反,他希望拉着南希进入他的世界。经过多次的接触,希特勒已经对这个聪明漂亮的女子产生了无限的好感。他转过头来,拉起南希的双手捧在手心,目不转睛地盯着南希。

这样的举动令南希有些惊慌了,她的心率一下子不受自己的控制,狂跳了起来。她没有像现在这样和希特勒独处过,以往都是在宴会上,是众人同在的时候。南希已经预感到要发生什么事情了。

"你是这个世界上最美丽的姑娘。"希特勒突然冒出这样一句夸奖的话。南希不知道怎么对答才是,脸蛋微微泛起了红晕,看上去却更加有了风韵。南希对希特勒微微一笑:"总理先生,您过誉了。"

希特勒松开南希的手转过身去,再次看着窗外。希特勒接着说:"上帝让我来到人间,就是要我做一个领袖,一个伟大的领袖。可是,这条路艰难而又冷漠。在不断地完善自己的同时，我非常困苦寂寞。不过你出现了，我的天使，这是上帝对我的恩赐。"说着希特勒把胳膊伸出来搂住了南希纤细的腰肢。"啊，上帝，天使，但愿剩下来的日子我们能一起走完。"希特勒转过身来，一下子抱住了这个绵羊一样温顺的姑娘，开始亲吻南希的脖颈。突如其来，实在是突如其来，南希连反抗的机会都没有。希特勒就是这个样子，令人捉摸不透，不知道他下一刻会做什么。

像跌进了无底深渊，南希眩晕了，她的心在飞速地下沉、下沉。南希更加担心的是希特勒再做进一步的举动，不过似乎希特勒并没有那个兴趣，他疯狂地吻了一阵，然后拉着南希到沙发上坐下，又开始说话。希特勒向南希表露他的内心世界，向南希倾诉心里的酸甜苦辣。他还非常直接地向南希袒露心事，希望南希能够成为他脆弱的那个角落里为他撑起坚强的伞的女人。

希特勒的兴趣似乎只在于亲吻，他三番五次地用这样的方式侵犯南希，同时不断地在表露心声。一个下午就这样过去了。南希接受了心灵的洗礼，而希特勒似乎在茫茫人海中找到了他的知己———一个美丽漂亮的英国贵族女孩。

希特勒强悍的一面令人畏惧，而他脆弱的一面却令人怜悯。某些方面的成功，令南希对希特勒敬佩不已。好人身上也会有缺点，而坏人身上也会有闪光的地方，万事万物都没有绝对的。而南希对他的怜悯，在后来他对犹太人惨绝人寰的屠杀中，在她的挚爱恩斯特死了以后，在他对英国土地的狂轰滥炸中，被击得粉碎。

大雨延误了希特勒的行程，一直到星期二，他们才飞回柏林。南希同希特勒之间的关系就这样产生了微妙的变化，她成了希特勒房间里的秘密朋友。说是情人，这样的称谓并不恰当，至少希特勒和南希之间并没有真正发

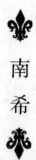
南希

生过男女之私，说是朋友或许更合适一些。

生活永远不只是一个场景，世上的人也不可能形单影只地完成生命历程。在南希的间谍生涯中，她结识了一个不可不提的人物——莱茵哈德·海德里希。

生命中总是避免不了一些偶遇，而有一些偶遇，纵观人的一生却感觉像是注定的。海德里希同南希的相遇同样是那样的神奇，同时也使南希落入了一个无法估量的迷阵。

蔚蓝的天空中翱翔着一群大雁，它们追寻的不仅仅是自由，更是对蓝天的一种热爱。

冬天的天空中没有大雁那矫健的身影，却有和大雁一样为追寻蓝天而翱翔的灵魂——那就是南希和她驾驶的"鹳"式飞机。

"鹳"式飞机又被叫作"蚂蚱"，是一种小型的飞机，不仅机身小巧，而且重量很轻，所以飞行起来非常灵活。它可以在较小的范围内实现起飞或者降落，这对于大型飞机来说是不可能完成的任务。此外，它的飞行速度可以达到每小时175公里，在遇到一点儿顶头风的时候，几乎可以停留在空中不动，这也是别的飞机不能实现的。

身为空军少将的汉姆特·比特里希分到了一架。在当时，这种"鹳"式的新型飞机不是所有人都能拥有的。在大家心目里，能驾驶这种飞机的人，自然是有权有势的"贵人"。加上这种飞机的灵活性高，所以能自在地停留在任何一个可能的地方。

汉姆特经常开着"鹳"式飞机带南希出去游玩，同时也特许南希在他不需要的时候随意驾驶这架飞机。所以，在无聊的时候，南希经常将驾驶这架飞机当成一种乐趣。

但是，这一次却不同，她有着另外的目的。她绕着柏林附近的机场兜了一大圈,每一个机场都要降落一次。所到之处,都会受到人们的热烈欢迎。每个值班人员都知道,这是那位传说中来自英国的美丽小姐,而且她驾驶的是"鹳"式飞机。

回到机舱,南希准备往下一个目的地飞去,那就是位于柏林正西方的加托,它正好位于美丽的汪西湖的西岸。

这一天风雪交加,天空中弥漫着纷纷扬扬的雪花,在阳光的照射下,闪闪的如同璀璨的星光。南希并无心观赏这浪漫的雪景,这样的天气对于飞行来说是有些危险的,她必须全神贯注,与风雪作顽强的抗争。

一阵又一阵的大雪朝着南希驾驶的"鹳"式飞机扑面而来,小巧的机身在风雪中摇摇摆摆、起伏不定,南希努力地保持着飞机的平衡。

终于,在南希的努力下,"鹳"式飞机平安地飞过了汪西湖,宽阔的加托机场浮现在南希的眼前。

前方就是最后着陆的地方了,胜利就在眼前。可与此同时,在汪西湖的上空,还有另外一架"鹳"式飞机,正在以与她差不多的速度,以同样的着陆目标向她冲过来。

南希被吓得一下子神经紧张起来,但是,思维敏捷的她并没有因此而慌张,因为也许下一两秒就会和另一架飞机相撞。

或许是出于本能,或许是果断的决定,南希把操纵杆向前推,采用了俯冲的方式,希望能飞到另一架飞机的下方,只要对方不采用同样的方法,这就是唯一的希望。

对方和南希一样,都采取了向右转的方式,这是飞行过程中避免相撞的基本规则。

这样一来,另一架"鹳"式飞机那长长的机翼间支柱末端的右轮朝着南希的方向甩了过来,离南希就差不到 2 米的距离。紧接着,对方又甩下了长

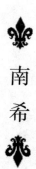

南希

长的机尾，几乎擦到了南希驾驶的飞机的机翼。

飞机在空中接触了一下，但幸运的是，两架"鹳"式飞机都没有多大的损伤，对方的飞机已经平安地向前飞去。

经历了险情的"鹳"式飞机在南希临危不惧的操纵下穿过了汪西湖，飞到了树枝的上方，机场再一次出现在南希的眼前。南希这才长长地舒了一口气，二十几年来，南希从来没有这样害怕过。当飞机平安着陆的时候，她仍然没有缓过神来，眼睛盯着白茫茫的雪地，呼吸急促，整个人都瘫软了下来。她的手心和后背，早就浸满了汗水。

此时，和南希"擦肩而过"的另一架"鹳"式飞机降落下来，在地面滑行到和她并列停在一起。驾驶员从座舱里跳了出来，带着满脸的怒气，昂首挺胸地朝南希走来。

南希这才细细地打量起这个人，他个子高大，有一头金黄的头发，一双蓝蓝的大眼睛，虽然身体很瘦，但挺直的鼻梁使他显得很有精神。眼看来者不善，南希赶紧取下飞行帽，松开安全带，拨动了一下凌乱的头发，打开座舱，准备迎接对方的到来。

可是，当那高大的男人来到南希面前的时候，却意想不到地转换了他那愤怒的脸庞，取而代之的是一脸惊讶和温和。他带着尴尬的笑容温柔地问道："您就是来自英国的布鲁克福德小姐？"

南希被对方一百八十度的态度大转弯弄得不知所措，只是轻轻地点了点头。

"您好！"男子微微地弯下腰，对南希表示尊敬。他以一种尖细得有些像女人也似的声音对南希自我介绍道："我叫莱茵哈德·海德里希，刚才的冒昧，请您不要介意。"

"您真客气！"南希也微微一笑，从容得体地回答道。

1938年夏季,气候宜人的欧洲正值最美丽的时节,鲜花烂漫,绿树成荫。不过南希这个时候却遭闻了一件让她忧心不已的事情,她远在英国本土的父亲生了非常严重的病,她不得不从德国飞回伦敦,照顾重病的父亲。

她并不知道,在此时,英国的间谍机构已经基本掌握了南希在德国的情况。不仅有关她出色的飞行技能,关键在于,她是一个可以和德国高级政治集团内部诸多人士保持频繁的接触,并深得希特勒的宠爱的特殊人物。

更主要的是,南希有一颗纯正的爱国之心。尽管在德国,她得到了梦寐以求的飞行员身份,尽管南希已经深入德国纳粹集团的高层,尽管南希已经成为希特勒身边最亲密的女性,但是她从骨子里仍是英国人,从她的思想和言行上看,可以肯定地说,她是一个无限热爱祖国的英国贵族小姐。这一切,都构成了英国方面选择南希作为即将发生的英、德之战秘密武器的缘由。

人生就是从起点到终点,再从新的起点到新的终点的不断循环的过程,南希在德国看到在纳粹统治下的德国充满了黑色恐怖。一场场地战争会让无数的白骨暴露在战场上,会让无数个家庭妻离子散,多少有为的青年殒命沙场,多少善良的人们将成为战争的牺牲品。站在人民的角度,站在民族的立场,当英国情报人员找上门时,南希无法拒绝这看似渺小实际却很伟大的使命。

一个不起眼的情报或许会拯救成千上万受着黑色恐怖压迫的人们,拯救一个民族甚至一个国家。此时南希明白,既然选择了这条路,那么就不会再回头了。

春天,总是带给人希望,给人以源源不断的生机。1939年的春天,春暖花开,蓝色的矢车菊等待着开花的刹那,粉色的玫瑰装点着爱情的巢

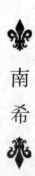

南希

穴。对于汉姆特来说,这无疑是一个美丽的季节,在姹紫嫣红的春天,南希终于成了他美丽的新娘,成为和他相依相伴的妻子,手与手牵绊在一起的时候,如果不是因为这个疯狂的世界,他们面前的就是简单而幸福的生活,多年以后儿孙绕膝。可惜,这是一个硝烟不断的年代,爱情有时候也会沾染上战争的味道。

计谋往往掩饰在一个鲜亮的谎言下面,就像南希和汉姆特的婚礼,就像南希不能公开的身份——一个战争中的女间谍,一个在战火中生死挣扎的角色,她要寻找一个港湾,停泊在风口浪尖上的生活;她要寻找一棵可以遮荫的大树,掩饰她英国女间谍的身份。

婚礼的仪式很简单,就像普通的两个小市民一样,在登记机关前面的大厅里举行。当天,没有华丽的音乐,没有美酒和佳肴,没有亲人们的祝福。在很早的时候,南希就接到了父亲的来信,这场婚礼是不被自己的父母支持的,可是因为战争,因为使命,让这个女人不得不背井离乡,让她奔波在一条不能为人所知的战线上。

不过,这样一场简单的婚礼,让在那里工作的纳粹官员们诚惶诚恐,害怕出现一点点差错。因为阿道夫·希特勒、霍尔曼·戈林、海因里兹·希姆莱,这些赫赫有名的大人物都出现在婚礼现场上。不过海德里希并没有出席。婚礼的过程平淡而唯美,当夫妻两个人的手紧紧地握在一起时,一个家庭就这样组成了。

仪式结束后,晚宴是由希特勒安排的,在总理府举行,这让汉姆特感到无限的荣耀。在晚宴上,希特勒举着装满香槟的酒杯,向南希祝福,可是精明的希特勒眼睛里面却闪着一种异样的光芒。

席上,美丽的新娘和容光焕发的新郎坐在希特勒和戈培尔的中间,晚宴就在不断出现的惊喜中继续。

今天晚上的希特勒身穿白色礼服,就像是一个十足的绅士。在宴席间希特勒找了个机会,把新娘带到一个无人的房间。在关上门的一瞬间,希特勒立即就换上了一种复杂的表情,就像是一个小孩子要失去自己最宝贵的布娃娃一样。南希的笑容则仍然平静而自然,她低声对他说了些什么,希特勒的面容有些茫然,但随即他就恢复了过来,苦笑着点了点头,这两个人的行动没有人知道,也没有人过问。

晚宴在祝福声中结束了,在希特勒的安排下,南希和汉姆特的新婚之夜是在阿道隆旅馆度过的。在温暖的套房里,南希和汉姆特躺在柔软的床上,汉姆特温柔地亲吻着南希的脸颊。浓重的夜,吞没了这个城市,吞没了相爱的两个人。

为了梦想,为了使命,每个人都会付出相应的代价,或者是金钱,或者是权力,或者是生命,或者是肉体。

"不惜一切代价,深入了解海德里希这个人,以便于获得更多的情报,这是你现在的任务。汉姆特是你最好的保护伞,你可以放手去执行你的任务了。"某一天,一个瘦弱的男人在公园中和南希擦肩而过的时候说道。

"了解海德里希?"南希在心里面一遍遍地想着瘦男人的话。

周末是一个很好的时间,对于达官显贵们来说,他们会组织各种各样的休闲活动,以此彰显他们尊贵的生活。

在阿尔卑斯山的南麓修建着海德里希的山间别墅,几乎每个周末,海德里希都会驾驶着自己的飞机来到这个世外桃源。在这个周末,南希要去完成她的第一个任务,进一步获得海德里希的认可。

小巧的"鹳"式飞机穿梭在空中,就像是一只飞起的小鹰,在空中敏捷地飞行。南希看着地面上的田野,没有战火侵袭的原野是一片崭新的绿色,没有战火摧残过的农庄,袅袅的炊烟升起。看着这些美好的事物,南希加快

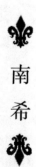

南希

了飞行速度,有一种信念在不断地被沉淀、被坚定,海德里希要么是最好的帮手,要么就是最危险的敌人。

在险要的山峦中,降落对于南希已经不是困难,可是找个地方着陆却是当前最棘手的问题,在山沟里面已经转悠了半个多小时,南希还没有找到一块适合降落的地方,忽然间,南希看见了海德里希的"鹳"式飞机,像个斑点一样,停在一块平坦的地上,后面是一个十分雅致的山间小屋。

海德里希同样看见了南希的小飞机,在地面上不断地招手,南希调整好方向和速度,准备降落。在离地面不远的时候,看见地面上的海德里希就像是一个等待妻子归来的居家男人,翻领毛衣套在魁梧的身上,黑色的休闲裤子显得他更加修长, 微微向上卷起的袖子就像是邻居家和善的男主人,十分帅气。

飞机舱门缓缓打开,海德里希看着美丽的南希,眼神里有野性的东西一闪而过,但语气仍然温文尔雅:"万分荣幸,能和您共度周末。"他抓住南希的手,让她从机翼上跳了下来。

站在地面上的南希环顾这个隐蔽的地方, 四周茂密的森林紧紧围绕,远处是连环不断的群山,森林深处只听见几声鸟的叫声。

这个地方没有水,也没有电,推开小屋的房门,只看见壁炉里面燃烧的火苗,"噼噼啪啪"还可以听见燃烧木头的声音。壁炉前面是一张很古老的沙发,上面用粗糙的军用毛毯盖着,前面的桌子上是海德里希带来的酒和水果。

海德里希拉着南希坐在被炉火烘暖的沙发上,高高的火苗映出两个人的身影,高脚杯碰在一起发出清脆的丁当声。喝着香槟,吃着点心,两个人高兴地聊着天。海德里希还给南希演奏了小提琴,悠扬的琴声飘散在浓密的森林中。南希也满足了海德里希的要求。

如果不是"深入了解海德里希",而是换成"暗杀海德里希"的话,那么现在就是绝佳的时机。在南希的怀抱里,海德里希沉沉地睡去,现在就是有人拿着枪指着他的头,他都不会醒来,他已经失去了应有的警惕。南希放开海德里希,他依旧没有醒过来的迹象。南希走到桌子前倒了一大杯白兰地,脑子里不断放映着这一天发生的事情。

　　时间一分一秒地过去,南希真的希望这一天快点儿结束,一个小时过去了,南希往壁炉里添了两块木头,又回到海德里希的身边。使命,不得不让南希继续和他待在一起。

　　看着熟睡中的海德里希,这个德国最精明、最危险的人,现在就像一个孩子一样,没有任何的戒备。他是这样的相信南希,海德里希在用自己的生命作为赌注去相信南希。

　　太阳高高地挂在天上,又是一个晴朗的天气,海德里希和南希走在柔软的草地上。"假如昨天晚上有暴徒或者是犹太人隐藏在这片树林中,你那样的放松警惕,不怕断送了性命吗?"南希歪着头看着海德里希。

　　"呵呵!"海德里希笑了笑,没有停下脚步,也没有看身边一脸疑问的南希,"如果怕,我就不会选择这样的工作了。我不会同我的首领那样,每天只有工作,谨小慎微地生活,丢掉了享受和乐趣。"

　　他口中的首领无疑就是希姆莱,他的顶头上司。

　　"他的工作大概就是反戈林吧,除掉这个阻挡自己前进的绊脚石。"南希试探着问。

　　海德里希点点头,并没有矢口否认,看着绿绿的山坡,他微笑着说:"就是这样的,你想的很正确。"

　　房檐上不断地滴答着融化的雪水,凝结的冰柱闪着晶莹的光,春天来了,这回冬天是真的过去了。

南希

在房子的背影部分，还可以看见没有融化的冰雪，海德里希细心地把它们收集起来装在桶里，用来冷藏葡萄酒和奶酪。

经过冷冻的葡萄酒更加爽口甘甜，微微的酒香熏染着两个人，或者是心醉了，或者是眼睛醉了。谈论着飞机，谈论着汽车，两个人谈论着希特勒和希姆莱。

"我为我现在的荣耀兴奋，可是我不满足，我想要更高的地位，我想要更大的权力。"海德里希就像是一个吐露隐秘的醉鬼，可他说的话却又是那样的条理清晰。"我不仅是个局长，我的党卫军还有强大的装甲师，他们是那么的勇敢，那么的善战。"海德里希挥舞着胳膊，"我应该是一个指挥官，海军指挥官，可惜没有党卫军海军。"再说出这个词汇的时候，海德里希兴奋的眼睛里出现了一点点的失望。

"你说的这些怎么没有听汉姆特说过，他只是整天在勾画他的领空战场，这些都是秘密吗？"南希问道。

"可以说是，也可以说不是。我们已经组织了一股强大的保卫力量，我们要设立情报机关，我们要设立保安局，我们还要设立警察局，反情报机关也要设立。而我，我要成为这些力量的领导者，绝对的领导者。"海德里希看着举起的酒杯，并不看南希，仿佛说给自己听一样。

"那么盖世太保呢？也包括在这里面吗？"南希继续问道。

"对，盖世太保也包括在内，还有反情报部门，如果情况有需要的话，他们可能要用自相残杀的方式来完成我的计划，。"海德里希狂妄地笑着，仿佛是一只发疯的狮子在咆哮，"我真是一个聪明的人，有谁可以想出这么完美的计划，只有我，只有我莱茵哈德·海德里希。"

"你这个聪明的头脑充满了鲜血的味道。"南希不屑一顾地看了他一眼，沉闷的钟声响在阿尔卑斯山谷间。

"我们在拯救世界,我们在用战争挽救这个世界原本该有的和平和秩序。"海德里希站起身来在后面抱住了南希,"你要做好战争的准备,我优秀的飞行员,你就是和平的天使,你就是衔着橄榄枝的和平鸽。"

"用战争挽救和平,你对拯救世界感兴趣吗?"南希问道。

火渐渐地弱了下去,海德里希并没有继续说下去,只是往壁炉里面又加了几块木头,火苗渐渐地高涨。"我可以相信你多少?"海德里希忽然间回头,看着跟过来的南希。

"这个不是我可以回答的,看你自己相信我多少。"南希在空了的酒杯里重新倒上酒,浅浅地喝了一口,转过头看注视着自己的海德里希。

"元首是一个聪明人,不用我说,你就可以感受得到,合并德奥可以很简单地实现,可是攻占捷克,就会困难重重。我们只要一步走错,就会步步赶不上时机,在这场战斗中四面受敌。"海德里希继续喃喃自语,不过南希却不完全相信他的话,仍然不作任何评价。

"在德国的高层领导中,现在有很多大人物都想阻止这场战争,甚至以杀害元首为代价。可是,我的任务就是瓦解那些人的用心。"

两个人都在心中盘算着自己的事情,出现了短暂的沉默,南希认真地在面包上面抹着酱,掩饰自己的内心活动。

"不过问题就出在元首的老朋友身上。这些人无疑在增长元首的神秘性,助长元首狂妄的性格。如果我有足够强的力量阻止元首的行动,我一定不同意发动战争,我不想和英国开火,我也不想和法国动用武力,我只想在和平中强大我的国家。"海德里希披上善良的面孔,掩饰自己的虚伪。

这些话在南希的心里一遍一遍地过滤,真心的话就像漏网的鱼,不复存在。

自言自语的海德里希忽然间回头看着南希:"我要把阻止我前进的小

南希

人都踩在脚底下，我要永久地得到我想要的东西，比如权力，比如女人，比如你。"海德里希握着酒杯的手在不断地加大力气，粗糙的手已经通红一片。权力、女人，永远是让男人疯狂的理由。

"我知道你要超过你的顶头上司，成为和希特勒更接近的人。"南希看着激动的海德里希说。

"不，我要的比你想象的还要多。我要把希姆莱踩在脚底下，同样，我也要把希特勒踩在脚底下，我要站在这亿万人的头上，我心爱的南希，我可爱的英国女间谍——南希·布鲁克福德小姐。"海德里希一改激动的神情，就像是一个运筹帷幄的智者一样，微笑地看着南希，仿佛所有的事情都在他的掌握之中。

"丘吉尔给你的任务不仅仅是在德国做间谍，偷取战争的计划部署这么简单吧？在万不得已的时候，还要你暗杀希特勒。我亲爱的小宝贝，我说得都对吗？"海德里希又换上狐狸一样的笑容，看着眼前没有任何思想波动的南希。这是间谍应该具备的素质，没有经过特训的南希恰恰具备这样的素质。

"你在和我开玩笑吗？这不是一个很好笑的玩笑。"南希不慌不忙地往杯子里面倒着酒，"如果我真的是间谍，你现在就可以把我抓起来交给元首，你就可以把你的上司踩在脚下了，你就会更接近你的目标了。"

"哈哈哈！"海德里希看着南希，"如果我想抓你，就不会和你睡在一张床上了，这是多么危险的一件事情啊。不过，你不用害怕，也不用怀疑我对你的了解，我是不会把你这么漂亮的女人投进党卫军的大牢里面的，那里不是人待的地方。我不要你的自由，我要你的忠诚，绝对的忠诚。暗杀希特勒，是你对英国的忠诚，也是对我的忠诚。"也许，只要海德里希再稍加用力，手中的杯子就会碎掉，不过，他还是把杯子送到南希面前，"亲爱的，可

以给我倒点酒吗？今天的白兰地是这样的香浓，我好像喝醉了，说了点儿醉鬼才说的话。"

南希没有再和海德里希说话，只看着这个脚步踉跄的人，他醉了吗？

"我想你是喝醉了。"南希喃喃自语。

使命和欲望，就像手中的酒一样，熏染着两个人的心，也让两个不同目的的人走到了一起。他们的共同目的就像是一个惊天的阴谋，就像一张巨大的网，把希特勒罩在这个黑暗的网里面。南希和海德里希就像是两个刽子手一样等待着，等待着举起手中的刀，结束这个疯狂的年代，开始另一个未知的世界。

自南希正式成为英国安插在德国的间谍后，一直都没有接到过十分重要的任务。不是要求她迎合希特勒对她的怜爱，就是要求她稳定和海德里希之间的关系，抑或是打通戈林、戈培尔、希姆莱等德国要员之间的关节。

兰于杂草之间，必然要处理好同杂草的牵连。南希如高贵的兰花，但要想在德国安全地生存下去，即使她不是英国的秘密间谍，也要处理好与德国纳粹集团中各个政要之间的关系。

有时候，南希也会向组织提供一些鸡毛蒜皮的小情报，不过，这些情报看上去无关痛痒。在情报处同南希联系的时候，除了教南希一些作为间谍还没有掌握的技巧外，他们交代南希最多的事情就是，不是特别重大的信息不必冒险提供给他们，一定要保护好自己，不要暴露。

作为英国情报组织中最为特殊的一员，组织交代南希：你的存在比一切信息都显得更加重要。眼下最重要的任务就是保证你的安全，保证你在德国政要之间的地位，这样才能够在最紧要的关头发挥一切军事武器不能匹敌的作用。或许那个时候丘吉尔就已经开始盘算着要通过南希暗杀希特勒了，不过他们似乎还在等待时机。

南
希

关键的人物在关键的位置上,才能够发挥关键的作用。对英国秘密情报局而言,南希就是这么一号人物,她能够在关键的时刻以她的特殊身份得到任何人都无法得到的信息。

欧洲战局不断恶化,自 1938 年开始到 1940 年 6 月,纳粹的铁蹄几乎踏遍了欧洲西部的大地。此时的法国也危在旦夕,无力抵抗法西斯德国对巴黎的进攻,法国的陷落也只是时间的问题。法国一旦不保,唇亡齿寒,西欧大陆落入法西斯纳粹集团手中之后,英国便成了孤立的岛国。尽管海上具有绝对的优势,可是北海大部分海岸线的控制权将落入纳粹法西斯的势力范围之内。在这危难的时刻,身为英国首相的丘吉尔不得不尽快为英国本土可能遭受的攻击作出进一步的计划和打算。然而计划并不难作出,对策也不难制定,难题是不知道德国将在什么时候、以什么样的方式对英国的本土采取行动。

养兵千日,用兵一时。作为头号秘密间谍的南希,这个时候就要发挥她独有的作用。丘吉尔坐在办公室里,一只手中夹着冒着缕缕清香的雪茄,眉头紧锁,陷入了沉思。

不一会儿,丘吉尔似乎想明白了什么。他派手下马上同南希取得联系,并把他的计划和主意传达给南希。

5 月的雨淅淅沥沥地下个不停,希特勒的野心和阴谋却没有受到一点儿影响,他派汉姆特和南希去巴黎执行一个任务。此时的南希心里十分着急,因为在前不久的山中约会中就得知了海德里希的阴谋,为了这个阴谋他们已经走到了一起,南希已经圆满地完成了"耕种海德里希"的任务。她想把这个消息传到英国,即使能传到英国大使馆也可以算作一次成功传递情报。但与南希联络的宾汉顿交代得非常清楚,不要主动联系他,大使馆也不要去,必要时宾汉顿会主动和她取得联系,他会像海德里希一样关注她,并且掌握她的一切风吹草动。可是这次希特勒却派她和汉姆特来巴黎执行任务，这使南希很头疼，如果在柏林，只要南希穿戴灰色衣帽、别着红玫瑰的服饰出现，就表示南希有了新的情报，宾汉顿就会想尽办法联系她，把情报送出去。当南希刚从巴黎的出租车跨出，门房便把伞撑到南希的头上，这时，一个清脆而响亮的声音在南希的身后响了起来："南希！老朋友，我们真是有缘在巴黎遇到！最近怎么样？"

南希觉得声音很熟，疑惑地转过身去，眼前一亮，惊讶叫道："弗雷迪！怎么是你？哦，天呐，我的老朋友，很高兴在这儿见到你。"

眼前的人不是别人，正是南希一直要找的弗雷迪·宾汉顿，这不得不使她感到惊喜。南希对汉姆特说："这是我家的朋友，弗雷迪！"

汉姆特伸出手来和宾汉顿轻轻地握了一下，说："我是她的丈夫，比特里希·汉姆特。"汉姆特指着旅馆问了一句："一起去里面喝点白兰地，怎么样？"宾汉顿假意推辞不过，就和南希他们一起进了旅馆。

他们在桌旁坐下，侍者送来了白兰地，他们边喝边聊。南希和宾汉顿说了一些无聊的话，这使汉姆特很厌烦，所以当南希要求他去房间拿一双干爽的鞋子时，汉姆特很高兴地离开了，不再旁听他们无聊的谈话，可他不知道，南希和宾汉顿等的就是这个时机。

看着汉姆特走到不能听到他们谈话的地方了，南希马上就问宾汉顿："在这谈话会不会有危险？"

宾汉顿假装用手擦他的鼻子，同时把嘴捂上，然后说："可能没什么问题，你要装作若无其事的样子，就像和普通人交谈一样。你要挡着嘴或者低着头说话，这里也许有人认识嘴形。最重要的是，当你在别人面前看到我称呼你'南希'时，千万不要称呼我'弗雷迪'或者'宾汉顿'，下次见你我也许不会使用自己的本名了。我知道你来巴黎是要见温莎公爵。"

南希

"嗯,明天见他。"

"为什么?"

南希伸手从桌子上拿起一杯酒放到嘴边假装闻了闻,挡着嘴说:"上边布置了一项任务,是由他和海德里希布置的。"

宾汉顿也像南希一样拿起一杯酒挡着嘴说:"告诉我。"

两个人都喝了一口酒,南希拿起桌上的餐巾纸一边擦嘴一边说:"他们要公爵公开广播英国不愿意打仗,利用公爵来改变英国已经宣布对波兰的政策,企图迅速占领波兰,并以此影响其他国家的政策。"

宾汉顿拿起一块点心摁一下肚子,假装饿了:"你要促使公爵表态吧?"

南希半打哈欠说:"对,当然我要使这件事失败,回到柏林只说自己根本无法说服公爵就行了,我认为政府不愿听他讲这样的话。"

宾汉顿点点头:"的确,你说的没错,政府确实不愿意听到这样的话。"

"那我……"

"如果你办不到,就让他讲,但不要太多。"宾汉顿打断了她的话,同时拿起点心假装要吃,"你比温莎公爵要讲什么话重要得多,不要让希特勒给你的第一个使命就不成功,这会影响大局。假如你不能影响公爵演说,那么我们会及时对公爵施加影响,即使希特勒希望以此离间英国,有我们在中间调和,我想公爵也不会说太重的话。"

过了一会儿,汉姆特回来了,宾汉顿又待了一小会儿,说了些无关紧要的话就走了。

次日黄昏,南希和汉姆特来到公爵的家里,先是寒暄一番,而后南希把希特勒的话对公爵说了,言语中还经常提到战争与和平的问题,并说任何人都不希望发生战争,并隐晦地点拨了德国真正的意图。公爵沉默了一会儿说:"我要向承担这可怕责任的人进谏,不可以战争,绝不能再打一次世界大战，只要所有国家还有德国的老一辈人都这么说，我想政府就会犹豫了。只是政府一直劝我沉默。"

"你将做一件伟大的事，公爵！不要再犹豫了。"南希认真地说。

沉思了一会儿，公爵抬起头认真而冷静地问南希："你真的是这样想吗？"

南希点点头注视着公爵："是的！"

5月8日，公爵在凡尔登通过电台发表演说，主要内容就是说他代表自己，一个战场上的老士兵，祈祷上帝不要再把这样残酷的疯狂行为带给人类。希特勒听完，以为自己的计谋得逞，对南希的宠爱和信任更近了一步。

世间的事有时候真的很难预料，5月8日，公爵在凡尔登的演说表面上是按照希特勒交代做的，然而让希特勒失望的是，在未来很长一段时间内没有取得预期的效果。其实在南希离开公爵家不久，英国方面就派人请公爵加入英国代表团，说服他的理由是：希特勒和公爵并不友好，一直视他为眼中钉，但是迫于他的地位和人在法国，没办法除去他；希特勒是个野心家，一旦发起战争，他必先进攻法国，而不敢先动英国，只有公爵加入了英国代表团才可以在巴黎受到保护。如果德国和英国发动战争，他也可以凭代表团成员的身份受到英国的保护，这样希特勒就不会轻易除掉他。在南希还为这件事情伤脑筋的时候，希特勒又派南希到巴黎执行一项新的任务。南希知道不用联系宾汉顿，他一定会知道自己要去巴黎，因为宾汉顿一直派人在暗处保护她，只要她在和朋友喝咖啡或是喝白兰地时谈论起自己去巴黎的事，就等于告诉宾汉顿了。

来到巴黎，南希找到预订好的旅馆，看见自己房间里的床上放着一个挂着吊坠的项链和一张用德语写的字条，字条上边写着："您的朋友在鲁汉斯街的一家珠宝店给您挑选的项链。"南希感到奇怪，猜想是不是宾汉顿留

南希

下的，于是她来到鲁汉斯街，那里果然有一家珠宝店，她向四周扫视了一眼没有看到有人跟踪，就来到柜台前看珠宝。没等南希说话，有个胖胖的店员问："你要买首饰吗？我们店里有一副白金手镯，你要看看吗？"

南希觉得奇怪，特别是他提到"白金手镯"，这可能就是宾汉顿和她联系的暗语。于是她问道："哪儿呢？"

"请随我来，小姐。"店员带着南希往里走，南希也预感到可能是宾汉顿在里面，但是她不动声色，小心谨慎地跟着店员来到一间隐蔽的屋子，开门一看，屋内不是宾汉顿而是威廉·尤斯登爵爷。南希用诧异的目光看着他，直到店员走了南希才说："噢！是你？"

"对，是我，威廉。"威廉·尤斯登沉稳地说。

"真不敢相信和我接头的人是您！这地方是咱们的落脚点吗？"

"不，不过那个店员是我们的人，我以商家的名义来这里看货，所以才有机会在这里见你。"尤斯登爵爷小心地往门外看了看继续说，"现在的国际形势不容乐观，法兰西接连败仗，这样下去恐怕就要亡国了，这是我们不愿看到的。"

"德国人真的很厉害吗？"南希不解地问。

尤斯登爵爷点点头说："希特勒很会用兵，如果他集中兵力继续进攻的话，恐怕任何防线都挡不住他，法兰西已经士气低落，军无战心，我们已经被孤立了。希特勒是个恶魔，他的下一个目标很可能就是英国，这样我们也只能单独和他作战了，这对我们很不利。"

"我相信希特勒不敢跨过英吉利海峡，他害怕英国的海军。"南希说。

"还好有英吉利海峡这个屏障，我们已经做好了战斗的准备，无论如何我们不能让希特勒踏入我们的国土。"此时此刻南希异常认真，表情庄重，爱国主义情怀涌上心头："那么，我能为祖国做些什么？"

"这次的确有非常重要的任务。"尤斯登爵爷注视着表情严肃认真的南希继续说，"我们希望你为大英帝国完成两件事。"

此时南希的心仿佛要从嘴里蹦出来，心潮澎湃、翻江倒海，在这安静的屋子里，她仿佛能听到自己的心跳声，她知道没有特别艰巨的任务，政府是不会派自己最信任的尤斯登爵爷来的，汹涌澎湃的情绪激起她坚定的一句话："只要我能做到，万死不辞。"

尤斯登爵爷也为英国有这样一个工作在敌人心脏的战士骄傲，他相信南希这句话绝不是为了美化自己，而是发自肺腑的爱国主义情怀的体现。他注视着南希沉着地说："我了解你在德国的情况，相信你热爱自己的祖国，德国迟早要和我们开战，我希望你把这个计划搞到手；必要时，把希特勒……"尤斯登爵爷做了一个抹脖子的手势。

"要我杀掉希特勒？"南希惊异地问。

尤斯登爵爷微微皱了一下眉头："你能做到吗？"

南希沉默了一会儿，坚定地说："能！"

"你有什么办法？"

"为了祖国，为了人民，我将不惜我的生命和鲜血！"

"我相信你可以做到，但是不知道什么时候能完成？"

南希端起桌上的白兰地，仰起脖猛地喝了一大口，稳了稳心神说："我知道当然是越快越好，不过这需要机会，我和他单独相处的机会。不管怎样，我会想尽一切办法接近他，我可以在他身边佩带武器，无论如何我都会完成任务。另外，我也可以利用海德里希。"

尤斯登爵爷用敬佩而深情的目光注视着睿智、文雅、高傲的英国贵族姑娘，她将用自己的行动诠释伟大，她愿用自己的生命去执行任务，杀掉希特勒将是一件惊天动地的事情，这个女人却看得极为简单。作为长辈，他不

南希

愿让她去冒险,而为了民族和国家,却希望她去完成任务,并且凯旋而归。尤斯登爵爷的脑海中瞬间闪过诸多念头,但是最后只能很有风度地端起一杯白兰地说:"了不起!祝你成功,为你最后的胜利干杯!"

南希端起酒杯,仰起头一饮而尽,眼眶里已经充满了激动的泪花。南希知道尽管自己很容易接近希特勒,但刺杀并不简单,也许她一个不经意的举动就会引起希特勒的怀疑,从而使刺杀失败。希特勒反复无常,作为一个首脑,他有很高的警惕性。今天也许和自己甜言蜜语,明天或许就会冷落她,甚至将她送上断头台。但是在国家利益面前,南希把自己的生命置之度外,为了完成任务,她已经做好了面对一切困难的心理准备,包括死亡。

山雨欲来风满楼,在一件大事即将爆发之前,总会有一些预兆。回到柏林后的南希虽然和希特勒交往频繁,但觉得柏林的气氛很紧张,空气中似乎弥漫着滚滚硝烟,无论是海德里希还是希特勒,南希只要接到他们的电话就会有一种说不出的紧迫感,不是怕自己牺牲,只是担心被他们发现自己的秘密,不能完成任务。

一天夜里,她突然接到海德里希的电话,说希特勒让他通知:凌晨3点,元首会命人开车接她。南希问什么事,去哪?海德里希说确实不知道,因为希特勒做事一向很神秘。南希真有些不知所措,她不明白希特勒要做的是什么事,要是以往他都会亲自打电话来,她甚至怀疑是不是海德里希以他的名义打的电话,但是又觉得海德里希没必要这样做,所以心里七上八下。

南希洗了个澡,一切都收拾好了。没多久,希特勒的车就来了,南希身穿纳粹服,在一群纳粹党人的簇拥下坐着车来到希特勒的住所。希特勒正手持一束玫瑰花等着南希,一见到南希,希特勒就说:"我的天使,你知道我有多想你吗?"

"我的元首,我也想你!"南希假装深情地说。

"这是送你的花,这时候叫你来是有件喜事要告诉你,我将要为你复仇了,我的天使!"

"怎么复仇?"南希知道希特勒的意思就是将要对英国秘密用兵,所以假装不知道,以此来诱惑希特勒说出计划。

"明天我会和他们开会讨论这个'海狮计划',所以明天会很忙,不能陪你了,原谅我好吗?我的宝贝,我的天使!"希特勒深情地说。

"好!"南希听到这些激动不已,但装作对希特勒很感激的样子。此时的南希一分一秒也不愿在这里再待下去,只希望早点儿联系宾汉顿商量怎样把"海狮计划"拿到手。

在早上 7 点的时候从希特勒住处回来,换上灰色衣帽别上一朵红玫瑰,这是要求和宾汉顿取得联系的记号。不久,南希房门前来了一位中年妇女不停地吆喝着。南希叫她进来说自己要挑几个水果,那个女子走后,南希在水果篮下面看到一个德文字条:中午 12 点罗曼蒂克花店。

南希换了一身便装,没有开车,而是叫了一辆出租车,为了安全起见她换了好几辆出租车,在城市里兜了个圈,最后在罗曼蒂克花店前面 100 米的地方停住了,走过去,南希看到了那个卖水果的女子以及宾汉顿。为了以防万一,宾汉顿让那个女子穿上和南希相同的衣服,把帽子拉低去外面沿着路往前走,假装在散步,一个小时后再回来。

时间紧迫,南希把希特勒要拟订"海狮计划"和宾汉顿简单说了,问宾汉顿有什么办法盗取它。南希和宾汉顿拟定了一个计划,南希带着那个女子进入希特勒办公的地方,然后也由这个女子把情报带出去。为了掩人耳目,南希拿了一捧花打车走了。这件事做得非常机密,没有其他人知道。

第二天下午 1 点多的时候,希特勒打电话给南希,要求她来他的办公

南希

室。南希非常激动，因为她知道一定是"海狮计划"拟好了，希特勒要向她炫耀，南希当然假装欢喜地同意了。南希开着车子，里面放了两本一模一样的《飘》，还有一套纳粹服装，顺路到了宾汉顿事先安排好的地方把那个女子接走，在车里她换上了南希准备的纳粹服装，看上去就像个保护南希的纳粹党人。到了纳粹的办公地点，南希拿了一本《飘》走进希特勒的办公室。希特勒一见南希便深情地说道："我的天使，一天不见，你知道我多想你吗？"

"我也想你，亲爱的。"南希假意含情脉脉地看着希特勒。

希特勒兴奋地说："我的天使，告诉你个好消息，'海狮计划'拟好了，我们不久将对你的敌人发起进攻。"

南希假装兴奋地迎合着希特勒，尽量控制自己内心的情绪，转过身去桌子上拿酒，背对着希特勒说："狼，祝你成功，我们干一杯吧！"说完倒好两杯酒来到希特勒身旁坐下了。

"好的！"希特勒接过酒杯，并没有发现南希有任何异常，然而，他却发现了南希皮包里露出的《飘》，"你喜欢读这本书？"

"是啊，我讨厌战争，我喜欢这本书里讲述的故事。亲爱的，是不是你很快就能结束这场战争了？"

"很快，'海狮计划'就在我的办公桌上。我的天使，给我读一段你最喜欢的文字，好吗？为我们的胜利祈祷！"

南希知道"海狮计划"就在希特勒办公桌上，一颗心开始浮动。她拿起《飘》一边走一边朗读，走到办公桌前她瞟了一眼，看见了希特勒所说的"海狮计划"。南希停止了朗读："亲爱的，我们再喝一杯吧！"说话的同时她转过身去，把圣经合好放在桌子上面，正好压在"海狮计划"上。

"好的，我的天使！"又喝了一杯酒后，南希转过身把《飘》拿在手里的同时，顺势把计划也拿了过来，并趁着转身之际把它夹在《飘》里。此时南希的心里非常激动也很紧张,读起《飘》的声音稍显颤抖。希特勒听出些端倪,但是并不怀疑南希,关心地问:"我的天使!你怎么了?"

南希心里一惊,知道希特勒听出了自己的声音有些不对,但是南希反应非常快,她假装深情地看着希特勒:"亲爱的,我只是有些激动。"说完,顺手把《飘》放到皮包上面。

希特勒也毫不怀疑,让南希坐到他身边吻了一下她说:"亲爱的,我的天使,我的宝贝,来,干一杯!"

眼看酒就要喝完了,南希对希特勒说自己的车上有一瓶好酒让人去拿来。希特勒当然同意,唤女佣进来,这个女佣就是和南希一起来的女子。南希告诉她,车钥匙在皮包里让她自己拿。这时南希假装和希特勒说话,并完全挡住了身后的视野。希特勒并没有发现这一切,他深情地望着南希,尽管心里紧张,但南希还是很"含情脉脉"地看着希特勒,眼神中没有一点儿的游离。女佣袖子里藏了一本一模一样的《飘》,并迅速和南希的那本掉了包,然后转身走开了。之后,南希则再次拿起《飘》继续为希特勒朗读起来。20多分钟后,那个女佣托着酒敲门进来,在南希的掩护下,悄悄地把"海狮计划"放在这本圣经里。南希知道,她已经把计划记录下来,自己的任务也算完成了,一颗浮动的心终于落回了原处。南希说不出有多痛快,感觉眼泪似乎要流出来,心里默默地祷告着,感谢上帝,终于把"海狮计划"弄到手了。用几乎同样的方法,南希把"海狮计划"放回到办公桌上,自始至终,希特勒浑然不知。

第二天,英国政府高层便获悉了"海狮计划"的全部内容。

果然,在英国获得"海狮计划"以后,确实在同德国的空战中占尽了先机。不过希特勒似乎没有在挫败中产生丝毫的气馁和放弃,反而战争的态势更加严峻了,德国的进攻表现得更加疯狂和猛烈了。在这样的情况下,恐

南
希

怕有必要启动下一个既定的任务了——刺杀希特勒。只要希特勒死了，不管德国是否会停止法西斯的卑劣行径，势必都会在诸多方面受到影响，只要他们内乱了，他们暂停了进攻，就会给包括英国在内的同盟国以喘息的机会。当纳粹德国再次出兵的时候，恐怕也是他们走向失败之时。

当南希在思考是否启动刺杀希特勒的任务的时候，当南希在绸缪刺杀希特勒的行动方案的时候，天赐良机居然被德国人、党卫军头目海德里希捅破了。原本南希就知道这个家伙有取代希特勒的想法，对希特勒自杀性的战争厌烦透顶，他了解南希的底细，知道南希迟早要走上刺杀希特勒的道路。海德里希是个聪明绝顶的人，他最善于的事情无非就是见缝插针，两个人很快便为此事联系在了一起。不过南希还是要向组织汇报同海德里希合作的事情。

南希很快把她想同海德里希合作刺杀希特勒的情况向组织作了详细的汇报，争取组织作出批示。信息通过宾汉顿传到秘密情报处后，很快南希便在无线电台中得到了非常简短的回复——同意。

海德里希拿来两管口红，一管玫瑰红、一管紫红。"这一个，"海德里希指着桌子上那管玫瑰红说，"里面装的是毒气，你瞧，像其他真正的口红一样，拧开金属外壳，"海德里希拿起来就要拧，南希坐在沙发上跷着腿，端着一杯白兰地，微笑着看他要耍的小把戏，海德里希哈哈大笑，放下口红，缩回身子抱住南希使劲亲了一口，"拧开后，用不上两分钟，希特勒就会窒息。而这管紫红的，小宝贝儿，只要将它抹在你这张小嘴上，你就会安然无事，我可不想失去你。"海德里希又在南希的脸上亲了一口。这个晚上，他又在南希这儿缠绵了一夜。

端详着这两管口红，简简单单，却系人的生死于瞬间，南希觉得似真犹幻。屋里静悄悄的，映着灯，口红泛出光泽，迷迷离离，妖冶得摄人魂魄。

"铃铃铃——"电话响了。"你还好吗,我的小天使?现在,我的卧室缺少一个女主人,欢迎您的大驾光临。"希特勒随即压低声音,"快来,我的小宝贝儿,狼在等你!"南希不由得一阵恶心,她厌恶透了希特勒。可是南希必须抛开这一切,现在,希特勒是她的猎物,她一定要把这个猎物杀死。

洗完脸,南希坐在梳妆室里,对着精美的镜子化起妆来。长长的弯眉,紫红色眼影配上浓密的睫毛,在南希那双深邃的大眼睛上如一片云,高雅又魅惑。南希拧开口红,紫红色膏体旋转而出,南希拿着它盯了一会儿,对着镜子仔细抹起来。

将这两管口红轻轻放进皮包后,南希戴上帽子,坐进了汽车里。希特勒警觉多疑,可是只要速度够快,神不知、鬼不觉地打开口红,希特勒必死无疑。想到这里,南希不禁在心里咒骂:"去死吧,该死的希特勒!"南希决定一进入希特勒的卧室就开始行动。

可是,计划没有变化快。希特勒卧室的门虚掩着,南希刚一推开,就被门后的希特勒一把扯住。希特勒关上门,将南希拦腰抱起,放到长沙发上。希特勒的卧室里,一张大床临窗而设,床对面靠墙的就是这个长沙发,沙发前是一个矮脚桌。除了这些,还有一个放在窗户边角落里的保险柜。

希特勒让南希和他自己一起摔进沙发里。南希坐着希特勒的大腿,躺在他的臂弯里。"亲爱的,还是让我先把包放下吧。"南希说着直起身,把包搁在矮脚桌上,往中间推了推,又侧身倒下去,躺在希特勒的怀里,靠得紧紧的,"亲爱的,这几天你到哪里去了?为什么撇下我一个人不管呢?"南希抬起头亲吻希特勒的脖子,然后看着他,眼里的泪花盈盈闪动。

"我太累了,可是,小宝贝儿,你今天可真美啊!"希特勒擦去南希眼角的泪珠,看着眼前这个楚楚动人的尤物,希特勒没了一点儿疲惫,陷入南希给他带来的情与色的慰藉上。

南希

希特勒抬起南希的下巴，靠上去，忘情地吻起来。他狠狠地在南希的嘴上亲了一口，弄得南希有些疼了。

南希轻轻拉下希特勒的两只手："噢，亲爱的，看到你这么疲惫，我真受不了！可是，您是伟大的元首，您不可以放弃您伟大的事业啊！为了你，我矛盾极了！"

对希特勒，南希变换着称呼，"您"表示对他作为元首的尊敬，而"你"又突出了南希与希特勒的亲密关系。聪明的南希了解希特勒，这么长时间的相处，南希对希特勒的一言一行、一举一动都已琢磨透了，南希知道他在想什么，即将要做什么。南希投其所好，极力迎合，这使希特勒认为他真的得到了一个难得的宝贝。

看到南希难过，希特勒却笑了。南希的话让他心情舒畅，信心倍增。他曾多次对身边的人说过："我的疲惫只有南希能够解除，这就是英国女人的妙处！"

"亲爱的，你还没有告诉我呢，你这几天丢下我到底去了哪里？"南希带着几分委屈娇滴滴地说。

"噢，我的天使，别生气，离开你也是迫不得已啊！"希特勒搂住南希，"我去了新的指挥部，在那里和我的优秀士兵，那些日耳曼民族子弟待在一起。如果你愿意，我也可以带你一起去。不过，那里可不是天使待的地方，那里甚至能闻到死尸的臭味儿。"

"可是亲爱的，我不愿意和你分别，难道你非得在那里指挥战争吗？"南希装作生气的样子，转过头不理希特勒。

"噢，我的天使，你生气了吗？可是元首怎能离开自己的战士呢？我为了德国、为了全人类而战，可是，我的天使，我也属于你，我每天都在想你，我是多么的爱你啊！"

"噢，亲爱的，你是爱我的，对吗？这就够了，我也爱你，我知道你会成功的。"南希捧住希特勒的脸颊，热烈地吻他的唇，柔软的身体在希特勒的臂弯里扭动。南希不知道自己什么时候能得空，与其这么惴惴不安地揣测，倒不如让希特勒睡着了再行事，这样更稳当些，否则总是心事重重的，万一不小心显露出来，可能会引起希特勒的怀疑。

如何在使希特勒快乐的同时自己也不露马脚，对此南希游刃有余。都说女人善于说谎，善于表演，这话是不错的。不仅善于，而且谁也挑不出正在说谎、表演中的女人的一点漏洞。当你恍然大悟，去找那女人理论时，却掉入那女人无心中设计的又一个圈套。说谎和表演似乎是女人与生俱来的天赋。很显然，南希将这种天赋发展了。

裸体的南希使自己靠紧希特勒，主动勾引希特勒，因为只有在床上，南希才能获取最真实的军事情报。而今天晚上，南希瞥了一眼矮脚桌上的皮包，她要让这个刽子手永远睡下去不再醒来。

柏林的夜晚幽静迷人，南希的姿色使希特勒神魂颠倒。希特勒有个习惯，与女人上床前都要与这个女人一起淋浴。

南希与希特勒一同走进浴室。身上的水珠还没有擦去，希特勒就迫不及待地将南希抱到了床上。

在那个宽大的床上，希特勒气喘吁吁地行事之后，将枕头支起，疲惫地倚在上面。"天使，我想听听你美妙的声音，给我读点文件吧。"希特勒指着那个保险柜，叫南希取出那些机密文件。

这是希特勒的习惯，行事之后他不会马上睡去，总会叫南希读点什么，然后在南希的朗读声中安然睡去。而这个时候，南希就轻而易举地得到了德国的军事计划。

从南希抱出的那一摞文件中，希特勒抽出那份进攻前苏联的演说稿。

南希

"德国是伟大的,你们是勇敢的,这场战争是严酷而又必要的。这场伟大的战争将改变欧洲的命运,将决定我们日耳曼民族的未来。勇敢的士兵们,你们掌握着我们伟大德国的未来,仁慈的上帝会帮助我们大家取得胜利!胜利属于我们伟大的日耳曼民族!"

南希绘声绘色地朗读完这篇演说稿,可是希特勒没有一点儿睡意。他神采奕奕,兴奋地问道:"我的天使,你愿意和我一起审定它吗?"

"好的,亲爱的,这是我的荣幸。"南希不禁担心起来,时辰已经不早,如果希特勒还不睡去,自己恐怕没有下手的机会了。

当审读完那篇演说稿,天已经亮了。南希知道,希特勒之所以这么精力充沛,是因为进攻前苏联的勃勃野心使他激动、兴奋,睡意全无。

南希一直在寻找机会下手,可是希特勒一点儿也不放过她,又要南希为他朗读进攻前苏联的《第 20 号指令》了。

南希大声朗读道:"德国必须在对英国的战争结束以前,快速地击溃苏联。准备工作必须在 1941 年 5 月 15 日结束。要非常谨慎,防止泄露进攻意图……"

这号指令完整地记录了德国的作战策略以及作战人数。希特勒正做着吞并前苏联的美梦。当然,因为南希,这号指令很快传到了丘吉尔的手里。

尽管这次南希的任务以失败告终,但是这并不代表她会就此放弃,刺杀希特勒仍然是南希的重大任务。

1941 年 9 月 15 日午夜,南希想知道伦敦方面是不是有什么指令,于是打开了收音机。一阵微弱的电波过后,南希收到了丘吉尔发来的密电,密电说将有一个叫弗洛森的德国陆军上校和她接头,通过她将弗洛森安插到希特勒身边,以伺机杀掉希特勒。密电还告诉了南希接头的时间、地点及暗语。

德国上校要刺杀自己的元首并不为奇，因为当时德国军队中从元帅到士兵，反对希特勒的也大有人在。可是南希从来没有见过这位上校，也不知道他杀希特勒的动机。

4个月过去了，接头的时间到了。1942年1月16日，南希戴着一顶黑色的帽子，身穿紫红色的貂皮大衣，左手拿一本《飘》，走进了一家咖啡屋。这个咖啡屋是英国设在德国的间谍总部。

到了正午12点，一个身穿棕色皮夹克的中年男人走了进来。他右手拿着《飘》，一边走一边留意咖啡屋里的人，但是却显出漫不经心的样子。

"您好，夫人，请问现在几点了？"这个人走到南希面前问道。

"哦，对不起，我的表不太准，不过现在也许已经是下午1点了吧。"

"尊敬的夫人，请问我可以坐在您的对面吗？"

"当然可以。"

中年男人也叫了一杯咖啡。"夫人，真高兴和您一起共饮咖啡，如果可以，希望您有时间可以光临寒舍，那将是我的荣幸。"

"谢谢您的邀请，先生，我想我会去的。"

说完，中年男人顺手拿走了南希带来的那本《飘》，而南希则将中年男人的《飘》取走。

这个与南希接头的中年男人就是德国陆军上校弗洛森。

回到别墅，南希翻开上校的《飘》，里面夹有一张用特殊的化学药水处理过的纸。南希将字显影出来，这才对弗洛森有了一个大概的了解。

弗洛森是一名虔诚的基督教徒，可是在对法战争中，希特勒的空军炸毁了许多教堂，这就是他一定要杀死希特勒的动机。他找过法国、前苏联、美国的间谍机构，但都没有接受他，于是他找到了英国的间谍机构。英国政府经过极其周密的调查后，接纳了他，并且要他与南希联系。

南希

在这张纸上,弗洛森请求南希想办法将他调到希特勒的大本营,或者给他提供希特勒外出行踪的情报也可以。

瘦高个儿,面容清秀,薄唇,给南希印象最深的就是那双棕色的眼睛,肃穆、阴森,放射着寒光。这就是南希第一次见到的弗洛森,一个典型的宗教偏执狂。南希了解这种人,他们虔诚地信奉宗教,达到了一种让人无法理解的程度。

南希决定让弗洛森靠近希特勒,这样刺杀的成功率会更高。而安插弗洛森,这就要由海德里希来做了。

希特勒一天不死,南希就要努力寻找时机。可是南希也很清楚,光靠她自己,完成这个任务不会那么容易。如果把希特勒比作一只狡兔,那么南希就是一个手持猎枪的猎人,而海德里希扮演的就是一只猎狗的角色,猎狗不是必需的,可是在特定的条件下,又是不可或缺的。

这天晚上,南希告诉海德里希,她会在别墅里等他。

在这个粗鲁的男人到来之前,南希着了一层似有若无的淡妆,散开头发,穿上一袭大开领的粉红色睡衣,让长长的脖颈及小半个酥胸裸露出来。南希知道怎么讨这个男人的欢心,她要在海德里希面前展示不一样的自己。

一切如南希所料,在海德里希看到自己的时候,果然惊讶不已。此时,他看到的不再是浓妆时妖艳的南希,而是小家碧玉似的无比俊俏的佳人。云雨之后,南希将弗洛森这个宗教偏执狂介绍给了海德里希,并表示希望他将弗洛森安插到希特勒大本营。

之后不久,弗洛森上校就被调离了原来的职位,成为希特勒身边的一名地图联络官。

兢兢业业工作的弗洛森上校在等待着,等待着时机的来临,南希也在希特勒的面前不断地提到弗洛森上校,这个名不见经传的小人物,渐渐地走近了希特勒的身边。欲望的网在不断地收紧,希特勒就像是网中的鱼一样,看得见前面的光明,可是感知不到慢慢袭来的危险,每个人都像是身边安放的一颗定时炸弹,说不上什么时候就会引爆,不过,对于希特勒这样一个精明的人,炸弹有时候也会被连根拔除,站在观众席上看炸弹粉身碎骨。

时间在战火中过去,南希总是在黑夜的时候点燃一支烟,静静地看着亮着的火星慢慢地燃烧,变成烟灰,落在红色的桌子上,轻轻一吹,就消失在偌大的房间里面。

没有进展的计划让南希焦急不安,电台和报纸上不断刊登的战争消息也让南希手足无措,英国国内的战况并不让人乐观,全世界的战况也让人担忧,德国就像是一匹猛虎一样,所到之处无不哀鸿遍野。

宾汉顿不断地和南希接头,可事情并不像预想的那样顺利,就连弗洛森上校、海德里希,尽管绞尽脑汁却都没有办法。不过,事情也并不是想象的这样棘手,有时候不是没有机会,而是机会来得太突然,还没有准备好就瞬间消失。

南希为了计划能够尽快地实现,最近总是很殷勤地来到元首的办公室,虽然和希特勒在一起是一件很痛苦的事情,可是为了寻找机会,就算是拿生命去换取,也是值得的,何况是自己的肉体。疲惫的内心,只有愤怒在苦苦地支撑,国家、爱人是她最大的动力。

有一次,南希接到希特勒的电话,让她去他的办公室。她知道,这个好色的元首又想她了,虽然她不情愿和他发生什么,可她还是画了妖娆的妆。看着包里的口红,她妩媚地笑了。

不过,在她踏进办公室的时候,看见一群人围在希特勒的办公桌前,希姆莱、海德里希、鲍尔曼等人看着桌子上的地图,不断地在计划着什么。看

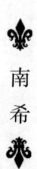

南希

见南希走了过来,他们对于这个英国女人已经没有了戒心,她是国家的叛徒,德国军人的妻子,伟大领袖的情人。

"天使,你来得太及时了。你看看,这是我们要进攻俄国人的计划,我要消灭一切诋毁你的谣言,不管是一个人,还是一个国家。"希特勒搂着南希小巧的腰,亲吻她的脸颊,和她一起看着眼前的地图。

"现在前线是怎么样的一个情况? 我要看看我的脚印已经站在苏联的哪块土地上了。"希特勒激动地看着桌子上的地图,"海德里希,去给我叫地图联络官,给我找一张能看得清苏联西部的地图,最好是可以看见乌克兰的。"希特勒看着身边的南希,向海德里希说道。

不一会儿,海德里希就带着弗洛森上校走了进来,魁梧的上校提着黑色的公文包,并没有看希特勒身边的南希。

"弗洛森上校,我要的地图呢?"希特勒严肃地对弗洛森说。

"元首,我带来了你要的地图,这上面清清楚楚地标着你想看的地形。"上校在他的公文包里不紧不慢地拿出了一张地图,放在桌子上。

南希错综复杂地看了弗洛森一眼,又看了看周围的这些人。心想:这包里要是有一颗炸弹就好了,希特勒、鲍尔曼、希姆莱、海德里希,一次性就把他们全都消灭,这是多么令人兴奋的一件事情。这真是一个再好不过的机会了。在希特勒看地图的间隙,南希定定地看着黑色的公文包,仿佛听见了定时器跳动的声音,就像是一首美妙的歌曲,催促着南希快快睡去,为了祖国,我宁愿陪这些人一起死去。

南希的心在剧烈地跳动,一下、两下,就像是死亡的召唤,额头上已经冒出了细细的汗珠。

"天使,你这是怎么了,脸上怎么这么多的汗,你生病了吗? 这真不是一件让人高兴的事情。"希特勒看着有些异常的南希。

"我的元首，我没有事情，就是有点儿热，我出去透透风就好了。"南希又换上她迷人的笑脸，甜甜地对希特勒说。

弗洛森在几分钟后也走出了元首的办公室，看着窗前的南希，弗洛森和她打着招呼："南希小姐你好。"

"你怕死，对吗？"南希语气不佳地说道。

"不，我并不怕死。"弗洛森沉重地回答道。

"这么好的机会就这样失去了。"南希在对弗洛森说，仿佛也是在对自己说。

"我是第一次被召见，我不清楚这里面的规矩，我以为会很严格，我没有准备，希望我们下一次会有这样好的机会。"弗洛森像作出保证一样对南希说道。

这一次的暗杀在错过中和没有准备中失败了，接下来又将是无穷的等待，等待机会，等待时机的成熟。

机会，就像是天上的一颗颗流星，而不是大片陨落的流星雨，你要慢慢地去寻找，慢慢地在苍穹中寻找它稍纵即逝的光影。英国在战火的不断洗礼下不知道还可以坚持多久，丘吉尔的情报人员，频繁地和南希接头。使命，就像是会膨胀的石头，在南希的肩头不断地长大，压在南希心上的重量不断地加大。

南希在等待，在默默地等待，等待机会的来临。法国在战争中已经处于下风，已经是强弩之末，做着最后的挣扎，这个坚强的后盾一旦倒塌，英国就会暴露在战争的前端，战场上就会硝烟四起、战火不断，无数人将被推进水深火热之中。流离失所的悲惨场面常常在南希睡不着的时候出现，孩子们失去家园的眼泪常常留在南希的心上。"刺杀希特勒，我一定要找到刺杀希特勒的机会，让战争和这个战争狂一起消失。"

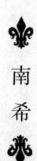

南希

南希手上点燃的香烟,在漆黑的夜晚不再是微微的明亮,仿佛是黑夜里的一双眼睛,一眨一眨地寻找着黎明前的希望。南希看着眼前燃着的香烟,寻找着机会的出现。

10月,是一个收获的季节,如果没有战争,那么大地上将会是一片其乐融融的景象,金黄的麦穗,通红的枫叶,幸福的笑脸。可是,战争改变了这一切,漫山遍野只有血流成河、尸骨成堆。不过对于战场上的德国,此时却是收获的季节。1942年10月,德国的前线接连不断地传来喜讯。

在前线不断传来喜讯的时候,希特勒也在不断地炫耀自己的战功。10月初,希特勒决定到外地去演讲,一方面是夸耀自己的战果,另一方面是要争取到更多的支持,让自己前线的战士没有后顾之忧。南希作为希特勒的亲密朋友、特殊服务人员也登上了元首的专列。南希换上了黑色套裙,画了浓浓的妆,这是希特勒最喜欢的打扮。

希姆莱认真地检查了专列,包括车上的每一个工作人员,确保没有危险之后,才送元首和南希一行人上车。这时候海德里希走到南希的面前,吻了吻南希的脸颊,像老朋友一样拥抱了一下南希:"祝你好运,亲爱的,希望你有一个愉快的旅行。"

南希坐在窗子的旁边拉开窗帘,暖暖的阳光照了进来,看着外边森严的戒备。列车一声长鸣,就要启动了,这时候南希看见一个军官急急忙忙跑了过来,他拿着黑色的公文包,魁梧的身上穿着笔挺的军服,他主动向士兵出示了证件,并告诉士兵他是元首的随行人员。两个士兵标准地向这个人行了一个军礼,就要进行检查。列车的汽笛再一次响起,这时候还没有离开的海德里希走了过来,拍了拍两个士兵的肩膀,和士兵们在说着什么,士兵们没有继续进行检查,那个男人便匆匆地从南希的窗前走过,就在短短的几秒钟,南希看清了这个男人——弗洛森上校,南希并没有表现出惊讶的表情,只是看了看士兵面前的海德里希,他在招手,只有南希知道,他是在和她招手。

列车已经启动了,南希的内心就像这前进的火车一样,不能安静下来。希特勒这时候没有在南希的身边,他在忙着和秘书整理演讲稿,那一叠演讲稿已经不知道修改了多少遍,每一次修改都会加上希特勒更多的战争狂想和自己的赫赫战功。在确定已经得不到什么有价值的情报的时候,南希对那份演讲稿已经不再好奇,一个人待在车厢里,看着窗外后退的风景,琢磨着怎么样才能抓住机会,完成刺杀的任务。

时间在列车的渐行渐远中过去,黑夜换上了黄昏时分的红霞满天,希特勒在车厢里发表着临时演说。希特勒真不愧是一名出色的演说家,他的演讲不断地引来阵阵掌声,南希在他的身边听着他的夸夸其谈,无非是在欧洲建立新秩序的构想和自己称霸世界的狂妄,说到激动的时候,希特勒对弗洛森说:"上校,去找一张欧洲地图来,我要在欧洲的大地上都留下德国人的脚步。""美丽的南希,我要领着你走遍欧洲的每一寸土地,在每一块土地上都写上你的名字,让每个人都知道你是我最喜欢的女人。"希特勒从来不在众人面前掩饰自己对南希的感情。大家对于元首和这个美丽女人的事情也见怪不怪了。

弗洛森上校站起来,转身朝包厢走去,很快就拿来了一张欧洲地图,南希拿开桌子上的热咖啡,铺上了地图。一群人围绕在桌子旁边,看着欧洲的板块,眼睛里流露出和希特勒一样的光芒,像一只只饥饿的狮子一样,虎视眈眈地看着眼前的肥肉。

这些精力旺盛的人几乎折腾了一个晚上,到了凌晨 4 点还没有一丝困意,不过前方战场并没有什么有用的电报发来,放松的思维让这些人有些疲倦。"亲爱的天使,我们可以休息了,你们也去休息吧。"希特勒捏了南希

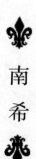

南希

的小脸蛋一下。"我的元首,今天的进攻你不是说很重要吗?你就再等等嘛,你不想亲自听见成功的消息吗?"南希撒娇地和希特勒说,"警卫,去给元首换一杯新的咖啡,要多放点糖,元首不喜欢苦的咖啡。弗洛森上校,可以麻烦你去元首的车厢里找一件黑色的大衣吗?不是被我放在床底下的箱子里,就是放在旁边的柜子里,那件衣服是最厚的大衣,这个鬼天气有点冷。"南希看着身边的弗洛森,意味深长地说了一句:"一定要是那件衣服,那件衣服暖和。"

"天使,你亲自去拿好吗?他笨手笨脚的找不到的。"希特勒的疑心会在各个方面体现出来,就像现在这样,心里面怀疑着眼前没有去休息的上校。

"我的元首,就让你忠诚的上校去吧,他一定会找到的,我想在这儿听你取得胜利的消息。"南希撒娇地对希特勒说。

希特勒看着怀里的可爱小人,挥一挥手:"上校,你去吧。"弗洛森上校转身离开了餐厅车厢。

机会,这是一个绝佳的机会,弗洛森来到元首的车厢,车厢门外并没有警卫把守,他心里面有点紧张,还有点期待,把希特勒送上天是多么美妙的一件事情。他关上车厢的门,拿出身上捆着的炸药,小心翼翼地安装在元首睡觉的床底下,系好各个线,调好引爆的时间,之后弗洛森在旁边的柜子里找到了南希要求的那件衣服,在走出车厢的时候,启动了定时装置,看着时间指示屏上跳动的时间,就像是跳动的希望一样。20分钟,再有20分钟就可以让这个杀人的魔头消失在世界上了。弗洛森的脸上露出了释然的微笑。

"南希小姐,你还真是关心元首,这件衣服真是又厚又暖和。"弗洛森对南希说道,顺便送上了衣服。

南希接过衣服,给希特勒披上:"我的元首,您觉得暖和点儿了吗?"南希关切地问着希特勒。破晓前的夜是这样的静谧,整个车厢里只能听见收发电报的"滴答"声,南希在元首的怀抱里面钻了钻,打了个哈欠。

"天使,我们去休息吧,看你,都累得快要睁不开眼睛了。"希特勒说道。

南希知道希特勒是想和她睡觉了,南希看了看手腕上的表,时间已经过去 15 分钟了,还有 5 分钟,就可以让这个人消失了,她站起来,拉了拉希特勒的衣服,挽着他的胳膊朝车厢走去,回头看了一眼弗洛森上校,她道:"晚安。"

两个人来到了车厢,还没走到床前,希特勒就扯下了南希的裙子。"亲爱的,你太心急了。"南希抓住希特勒的手,一步一步坚定地走向床前,刚要去脱希特勒的衣服,希特勒突然神经质地说:"亲爱的,你听什么声音?"希特勒拉开南希的手,静静地听着。"亲爱的,这是发报机的声音,你真是太累了。你该好好地休息了。"南希继续手中的动作。

"嗯,今天的进攻很重要,我们还是回到餐厅车厢吧,让我们听到胜利消息的时候再一起庆祝吧。"希特勒重新扣上衣服扣子,抓起身边的毛毯裹在南希的身上,搂着她的腰离开了休息的车厢。

"轰"的一声,元首的车厢里面传出巨大响声,黑色的浓烟从车厢里窜了出来,强大的气浪掀翻了还没有走出多远的两个人,一个趔趄,两个人都摔倒在冰凉的车厢里。南希看了看身边的希特勒,看了看自己,希望再一次破灭。

南希在毯子的包裹下并没有受伤,希特勒也只是头上擦破了皮,没有其他严重的伤处。

在听见爆炸响声后,弗洛森上校服毒自尽了,为了信仰,他牺牲了自己的生命,可是他并没有想到,希特勒又逃过了一劫。

机会再一次从自己的手中溜走了,希特勒立即警觉起来,在半途就下

南希

了车，只带了几个贴身的警卫。他还是没有怀疑到南希的身上，可是他也不再相信南希。

暗杀任务再一次失败，自从爆炸事件发生后，希特勒的疑心就更重了，几乎不再找南希，就算是南希主动打电话邀请，他也是一再推托。

暗杀的任务就在希特勒的高度警觉下，一再推迟。

柏林的这个冬天尤其寒冷，南希的身边忽然安静了很多，希特勒、海德里希几乎不再出现，就连汉姆特也见不上几面。

这一年冬天的雪好大，柏林好像被淹没在雪中一样，到处一片洁白。

1942 年的冬天，是一个多雪的季节，昏暗的天空中飘洒着漫天的大雪，整个城市笼罩在一片洁白的世界里，安静的街道上只能隐约看见几行浅浅的脚印，渐渐地被雪灌满、消失。

此时的南希就在这大雪中慢慢地前行，身后留下了凌乱的脚步。作为一名优秀的间谍，一个生活在敌国元首身边的间谍，她的危险可想而知，她要时刻保持着清醒的头脑，高速运转的思维，更何况现在面临的大问题是刺杀希特勒的任务失败了！

作为整个德国的元首，权力的核心人物，希特勒不仅仅是一个战争的喜好者，他的智谋也令人惊叹。在危险中幸免于难的他变得更加谨慎、敏感起来，他开始不信任身边的一切，包括他以前最爱、最信任的情人南希。希特勒不再让她碰那些机密文件，不再和她谈论一些工作上的事情，也不再那样频繁地与南希约会了。就算约会的时候，他也不会再让她进自己的办公室。南希知道，希特勒是在保护他自己，也是在把南希排除在事情之外，他还没有怀疑她，她现在还是安全的，于是她继续过着那看似平静的生活，等待着新的指令。

在最近的几次接触中，南希已经不能从希特勒那里得到任何情报了，希特勒的所有动向也都是未知的。她开始有些着急,盼望着尽早接到上头的指示。

焦急的等待终于有了结果。一天晚上,电台里终于传来了发给南希的消息,她迅速地记了下来,拿出密码本翻译完以后,她惊呆了,这条消息只有八个字:"任务完成,速速回国。"

黄昏,太阳还没有落下,天边还是鲜艳的红色,南希就已经出门了。她特意挑选了那件灰颜色的大衣,因为她知道宾汉顿一定会看见自己,并且明白自己想要接头的目的,这是他们之间约定好的暗号。果不其然,在南希走到一个咖啡店门口的时候,宾汉顿迎面走来了,他装作没看见南希,直接走进了那家咖啡厅,南希也不动声色地走开了,她绕了一段路以后,从咖啡厅的后门走了进去,坐在背对着宾汉顿的一张桌子边。

"为什么要我回英国?"南希问道。

"回去以后接受更为重要的任务。"宾汉顿低声说道。

"什么任务?"南希有些迫不及待。

宾汉顿摇了摇头说道:"要等你回去以后再交代给你,明天凌晨1点,到这个咖啡厅的门口,有人会和你接头。"

南希应了一声,起身离开咖啡厅。

作为希特勒最疼爱的情人,南希的秘密离开并不是件容易的事情,每天在她身边负责监视的人不知有多少个,想躲避他们的跟踪要颇费一番工夫。为了可以顺利回国接受命令,从傍晚的时候南希就开始做准备。天黑以后,她化妆成女仆的模样从后门溜了出来,躲在一个隐蔽的地方,负责监视她的人却以为她还在家。到了约定的时间,她来到事先约定好的咖啡厅门口,坐上那辆来接她的车,直奔机场。

一切都进行得很顺利,南希离开了这里,经过几个小时的飞行后,终于

南希

到达了英国的机场。当飞机落地的那一刻,南希激动地掉下了眼泪。为了这个自己深爱的国家,她付出了太多,当她回到英国的这一刻,自己担惊受怕的心终于平静下来,即使这里有很多人都不能理解她,但是可以保证的是,她安全了。

旅途让南希很疲惫,到达预订的宾馆后,她很快就进入了梦乡。这个坚强的女人,终于能够在自己的国家好好地睡一觉了。第二天,当灿烂的阳光洒满整间屋子,时钟的指针已经快指向 12 点的时候,南希才缓缓地睁开眼睛,用力伸了个懒腰,甜甜地笑了。她好久都没有如此踏实地睡过觉了,从她做间谍的那天开始,她就整天与危险相伴,当久违的安全感包围自己时,一种莫名的喜悦涌上心头。

吃过午饭后,南希接到了来自丘吉尔的召见。她显得很紧张,一路上,对接下来的重要任务进行了种种猜想,但一切都要等总统交代了以后才能明确。很快,南希就被带到了丘吉尔的办公室,他正在认真地工作,当看到敲门进来的人是南希时,便起身来到南希面前,紧握着她的双手,说道:"我们的功臣,你安全地回来了。"

听到这句肯定的话语,南希笑了,与往日的迷人笑容不同,这个笑容里面包含了太多的情感,欣喜、无奈、感叹、悲伤……为了她挚爱的祖国,自己心中的所有感受都可以不在乎,她语气坚定地说道:"首相,接下来的重要任务是什么,请告诉我吧!"

丘吉尔笑笑说道:"你的任务已经出色地完成了。"

南希的脸上写满了不解,还没等她开口把疑问说出来,丘吉尔已经读懂了她的表情,转过身来,看着南希说道:"最后的重大任务就是你能平安地回到英国来,现在留在希特勒的身边只会让你更加危险,这里永远是你的祖国,而你是祖国永远的英雄,我们不会让祖国的英雄受到伤害,我要让全国人民都知道你的勇敢、机智，在不久以后，那些对你的偏见与不解都会云消雾散。"

幸福的到来总是那么悄无声息。这一刻，南希不知道等了多少个日日夜夜，如今它终于来了，南希激动得说不出话来。作为一个只身打入敌人内部的女间谍，她面临着很大的精神压力——敌人的警觉，亲人朋友的唾弃，工作的不顺等，可这一切的一切都要埋藏在自己的心里，不予表露，做一个间谍应该做的事情，哪怕她只是个女人。现在一切都过去了，意味着全新的生活即将到来，自己一直向往的平安、宁静、和谐也不再是个梦想，她的心中充满了无限的向往。

从那段惊心动魄的生活中走出来以后，南希变得更加热爱生活，也许是因为经历过生命的洗礼，她更加懂得了生命的意义和生活的乐趣。她在伦敦郊外买了一处房子，那里宁静且优雅。节假日的时候，她去那里住上一阵子，调节一下都市紧张的生活节奏，在花园里种种花，去河边散散步，到厨房里做一道自己喜欢吃的菜，这样的生活舒适、惬意、宁静。与此同时，她并没有放弃自己的工作，因为她要为自己挚爱的国家贡献一份力量，直到自己无力工作为止。所以一直以来，她受到了所有英国人的尊敬与爱戴。1951年，女王册封南希为"大英帝国骑士"，这个美丽、可爱、坚强的姑娘不仅把自己的青春献给了这个国家，而且她还用自己的一生来为这个国家做贡献。

时光流逝，若干年后，这个漂亮的女人，依然穿梭于城市和乡村之间，享受着生活中的每一秒，恬静、安逸、幸福……

南希

演绎人生绝唱的月亮女神
辛西娅

　　北半球的冬季，寒冷得刺骨，呼啸的北风裹挟着鹅毛一般的大雪片，在空中盘旋着，迟迟不愿意落在大地上。街道上正在奔走的人们，都行色匆匆，急于寻找温暖的地方；也有年轻的男男女女，嬉笑着打雪仗玩儿。偶尔也有鸟儿从天空中飞过，竟也成了一抹"蜻蜓点水"的风景。

　　远处走来一位先生，人们都习惯叫他乔治·索普或索普先生。乔治·索普此时刚刚从外地远航归来，他稍作休息的念头一闪即逝，马不停蹄地向家里赶去，因为他知道他的妻子——索普夫人，要带给他一个大大的惊喜。

　　打开房门的一瞬间，索普先生就听到了"哇，哇，哇……"的哭声，嘹亮的声音仿佛要穿透整个天空，让全世界都知道她的出世。

　　索普夫人面色苍白地躺在床上，说话都感觉有气无力。索普先生走到妻子的床边，将妻子紧紧地搂在怀里，并在她的脸上温情地一吻。索普夫人趴在丈夫的耳旁，轻声说道："'贝蒂'，就叫她'贝蒂'吧。你感觉如何？""我想，这个名字蛮不错的。"丈夫赞同地说道。

　　几年后，因为索普先生军队中工作调动的需要，一家人不得不离开，自此，他们搬到古巴去生活。在这里生活 5 年之后，索普先生又因工作调动，一家搬到了华盛顿。到华盛顿那年，贝蒂 10 岁。1921 年，索普一家又搬去了远离美国本土的夏威夷，在万物蓬勃生长的夏威夷，贝蒂已经长成了一个少女。

这一天，贝蒂搭乘飞机来到了日内瓦，因为那所位于日内瓦湖畔的女子学校就要正式开学了。在这里，贝蒂度过了最美好、最充实、最难忘的时光。

华盛顿是美利坚合众国的首都与心脏。在华盛顿的社交圈里，高官要员、富商大亨、文化名人、帅哥美女可谓比比皆是。贝蒂毕业后，来到了这里，丝毫没有陌生的感觉，反而如鱼得水、悠闲自在地游走在这个社交圈的任何角落里。

一天，贝蒂去酒吧消遣，正当她休息时，一位绅士走到了贝蒂的面前，他伸出了自己的手，问道："小姐，我能请你跳一支舞吗？"

贝蒂抬头，看着这位突然邀请她的男士，他的穿着很绅士，老实的外表，指甲很干净，头发梳得很整齐。贝蒂仔细看着，良久点了点头，把手搭在这位男士的手上，两个人滑进了舞池。

青春耀眼的绚烂，眼波流转，转身中，飞扬的发丝透出一股清香的味道。男士被青春的贝蒂吸引了，贝蒂被男士的成熟吸引了，两个人相视的目光中流露出欣赏。在悠扬的音乐声中，他们除非是累了需要休息，否则就在舞池中，沉浸在对方的魅力中，沉浸在快乐中。

此时的贝蒂不知道，这位男士就是英国驻华盛顿大使馆的二等秘书，全名是约瑟·帕克。他参加过第一次世界大战，在战争中负过伤，也正因为如此，他的身体并不是很好。贝蒂与帕克初次见面就对帕克产生了好感，与围绕在她身边那些幼稚的追求者相比，帕克的成熟让贝蒂沉醉了，她对帕克可谓是一见钟情。当然，帕克对贝蒂的感觉也是如此。

1930 年 4 月，春寒料峭，大地上还有白雪坚守着自己最后的阵地。在这样的日子里，贝蒂和帕克牵着手走进了婚礼的殿堂。然而，婚后的生活并

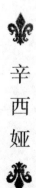

辛西娅

不理想。后来,她几乎对帕克没有了感情,但是与帕克结婚给贝蒂带来了好处。帕克是商务部的官员,也正是凭着这一点,贝蒂进入了英国的社交界。

日子一天天地过去。一天晚上,帕克告诉贝蒂由于工作调动,他们即将去西班牙的马德里。

已经到了 1935 年,世界格局变幻莫测,空气中蔓延着紧张的因子,风声鹤唳、草木皆兵。

到了西班牙的马德里之后,帕克仍是一心只为自己的官场事业而整天毫无头绪地忙碌着。对于自己的婚姻,贝蒂早就已经没有了期待,她行动起来了,用自己的美貌与智慧在上流社会的社交圈中旋转着,独守空房的日子在贝蒂的身上已经彻底地消失了。

在社交圈中,几乎每一个人都知道贝蒂,她的美貌与智慧成为那个圈中人经常谈论的事。在这里,贝蒂认识了西班牙的一位军官。和这位军官的暧昧关系,让贝蒂从自己那不幸的婚姻生活中解脱出来,她享受到了宠爱与呵护。

只要是有人存在的地方,就会有利益与纷争,血与火的洗礼永远是战争中永恒不变的主题。这次也是如此,西班牙的局势紧张了起来,德国的希特勒和意大利的墨索里尼此时的小动作也不停,他们在为自己谋划着最大的利益。英国方面发现西班牙的局势似乎是控制不住了,他们需要各方面的情报。这时,贝蒂进入了他们的视线,她是英国驻外工作人员的妻子,她在社交圈混得很熟,而且她年轻貌美,是非常合适的人选。确定后,英国政府就派人与贝蒂详谈。贝蒂喜欢刺激和挑战性高的事情,这件事情正合她意。于是,她同意帮助英国政府搜集情报。

同英国派来的人谈完之后,贝蒂回到了自己的住处,她要仔细考虑这件事怎么做,她决定从那位高级军官的身上下手。

贝蒂给高级军官打了电话，约好了两个人见面的地点。这次见面，贝蒂什么都没提，只是将自己的柔情蜜意完全地展现在这个军官的面前。就像贝蒂料到的那样，军官果然沉醉在贝蒂的温柔中。现在，贝蒂需要做的事情就是等待，等候时机的成熟，从军官手里弄出情报。

这个军官没有让贝蒂等太久，很快地，对于贝蒂说的话他就已经深信不疑了。就这样，一份份情报从军官的手里传到了贝蒂的手里，贝蒂又将这些情报传到了英国。在两人缱绻的这段时光里，西班牙内战爆发了。

贝蒂传回的情报让英国方面省了不少力气。那些情报分析家根据贝蒂传回的情报，判断出了战争的走向、局势是否对己方有利。一份份准确的情报，让贝蒂的名字在英国的情报界流传开来。

为了贝蒂的安全，英国方面决定让贝蒂离开西班牙。因此，帕克的工作再一次地被调动了。

飞机穿越层层的白云，贝蒂眼望着已经破败一片的伊比利亚半岛，已经迷茫一片的河堤和山川、乡村和城市，昨天已经遥远……

贝蒂在西班牙的出色表现，赢得了英国秘密情报局的高度认可。通过对局势的分析后，英国外交部决定将外交官帕克调往波兰华沙，进行一系列必要的交涉。其主要的目的是为贝蒂合理地出现在华沙做周密的安排。

帕克古怪的性格并没有因时间的推移、地点的转移而有所改变。这次的目的地虽然是波兰华沙，但他们先是辗转到了巴黎。

1937 年秋天的一个中午，贝蒂一家人到了波兰。

波兰就像在大海中漂移的小船，随时都有可能在惊涛骇浪中被掀翻。波兰一时间成了纳粹德国表面上拉拢的对象，英国当然明白其中的用意，野心勃勃已在纳粹德国身上逐步显现出来。

初涉华沙的贝蒂并没有感到孤独和陌生，在接到英国情报局方面的安

辛
西
娅

排后,她乐此不疲地开始搜寻猎物。

虽然谍报工作迫在眉睫,但贝蒂明白心急是没有用的,必需先要有一个合适的身份进入角色。有了这样的想法后,她没有急于去拉拢华沙的达官显贵,而是用了一个月的时间去熟悉环境。贝蒂的能力的确出色,刚刚来到华沙不久,她就融入了这里的上层社交圈。

在一次舞会上,一位绅士来到她身边,说道:"小姐,我可以请你跳支舞吗?"贝蒂已经注意他很久了,但尚不清楚这位先生的真正身份。

"好的。"期待若像自然的花开就好了,没有刻意,没有牵强,等待时不烦躁,到来时不纠缠,自然而然。

舞池里的人很多,他们快乐地旋转着,优美的舞姿令人目眩。轻纱的围巾在贝蒂的玉颈上随着舞姿飘逸着,长长的刘海在舞动的间隙扑出一阵清淡的香水气息。他们感觉有些累了,决定坐下来休息。

"和你跳了这么长时间,还不知道你叫什么名字?"男子喝了一口咖啡说道。

贝蒂若有所思,抿了抿嘴,感觉一下咖啡的美味,反问道:"姓名吗?先谈谈你的情况吧,你是做什么的?"

"我是政府的一个副官。"

"接着呢。"

"接着什么?"

过了一会儿,贝蒂感觉无聊地向着窗外看了看,失望中夹杂着漠然。美女有着一套美女所特有和专用的方法,代替说话的更好手段是表情。

为了拉近彼此之间的距离,男人试着握住贝蒂的手。瞬间的闪躲让男人的举动和想法都变成了徒劳,事情显得有些可笑。

几乎在同时,贝蒂转过脸来,正对着男人,不说话,只是眼睛盯着他看。

贝蒂嘴角上翘,目光逼视,似笑非笑。"我是外交部的副官。"男人看了看贝蒂还是如同先前一样,继续说道,"外交部的机要副官。"

渔夫把诱人的鱼饵挂在了锋利的鱼钩上,一旦鱼盲目地上钩,那么渔夫就要时时谨慎。想到这里,贝蒂仍然沉默不语。

天色已经渐渐地晚了,贝蒂表现出了意犹未尽的样子。于是,男人提出可否今晚一起去旅店住。黑色的夜晚,星星镶在天幕上,像被战争的炮弹打中而破开的洞,引来了另一方的光亮。一路上他们都没有说话,紧牵着手,一起走到旅店的门口。

贝蒂叫来了一瓶红酒和一些小点心。在社交圈已经摸爬滚打了好几年的贝蒂,早就谙熟了上层社会的隐秘和故事,吸引、利用、爱情、悲情,在最上层的交际圈里最混乱,没有人能分清这条大河的首尾各在哪端。

借着酒劲,机要副官幽默风趣地猛吹他以往的光彩经历。他如何以自己的才华赢得了人们的肯定和信任,后来他进入了波兰的外交部,在那里一步步地向上攀爬。说到高兴时,他还放肆地把贝蒂搂到怀里。

贝蒂对机要副官的想法心知肚明,达到目的才是贝蒂的最终选择。但机要副官有些过分的举动,都被贝蒂制止了,她告诉这位机要副官,感情要建立在长时间了解的基础之上。两个人互不干扰地在旅店睡了一晚。年轻的机要副官依然对贝蒂这个可人的金发女郎保持着心脏狂跳不止的渴望和念想。

离开和机要副官第一次约会的旅馆后,贝蒂并没有直接回到自己在华沙的寓所,而是按照安全协调局的安排,等候着组织与她接头的肖恩在中午的时候与她见面。

贝蒂的身影逐渐消失在远处,她慢慢地走进了一条小路,继而向右拐进了一个馅饼店。

辛西娅

"我要一个最小的馅饼。"

店员看了贝蒂一眼,问:"要一个最小的馅饼,你确定吗?"

贝蒂拿到的馅饼确实很小,待她拿到馅饼后,店员就带她去了后面的休息室。肖恩要求贝蒂尽快弄到德军的伊尼格默密码。在听说了贝蒂已经"钓"上了波兰外交部长的机要副官时,肖恩十分高兴地拥抱了漂亮的贝蒂。

下午的时候,贝蒂从睡梦中醒来。进行了一番梳洗打扮之后,贝蒂又来到了昨天和机要副官约定好的地点——昨天他们相识并一起跳舞的舞场。

在远处,机要副官正在四处搜寻贝蒂的踪迹,直到贝蒂走到了他的眼前,因为他没有发现以全新的打扮出场的贝蒂。标志性的红色高跟鞋,长长的头发,发梢处有一些小小的弯曲,这种弧线恰到好处地体现了男子们对于摩登女郎的普遍审美标准。为了能与自己的情人贝蒂约会,波兰外交部长的机要副官不惜重金在华沙的一个高级社区里租了一处房子。贝蒂和机要副官幽会的目的并不是联络感情,获取第一手情报才是贝蒂一直追求的目标。这期间,她的丈夫帕克不幸患上了脑血栓,到外地疗养去了。

虽然贝蒂、机要副官都是有家室的人,但各自不同的目的把他们拴在了一起。和贝蒂之间不可思议的相遇,已经让这位机要副官神魂颠倒、如痴如醉。同样,贝蒂也为了能够获得重要的情报而费尽心机。

在贝蒂渐渐和自己的"如意郎君"机要副官熟络起来之后,机要副官的嘴就显得有些口无遮拦了。在 1937 年这个欧洲大陆形势紧张的时刻,波兰的地位已经变得非常重要,于是这名机要副官,便成为约瑟夫·贝克上校的得力助手,他经常带着贝蒂前往德国和捷克斯洛伐克执行秘密任务,贝蒂便有更多有利的机会接触到形式多样的机密文件。

其间，肖恩趁着贝蒂回到华沙的时候，和她接了几次头催促她尽快找到德国伊尼格默密码机详图，这对于英国方面的情报体系来说是近期工作的重中之重。思来想去，她决定从自己身边的机要副官下手，尽管几次随同机要副官去往德国和捷克斯洛伐克执行秘密任务还没有接触到伊尼格默密码机，但是贝蒂的直觉告诉她，机要副官一定知道密码机的事情。

走在柏林的街道上，贝蒂故意放慢步伐，试图获得一些可靠的情报。

贝蒂的眼神瞟到了机要副官的兜上，问他："那里是什么？"

"回华沙再和你细说，这里不方便。"机要副官在长时间和贝蒂的相处中已经领悟到了贝蒂的言语要义，他知道贝蒂应该是又对自己新得来的资料感兴趣了。

披着夜晚的星光，贝蒂和机要副官乘着从柏林向西行进的火车回到了华沙城。

下车之后，贝蒂严肃起来。以表情和气氛调整和情人间的关系在贝蒂这里屡试不爽，在生活、谍报工作、丈夫和情人间，她总是对于那些冒险的事情所带来的刺激而感到意犹未尽。

但是机要副官并不让贝蒂看这份文件，因为这是最高的机密。

到了住处，为了缓和机要副官的戒备之心和防范之意，贝蒂调了两杯不加糖的咖啡，手把着手、轻柔地让机要副官喝下。

机要副官又一次被贝蒂征服了，他把手伸进自己的衣兜拿出那份重要的机密文件，由于文件的纸张有些大，两个人一起展开来看。这是一份图纸，但它只是一份完整图纸的一部分。

"哦，亲爱的！告诉我好吗，这到底是什么图纸？我只是感兴趣而已，你是知道的，我的生活很枯燥、很乏味。"贝蒂适时地拉住了机要副官的衣襟。

"我可以告诉你这是什么，并且你要是真的感兴趣的话，我可以冒险从

辛西娅

外交部长贝克的办公室里帮你弄到完整的。"

"是吗?这样最好啦,希望你能早点满足我的愿望。先和我讲一讲这个是怎么回事吧。"

显然,这位波兰外长的机要副官显得非常的谨慎,他一再地提醒贝蒂要保守秘密。

"这是一张德国伊尼格默密码机的详图,你现在看到的只是'J'部分,全部的伊尼格默密码机详图一共有 **12** 个部分。"

对于密码一窍不通的贝蒂在听到这些复杂内容的时候,明显地感到了这位机要副官对她的重要性无可取代。再加之,机要副官不但比贝蒂年轻,而且他英气的外表也是个理想的情人。贝蒂对他复杂的情感中除了必要时利用他的职位来获取英国秘密情报局所需的情报之外,一丝爱慕之情也油然而生。但是头脑清醒的贝蒂始终都没有忘记间谍的任务是完成使命,尽管在这个时候她还算不上是正式的间谍。不过,她还是为了上面下达的任务奔波在危险的边缘上,用出色完成任务的表现来说明她的价值所在。

借着微暗的灯光,贝蒂细心地观察了这张第 **10** 部分的伊尼格默密码机的详图,她还请求机要副官把图纸复印给她,并且一再强调自己对图纸这玩意儿很感兴趣,要能做个绘图师就更好了。看着贝蒂笑呵呵的样子,机要副官笑着把早已为贝蒂准备好的详图的复印件给了她。

肖恩和贝蒂在馅饼店见面时,已经是第二天下午了。这里人流嘈杂、繁忙不已,越是喧嚣的地方,越合贝蒂的心意。贝蒂将详图的复印件递给肖恩,并对他解释说这只是其中的一部分,弄到完整的,还要耐心地等待一阵子。

经过几天的等待之后,机要副官终于在一个晚上把贝蒂期盼已久的伊尼格默密码机详图弄到了手。当他把整个详图送给贝蒂的时候,贝蒂拉着机要副官的手,高兴地跳起了舞。在光芒的映射下,贝蒂如一朵旋转的花蕾舞动在机要副官的面前。

很快，贝蒂就把伊尼格默密码机的详图交到了英国秘密情报局那里。

英国秘密情报局的研究人员在拿到伊尼格默密码机详图的时候，他们简直不敢相信。但是经过不断地确认之后，他们确定了手里的这张密码机详图就是他们正在研究的纳粹新型密码机的图纸。他们用尽全部力量都没有做成的事情，贝蒂却如此轻松地做到了，着实让英国秘密情报局的人佩服不已。

贝蒂也很高兴，心中的一块大石头终于落地了。而她不知道的是，代号为 BILL 的英国秘密情报局的负责人威廉·史蒂芬森已经悄悄地注意上她。

交代过自己完成的任务之后，在华沙贝蒂的寓所中，机要副官又带来了一些新的情报。机要副官邀请她一同去往柏林和布拉格，他说有重要的文件要他去接收，还强调必须亲自去才行。

这个时候，柏林的形势已经非常紧张，贝蒂紧紧地跟在机要副官的身后，寸步不离。女子的那种没有安全感的心理在贝蒂的身上暴露无遗，喜欢冒险刺激的她也开始变得谨慎而小心。

现在获得的只是德国国防军密码，对于这个庞大的密码系统，他们的人员正在破译中。在布拉格有密码系统的专业人员会为他们解开德国国防军密码系统的，现在他们要等一个布拉格方面的接头人。

手电筒的光线落在了他们站立处的楼底下，在光线昏暗的条件下，白色的光芒尤其明显。他们抬起头向上看，一个女人手中拿着一个纸袋，"啪嚓"一声轻响，纸袋落在了他们的手上，然后窗户"咣"的一声关上了。

为了抵抗夜晚的寒风，机要副官把自己的衣服披在了贝蒂的身上，但连衣裙下露出的小腿依然感觉到寒冷，贝蒂不住地用高跟鞋尖敲击着地面。机要副官看了她一眼，抱起她向前走去。这就是女人的魅力，化平淡为

辛西娅

写意。

他们坐上了开往布拉格的车，消失在街巷的拐角处的最后一片光亮里。在车上，机要副官仔细地读了写在牛皮纸袋内侧的字，记下了去布拉格的接头地点和接头人，然后给了贝蒂一个吻。

贝蒂确实有些疲惫了，仰着头靠在车后座上就开始了小憩。

早上的太阳已经升上了天空，郁金香摆在桌子上，贝蒂躺在布拉格的旅馆里，几天以来的颠簸感还在她的头脑里摇摇晃晃。机要副官的衣服还披在贝蒂的身上，他也一定在屋里或不远处。贝蒂喊了一声，机要副官走了进来，微笑间，用下巴上的胡子渣抚弄着贝蒂，贝蒂却注意到机要副官手里晃动的文件。

打开机要副官手中拿着的东西，贝蒂把眼睛睁得大大的。这就是德国国防军密码系统的索引的复印件。

得到了这些，贝蒂把德国国防军密码系统的索引和一些其他重要的情报一块儿带回了华沙。继而它们又被转交给了英国情报局。史蒂芬森对贝蒂这位美国姑娘的工作非常满意，虽然至此史蒂芬森尚且没有见到过贝蒂的"庐山真面目"，但是通过她所带过来的情报资料就已经可以看出，这是一个细心而大胆的女子。

贝蒂在波兰的表现越来越让人佩服，她的才华也更加凸显出来。她需要更大的舞台去施展她的能力，英国情报机构正在计划把贝蒂安排到一个更需要她的地方去。而这个时候，在华沙郊区已经疗养静修了很长时间的贝蒂的丈夫帕克，也在安逸的环境中基本恢复了之前的健康。

路上行人如织，空气清新。坐在车里的贝蒂摇下车窗，向外望去。

风夹杂着雨，树影摇晃，斑驳如漆。伴着皎洁的月光，贝蒂回到了家里，她终于能喘口气了。这一阵子小心谨慎、步步为营的生活让贝蒂感觉十分疲劳,也是时候放松一下紧张的情绪,调整一下疲惫的身体了。贝蒂将自己的身体深陷在舒适的软床中,调整到最舒适的状态,沉沉地睡去。

当贝蒂再一次和肖恩接头的时候,已经是第二天的下午了。在听过肖恩带来的消息后,贝蒂显得既兴奋又踌躇。

原来,情报局的负责人对贝蒂的表现很满意,已经特别批准她加入英国秘密情报局,尽管她只是个业余间谍。英国秘密情报局里的几位官员经过商议决定把贝蒂派到别的地方去,贝蒂在华沙得到情报的事情已经引起了各方面的关注,危险系数正在逐渐变大,所以她已经不能在华沙久留了。

贝蒂在听到英国秘密情报局终于批准自己加入组织的消息后非常的开心,这是她期盼已久的事情了。贝蒂一直认为间谍是一个富有挑战性的职业,充满了刺激和惊险。

离开馅饼店之后,天色还没有完全黑透,贝蒂回到了自己的家。看到这个家的男主人约瑟·帕克,他的脸色已经由先前的苍白转为现在的红润。看来经过一段时间的休养,帕克的身体已经恢复得很好了。看到贝蒂回来,他很兴奋地想去拥抱她,但被贝蒂巧妙地避开了。

事情并没有因为帕克的回来而发生改变,贝蒂依旧秘密地搜集情报,依旧和机要副官约会,丝毫没有惶恐和收敛之意。自从上次和机要副官的美妙约会后,贝蒂和机要副官的感情突飞猛进,贝蒂几乎忘记了自己是有夫之妇,而机要副官也忘记了自己的身份,两个人恨不得时时刻刻都黏在一起,机要副官对贝蒂的迷恋近乎疯狂。

贝蒂的接头人肖恩已经向上级汇报了贝蒂在华沙的情况,最终,英国秘密情报局方面想出了可以使贝蒂全身而退的办法。情报局的人员和贝蒂的接头人肖恩把相关的细节已经谈妥了,一切计划都在紧锣密鼓地进行着。他们决定暂时不让肖恩和贝蒂见面,以避免不必要的麻烦。情报局的规

辛西娅

矩就是严格地保守秘密,绝对地执行任务。

被蒙在鼓里的贝蒂也感到很奇怪,为什么这么长时间肖恩都没有与她接头,难道肖恩遇到了什么危险或者不测?接连几日,贝蒂的不安和惶恐与日俱增。随着夏天的逐渐过去,华沙的局势也变得越来越复杂了。街道上突然多了很多全副武装的士兵。贝蒂走在街上,感觉气氛紧张极了。

再次见到机要副官时,他对贝蒂的态度和语气都冷淡了下来。在和机要副官对视的那一刻,贝蒂以为自己利用机要副官从他那里获得情报的事情被他知道了。贝蒂试探性地对机要副官说:"怎么了,亲爱的?"

"我感到非常的失望,对于你。"机要副官一改以往对贝蒂说话时深情而温柔的态度,变得冷酷而严肃。说完,机要副官便推开门,大步地朝外走去,消失在了黑色的夜里。

一路上,贝蒂都在揣测是不是自己为英国情报局提供情报这件事被波兰政府知道了,牵扯到了机要副官,所以才令温柔多情的他如此大发雷霆。但是若他们手里真的掌握了证据,自己怎么会一点事都没有呢?即便是这样安慰自己,贝蒂的内心也无法宁静。英国秘密情报局接头人肖恩和自己已经失去了联络,馅饼店也关门大吉了,这一切都显得那么的不正常。贝蒂的心绪此刻乱极了,理不出丝毫的头绪,只是不停地把自己在华沙这段时间发生的所有事情一一回忆,想发现哪里出问题了。

推开门,丈夫帕克不在家,但这不是贝蒂关心的事情。她把高跟鞋随意地扔在寓所的地上,光着细瘦的脚踝漫无目的地在屋子的角落里晃来走去,最终停在了阳台边的椅子上,喘着气。她有点儿慌了,这一切发生得毫无征兆,让她措手不及。这一晚的贝蒂只能让自己安心地睡觉,没有其他的事情可做,她强迫自己不去想其他的事情。

为了把事情弄明白一些,贝蒂尝试着再次找到了机要副官。机要副官已经很长时间都没有找过贝蒂了，而她这个时候更不敢贸然去打扰他。但是这件事她希望能从机要副官那里得到些蛛丝马迹，也好给自己留有时间去准备。许久没有见面的两个人变得多少有点儿陌生，他们各怀心事，看着对方，都不知道如何开口。

不甘心的贝蒂四处向自己的好友们打听，但每次听到的都是一知半解的信息。在一个好朋友那里，贝蒂听到了完整版的谣言：美国女郎贝蒂很可能向纳粹外交官传递了重要的情报，她的情报来源是波兰外长的机要副官，正是他的情报最后传到了德国人的手里。

被蒙在鼓里的丈夫帕克也接到了上面的安排，要求他赶赴智利任职，并且要求他的妻子也要一同前往。

收拾好行装，贝蒂借着和自己在华沙的一些朋友告别的机会，和机要副官见了最后一面。她承认她已经对机要副官动了情，两人的回忆像潮水一般涌了出来，让贝蒂感觉心酸。纵然贝蒂心里也有很多不舍，但她不得不斩断情丝，离开华沙。

自始至终，贝蒂都不知道，这个惊人的大谎言，竟是英国情报局为了保证贝蒂在华沙全身而退的权宜之计。一切都显得那么神秘，这一次，贝蒂被蒙在了鼓里。

不撑伞，一个人独自漫步，让温柔的雨水浸润着自己，这是贝蒂最喜欢的消遣方式。穿着短靴，惬意中夹带着些许野性，她用手把发髻尽量地向后捋，向着前方潇洒地走去！

这一年的冬天，英国秘密情报局随便找了一个"莫须有"的借口，与商务部商议，将贝蒂的丈夫帕克调往智利首都圣地亚哥去工作。这样的安排，利于贝蒂前往智利打开局面。随着丈夫工作的调动，贝蒂来到了智利。组织上要求她尽可能地去接近上流社会，设法窃取情报。她利用丈夫的庇护，以

辛西娅

自己的记者身份去接触社会上的高官,并运用自己的聪明才智,克服重重障碍,冲破层层险阻,躲过一次又一次的危险,为英国秘密情报局窃取了无数机密情报。

狂风呼号,地上的落叶随着强劲而凛冽的寒风向远方飘去,太阳无精打采地在天空中悬挂着。这是贝蒂离开 7 年之后再次来到圣地亚哥,对于这个既熟悉又陌生的城市,贝蒂心里的感觉很复杂。代号为 BILL 的英国秘密情报局的一个负责人史蒂芬森,早已经以商务部的名义为他们在这里安排好了一切。

在接近繁华的市中心的一个不太引人注目的小街道上,有一栋四层的小楼,从外面看,小楼的颜色略显灰暗,这样的色调,不会有多少人去注意这栋房子。贝蒂和她的丈夫就是被安顿在这个小楼的最顶层,房间的面积不是很大,只有一大一小两间卧室。在那间小卧室的一面墙上,挂着一幅很大的风景画,画的下面放了一张书桌,看似普通的布置,其实里面暗藏玄机。那幅风景画的后面有一扇门,打开门,是一间小小的密室。当然,对于房间中的这一暗室,贝蒂的丈夫帕克是毫不知情的。站在卧室的窗口向窗外望去,是一条很窄但却很吵闹的小街,会时不时地传来小贩们的叫卖声,过往的人力车络绎不绝,偶尔也会有几辆政府官员的汽车从这里经过。之所以把他们安排在这里住,是因为英国秘密情报局的智利办事处就在这条小街的尽头,便于贝蒂与组织联系。

每个情报局都希望自己可以抢占先机,英国秘密情报局也一样。他们希望贝蒂尽快地在这里扎下根来,搜集有关轴心国方面的情报,并为情报局的下一步计划奠定坚实的基础。

为了既不引起别人的怀疑又容易弄到情报资料,负责新闻采集、整理、传递的记者身份,对于间谍来说是最好的伪装。

美丽动人的贝蒂摇身一变，一个娇艳迷人、富有勇气与智慧的记者就展现在人们面前了。

作为一名肩负着特殊使命的"记者"，贝蒂知道，她不仅要比别人更机智勇敢，而且要比别人付出更多的辛劳和努力。她每天从早到晚地奔波着，既要周旋于那些政府官员之间，又不能让她的丈夫有所觉察，这是一件很辛苦的事情。但是，一想到获取情报之后的贡献和喜悦，贝蒂就不知疲倦地坚持着。

时间像着急赶路的行人，一刻也不曾停歇。每天忙碌着，转眼间，他们来到智利已经快一周了。

外面的天空越来越阴暗了，周围的一切开始被一片暗淡笼罩着，冷风肆虐地吹着，房间的玻璃上传来了"啪嗒、啪嗒"的雨声。贝蒂站在窗前，目不转睛地凝视着窗外的雨。此刻，周遭的一切都是这么安静，可她的心里却有些烦躁。关于她和帕克，她不知道他们两个还有没有继续走下去的可能，一段渐渐远去的感情，还有经营下去的意义吗？贝蒂陷入了沉思……

作为电子学和密码学专家出身的史蒂芬森，是一个非常有智慧的人，也是英国情报处的处长。他预见到欧洲大陆将会沦陷，英国和德国的战争不可避免。他提议在美国建立一个新的情报中心，这个建议被采纳了。不久，在纽约就成立了一个新的英国情报中心。史蒂芬森计划着在时机成熟的时候把贝蒂安排在自己的门下。

春去秋来，时光飞逝，转眼间一年过去了。1939 年 9 月，德国进攻波兰，英、法对德宣战，第二次世界大战全面爆发。

国际形势越来越严峻，政局动荡不安。智利是一个亲纳粹的国家，贝蒂经常会撰稿抨击，这引起了当局的不满。此外，各国间谍都云集到美国，史蒂芬森决定将贝蒂调往华盛顿，希望她先在华盛顿停留一段时间，待情报

辛西娅

局商议之后再作下一步行程。

在智利生活了一年的贝蒂接到去华盛顿的通知后，思绪复杂。尽管这里有她的伤心事，但是，毕竟这里也有她很多美好的回忆。这些年来，一直在外漂泊的贝蒂，已经习惯了组织上的调动，但是想到要离开这里，她还是百感交集。

现在，贝蒂终于决定结束这段不幸的婚姻生活，孤身前往华盛顿。坚强倔强的她，也有内心软弱的一面。她不知道自己的未来到底是什么样的，她也不知道自己要漂泊到什么时候。当她孤单的时候，没有人会来安慰她；当她寂寞的时候，也没有人会来关心她。只有心中的理想和正义在支撑着她，默默地坚守着这份工作和责任。

看着这个自己曾经和帕克一起住过的房间，贝蒂觉得似乎还少点儿什么。是什么呢？哦，还没有和帕克告别。贝蒂轻轻地从桌子的抽屉里面取出一张纸，坐在桌子前开始给帕克写信。

"亲爱的帕克，这是我最后一次这样称呼你。在我们结婚这 9 年里，有过快乐，更有过悲伤，我很感谢你陪伴了我这么长的时间。对于你带给我的悲伤，我不会怪你，因为我们都有自己的生活，你选择了你的工作，而我选择了我的生活。我现在要离开智利，如果你同意，我们离婚吧，给彼此一个自由的身份。我会记住你对我的好，忘记那些不愉快的经历。希望我离开以后你会过得更好。"落款是"曾经爱过你的贝蒂"。

表情沉重的贝蒂将信折好后放进信封里，把信封放在桌子上，用杯子压着信封的一角。环顾整个屋子片刻，她轻轻站起身，推开房门，拉着她的行李箱毅然地离开了这个伤心之地。

正如人们所预想的那样，第二次世界大战如约般而至。

在"二战"期间，有很多的女间谍走上了历史的舞台，用她们的美貌和智慧获取一个又一个重要的军事情报，为打垮敌人发挥了不可磨灭的作用。她们有迷人的外貌，高明的手段，超群的绝技。她们以不为众人所知的身份默默地穿梭于枪林弹雨之中，驰骋于硝烟弥漫的战场边缘。在美国纽约，一个富有诗意和传奇色彩的谍报人物也随之横空出世。她为盟军在北非登陆创造了条件，影响了"二战"的历史进程，在反法西斯战争中做出了卓越的贡献。这个人就是化身为"辛西娅"的贝蒂·普索，一个谍报界的"月亮女神"。

"二战"爆发后，战争的硝烟弥漫在欧洲的上空，在波兰的首都，华沙人民进行了 20 多天的保卫战，同盟国在阿贝维尔城召开第一次最高军事会议，各国加紧了作战准备。美国政府一直声称在战争中保持中立，不参与战争，于是轴心国和同盟国的间谍云集在繁华的华盛顿，一时间，华盛顿的形势变得空前复杂。

英国安全协调局在纽约成立不久，史蒂芬森就急忙赶赴纽约，亲自坐镇指挥，全面负责安全保卫和谍报的工作。他把安全协调局的工作安排好之后，就迅速地命令把刚到华盛顿的贝蒂召来纽约进行培训。从此，一个改变战争进程的传奇女子出现了。

从肯尼迪国际机场下机后，疲劳的贝蒂急忙上了一辆出租车，不顾一路的颠簸和辛苦，直接赶往组织为她安排好的住所，做好随时迎接新任务的准备。

刚到住处不久，正在整理行囊的贝蒂就听见有人来敲门，贝蒂刚准备开门的时候，发现门口的地板上有一封信，贝蒂拿起信后迅速地打开房门，看到一个陌生男人的背影匆匆远去。

疑惑不解的贝蒂回到屋里，打开信，内容很短，只有一句话：今天中午 11 点 30 分，对面咖啡馆等。

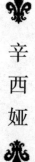

辛西娅

　　身着普通衣服的贝蒂准时来到咖啡馆赴约。她找了一个不引人注意的位置坐了下来，扫视了一下四周，没有发现什么可疑的情况。这时，两个男子也随之出现了。其中一个人说："贝蒂小姐，你好！我们要带你去一个地方，请你配合。"便带着贝蒂走出咖啡馆，上了一辆早已等候在门口的车，并用布条将贝蒂的眼睛蒙上了。

　　被蒙住眼睛的贝蒂跟着这两个人经过一段复杂的车程之后，终于到达了目的地。这是一个守卫森严、位置十分隐蔽的小屋子。贝蒂被带领着来到了这间屋子，在一张椅子上坐定之后，布条终于被取了下来。贝蒂揉了几下眼睛，适应了突然的明亮。桌子对面的人陷在黑暗中，贝蒂看不清他的长相。这个操着一口流利的英语的男子开门见山地为贝蒂介绍目前各国的政治格局和前线战争情况，并传达了上级的命令，让她时刻做好进入工作的准备。他告诉贝蒂，组织已经考虑正式吸收她为英国安全协调局的一员，她的每次行动都要经过组织的安排，并及时地向组织汇报。

　　随后，男子从他桌子右边的抽屉里拿出一个正方形的小盒子，红色的外表印着暗灰色的图案，非常精致。他把盒子交给他旁边的随从官，示意他交给贝蒂。随从官沉稳地走到贝蒂的面前，将盒子郑重地交给了她。

　　"组织现在授予你的代号是'辛西娅'，这里面的东西是证明辛西娅的标志。执行任务，与其他人员接头的时候，它是重要的信物，你一定要保管好它。"男子一字一句地说。

　　"是。"贝蒂庄严地回答，双手将盒子接过来，小心翼翼地打开，里面是一枚漂亮的、发着闪闪的金色光芒的月亮标志的徽章。

　　"好，你可以回去了。明天开始接受组织为你安排的特殊训练。"男子和正在看着徽章的贝蒂说。

　　"是。"贝蒂说完，将徽章小心地放好，组织人员将贝蒂的眼睛再次蒙上，带领她从另一条路离开了。

间谍训练不同于普通的军人训练，做一个能穿梭于各种秘密要地、迅速准确地获取情报、神鬼不知安全逃离现场的女间谍，她所接受的训练是常人无法想象的。作为一名出色的间谍，尤其是一名出色的女间谍，她要接受的训练是残酷的，她所付出的代价是惨烈的。

从此，令贝蒂终生难忘的间谍训练开始了，魔鬼式的训练也是贝蒂所不曾预料到的。

超强的体能对于一个间谍来说是最重要的，也是最基本的素质。间谍训练营中的体能训练是常人难以忍受的。每天都是超负荷的跑步、举重、游泳等，这些都是普通人很难坚持下来的。

在冰凉刺骨的冷水里训练游泳和潜水是体能训练中的一个内容，它也是最难熬的一项训练。贝蒂在冷水里直立着，一动不动，有时候一站就是几个小时。

间谍的训练中，逃生术也是许多间谍必须掌握的，只有熟练地掌握了它，才能在获取情报后让自己安全地撤离。马术也是其中必修的一项，在马背上做各种动作，而且手里要拿着枪，枪法达到百分之百的准确才算合格。

间谍人员在执行任务的时候，常常会遇到各种各样阻碍自己的人。这个时候，使用药物将他们迷倒或者迷晕是最好的方法。所以，身为间谍人员，必须了解每一种药的药性，每种药都有什么样的效果，一种药服用多少可以达到想要的结果，在什么情况下用什么样的办法让对方服下这种药最容易等。

间谍训练营中的训练内容还有很多，比如易容术、如何使用隐形墨水、短波电台、解开各种形式的密码等，这些训练内容都很吸引贝蒂，她耐心地一样一样地学习。当走出训练营的那一天，她已经成为一名相当优秀的间

辛西娅

谍人员了。

一直关注着贝蒂行动的史蒂芬森，听说她在训练时十分卖力，而且以记者的身份在纽约获得了一份又一份可靠的情报，他果断决定，将贝蒂派往华盛顿窃取情报。

又一次踏上回乡旅途的贝蒂，心情与上次截然不同。现在她是英国安全协调局的一名成员，她是经过特殊训练的代号为"辛西娅"的高级业余女间谍，她的对外公开身份是一名记者。这些复杂的身份背景，再加上她那迷人的外表、曼妙的身躯、智慧的头脑，使人们很难真正地读懂这个女人。

这次辛西娅的任务是获取意大利海军军用密码本，能得到这个密码本的地点在乔治城，这里是华盛顿上流社会人员居住的中心。

乔治城里的人不知道辛西娅除了自由记者的身份外，还有一个秘密间谍的身份。城里的高官从辛西娅住进来的那天起就开始追求她，借着这种势力，辛西娅没用多长时间就融进了乔治城里的上流社会。这时候，辛西娅并没有主动去寻找目标人物，而是频繁地出入各种社交活动的场合。辛西娅很相信第六感，在以前执行任务的时候，第六感带给她很多的帮助。这一次也不例外，辛西娅认为目标人物会主动出现在她的面前。

安静的咖啡馆里飘荡着优美的音乐，和以前一样，辛西娅坐在自己常坐的位子上，点了一杯不加糖的咖啡，手里拿一本上流社会夫人最爱看的书籍，静静地品读着。最近一段时间，这个咖啡馆是辛西娅常来的地方，这里能让她的心得到宁静。

在大西洋战役中，英国海军频频失利，原因既有主观上的，也有客观上的。英国海军军官认为己方战舰多，吨位大，实力强，就忽略防范部署，结果让德国海军钻了空子，他们运用英国海军不擅长的战术，打败了英国海军。

战争中没有常胜的将军，失败是在所难免的事。英国方面意识到了自己在海上的弱势，为了避免再次遭到同样的打击，英国海军开始强化自己的弱势，努力使自己没有弱点。让敌人找不到自己的弱点只是一个方面，要是能弄到敌人的密码本，知道他们的行动计划，就能为获胜增加筹码。

辛西娅这一次的任务难度很大，不过与以往相比，她显得更加有自信了。因为在特工训练营她学到了很多，她有信心能顺利地完成任务。天色渐渐地暗了下来，辛西娅已经在咖啡馆里待了一整天。她收拾好随身物品，留下咖啡钱和小费，朝咖啡馆的门口走了过去。门口的侍者打开了门，辛西娅摇曳生姿地走了出去，留给后面的人一个优雅的背影。

超凡的交际能力是一个女间谍必须有的能力，这种能力是打开消息通道的一把钥匙。来到乔治城已经有一个月的时间了，辛西娅凭借自己的魅力和交际技巧，与这里居住的百分之九十的高级官员太太们打成了一片。辛西娅除了去那间咖啡馆外，就是与这些官太太们在一起，其实这也是获取有用信息的途径。

一个多月的努力为辛西娅下一步行动打下了基础，现在只需要一个契机，等待着猎物的入局。

这个世界每天都会有一些巧合的事情发生，每一个巧合也许都意味着一段缘分的开始，而每一段缘分又都演绎着一个或喜或悲的故事。这一次，辛西娅成了这段机缘的主人公，也演绎了一个女间谍传奇的爱情故事。

几天前，辛西娅在和一位军务处副官的太太聊天时得知，今天是一位名叫帕罗纳尔·迪尼奥的意大利海军军官的生日。这位太太还说，帕罗纳尔·迪尼奥深得上司的赏识，为此，他的上司专门为他在华盛顿最大、最著名的饭店举办生日宴会，其隆重程度可想而知，去参加宴会的人也一定都是赫赫有名的政务官员和军机处一些机密要员。这对于辛西娅来说无疑是个好消息，说不定可以在宴会上遇到目标人物，获取需要的情报。辛西娅决定要好好地利

辛
西
娅

用这个天赐的良机。表面上若无其事的她，内心里充满了期待与兴奋。

好天气往往是好事情的前兆。这天，华盛顿晴空万里，阳光明媚，大地笼罩在温暖的阳光中。此起彼伏的残酷战争似乎对这座城市没有太大的影响，大街上依旧人潮涌动、车水马龙。

夜幕在不知不觉中已经降临，月亮隔着厚厚的玻璃窗，穿透淡紫色的窗帘，探头对着辛西娅微笑，辛西娅从沙发里微微起身，看了一下腕上的表，时针刚好指向 8 点。她细致地整理一下妆容和裙子，拿上手包，驱车向华盛顿最大的花园酒店驶去。晚风拂面而来，吹起辛西娅的卷曲长发，明亮的月光洒在她那张如桃花一般年轻美丽的脸上，更显得妩媚动人。

车子很快就到了花园酒店的门口，辛西娅迈着轻盈的步伐下了车。

这时，一辆军用轿车停在了酒店门口，从车上下来十多名身穿军服的意大利海军护卫，簇拥着一位高级海军军官。辛西娅急忙拿起记者证，以记者的身份要求与这位海军军官合影。对于这么漂亮的女人，一般人是很难拒绝的，海军军官高兴地答应了辛西娅的要求，和她合影留念。其实，辛西娅很清楚，一个海军上尉的权力并没有那么大，他离辛西娅心目中的要求还差很多，但是可以利用他的关系获取一些军事上的秘密，或是认识更高级别的军官，这才是辛西娅合影的真正目的。

宴会在一种隆重的氛围下拉开了帷幕，辛西娅不厌其烦地假借"留作纪念"给每一位军官拍照，她那双似乎会说话的生动传神的大眼睛如同夜空的月亮一样，让人心中荡漾起无限的遐想。凭借高超的外交手段，辛西娅很轻松地成为这场宴会上最闪亮的一颗明星。正当大家举杯欢庆时，宴会的主角帕罗纳尔·迪尼奥走上台前，对着话筒高声喊道："亲爱的先生们女士们，感谢大家能来参加我的宴会。但是现在大家请安静一下。因为就在刚才，我们这里突然来了一位十分尊贵的客人，他就是莱斯上将，有请艾伯托·莱斯上将！"

一阵热烈的掌声后，一位 40 岁左右的中年海军上将出现在酒店的中央，他穿着笔挺的蓝色海军军服，带着深蓝色海军军帽。

热烈的欢呼声在酒店的大厅里回荡。辛西娅的眼前一亮，脸上立即露出了惊喜的神色。这不是多年前追求过我的那个莱斯吗？他不再是当年那个胆小、容易脸红的青年，已然成为一位驰骋疆场、指挥着千军万马的将军。辛西娅清楚地记得，那年自己才 15 岁，而莱斯却是一个对她一见钟情的帅气且深情的青年。看到莱斯成熟稳重、风度翩翩的气质，辛西娅长久以来干涸的情感心河似乎有微波在荡漾。

和辛西娅一样，莱斯在见到辛西娅的那一刻，激动得差点儿抛弃自己的翩翩风度。但他马上就调整好心态，平和而亲切地和辛西娅握手，简单礼貌地问候着。辛西娅更是不失礼节，她告诉莱斯自己已经改名为辛西娅。

今天被邀请来的都是政府高级官员和军务处、军机处的要员，众目睽睽之下，两个人并没有过多地交谈，只是互相留下电话和地址，待宴会结束后就回到了各自的寓所。

当一个男人真正爱上一个女人的时候，无论时间过了多久，无论自己和对方改变了多少，这份爱情也不会消失。莱斯一直深爱着辛西娅，在他的心中，辛西娅一如当年那般纯洁，是他心目中最圣洁的女神。莱斯有种久违的冲动，恨不得马上就能见到辛西娅。他给辛西娅打电话约她出来，可是辛西娅并没有答应。她深知莱斯对她的仰慕，更懂得男人的心理，辛西娅想吊着莱斯的胃口，这样才能对莱斯有更强的吸引力，才能让他更加听自己的话，使自己能够顺利地完成任务。

连续几天几夜，莱斯都沉浸在对辛西娅的幻想中，他想念她那双水汪汪的大眼睛，那高挑的身材，那轻盈的步伐，那举手投足间优雅的气质以及

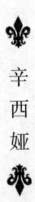

辛
西
娅

穿透心肺甜美的声音。

终于,莱斯再也无法忍受这种煎熬,他再次拨通了辛西娅的电话,表达了自己与她见面的迫切愿望。

这次,辛西娅没有拒绝莱斯的邀请,两人约会的地点是在一家咖啡馆的高级包厢。包厢里的灯光有些昏暗,房间里放着悠扬的歌曲,这是他们都喜欢的场景。咖啡馆高雅的环境给了两个人足够的交流空间。莱斯很礼貌地给辛西娅点上一杯不加糖的咖啡,这是辛西娅的习惯。这一细微的举动,令辛西娅很是感动,毕竟这么多年过去了,莱斯还能记得当年那个小姑娘喝咖啡时的特殊习惯,这足以证明辛西娅在莱斯心中的位置。

经过这次愉快的交谈,两个人的关系更进了一步。这次交谈勾起了他们多年前的回忆,这两个故友,多年后又重逢,都想从对方身上找出自己当年的影子,重温那段青涩的时光。

接下来的日子,两人的来往更加密切和频繁。辛西娅用她固有的魅力征服了莱斯,使他拜倒在自己的石榴裙下。他们经常一起去美国最好的餐厅吃饭,在最好的旅馆住宿。

随着时间的推移,莱斯对辛西娅越来越信任,越来越依赖,他会把自己的想法毫无顾忌地告诉辛西娅,哪怕是心底的秘密。在一次交谈中,莱斯向辛西娅抱怨,他身为海军高级官员,最担心的就是意大利在战争中的处境。在第一次世界大战中,意大利与德国站到了一起,不久之后就以失败而告终,难道"二战"还要重蹈当年的覆辙?但是,无论他怎么说,就是没有人相信他,他们还是一意孤行。

听到莱斯这样的内心独白,辛西娅那水汪汪的大眼睛里放射出一丝不被察觉的喜悦之光,她敏锐地感觉到这是一个突破口。辛西娅的过人之处,就是她具备一种特殊的才能,知道如何利用一个男人的感情。辛西娅装作深有感触的样子,对莱斯的才华给予一番赞赏,又对他的爱国之心表示了无比的钦佩,同时也对他"将军无用武之地"表示深深的惋惜。

　　从没享受过家庭温馨的他,在辛西娅这里找到了温暖,找到了依靠,他想牢牢地抓住这种美好的感觉,他觉得辛西娅是最值得他信赖的人。但是,这种信赖能不能让一个男人彻底放弃自己对事业的那一丝希望,能不能彻底放弃自己对信仰仅存的那点决心,就完全取决于辛西娅下一步的举动。辛西娅知道,想让莱斯放弃所有的顾虑,完全信赖于自己,包括自己的信仰,就好比想让一名久战沙场的将军放下武器举手投降,这不是那么轻而易举的事情,但辛西娅有信心完成这个不可能的任务。

　　两个人的感情在朝夕相处中日益加深。这期间,莱斯在工作中很不顺心,辛西娅看准机会,对莱斯说明了自己的真实身份,并游说莱斯帮助自己取得意大利的军用密码。刚开始时,莱斯并不愿意,但是经不住辛西娅枕边风的攻势,久而久之也就有些心动了。加之他是那么的信任辛西娅,也想更好地保护辛西娅,他觉得和辛西娅合作,就能减少辛西娅工作时的危险系数。最重要的是,虽然自己平日里风光无限,但却郁郁不得志,自己的才能得不到发挥,自己的政治主张也不被采纳,心中的郁闷可想而知。与其这样沉沦下去,还不如做点有意义的事情。虽然这样做有点叛国投敌的嫌疑,但是为了爱情,莱斯觉得一切都是值得的。

　　当辛西娅这张温柔的情网慢慢地拉开,莱斯首先成了这张情网里的猎物。在辛西娅的温柔乡里,他不再是一位威武的将军,而是个一往情深的被爱情俘虏了的男人。经不住辛西娅的温柔攻势,莱斯最终答应了辛西娅的要求,决心帮她窃取意大利的军用密码。当辛西娅听到这个消息后,她对莱斯更加温柔体贴了,其目的就是想让莱斯产生一种错觉,以为自己真的是实心实意地疼他、爱他,好让他死心塌地为自己效劳。

辛
西
娅

　　笃信爱情而被爱情捕获的男人，一旦掉进爱情的漩涡，就再也无法自拔了。为了捍卫爱情，赴汤蹈火也在所不辞。只要是辛西娅想要的，莱斯都会想尽办法给她。他可以为了她牺牲一切，包括生命。一个连生命都可以交给爱情的人，还会在乎什么机密文件吗？他关心的只是自己能否和爱的人长相厮守。

　　就这样，在几天以后，莱斯就把意大利海军军用密码本乖乖地交到了辛西娅的手里。辛西娅立刻把这本密码本交到了英国秘密情报局。

　　重要的军事情报对战争起着不可估量的作用，辛西娅提供的这些情报是非常有价值的。1941 年 3 月底，一场规模巨大的战斗终于在地中海以排山倒海之势展开了，英国海军与意大利的舰队展开了殊死搏战。根据辛西娅提供的秘密情报，英国海军提前掌握了意大利海军的部署情况，及时地调整了原定的作战计划，并抢先进入作战新领域，占领了有利地势。同时，因为掌握了意大利海军巡洋舰的具体潜藏位置，英国皇家海军在这次战斗中把意大利舰队打得落花流水。

　　获得重要的军事机密是特工们最有成就感的事情。英国秘密情报局对辛西娅的表现非常满意，并给予辛西娅一定的嘉奖。辛西娅非常开心，她特意给莱斯买了个礼物，并告诉他这是英国的海军为表彰他的功绩，特意颁发给他的礼物。这一系列的温柔攻势使得莱斯心里美滋滋的。

　　虽然莱斯已经被辛西娅征服，全心全意地帮助她窃取情报，但是莱斯已经知道了辛西娅的身份，如果让他继续留在辛西娅身边，很难保证他不会无意中泄露辛西娅的情况。所以现在对于辛西娅来说，莱斯已经是一个巨大的威胁，仿佛是安插在她身边的不定时炸弹，让她不敢有一丝的大意。况且，现在能从莱斯身上获取的情报已经少之又少，他已经没有太大的利用价值了。所以，英国秘密情报局决定把莱斯这个绊脚石搬开。

事情的发展都在辛西娅的控制之中，很快，莱斯就接到了美国联邦调查局下达的逐客令，限令他在 48 小时内离开美国，回到罗马去。他很伤心，因为他再也不能看见他心爱的辛西娅了。但是他万万没有想到，这一切的一切都是那个令他神魂颠倒的辛西娅捣的鬼，是她利用莱斯给她传递的情报使莱斯被驱逐出华盛顿的。

　　初春的华盛顿虽然阳光明媚，但还是有些寒意，莱斯紧紧地拥抱着辛西娅，直到客船发出起航的鸣笛声才万分不舍地踏上了客船。

　　自从莱斯离开华盛顿之后，辛西娅似乎安心了很多。没有了解她的人在身边，麻烦事自然也就少了。想起莱斯，辛西娅觉得他还是不错的，至少对她是言听计从，甚至可以为她放弃自己的事业和生命。但世界就是这样残酷，对辛西娅这样的间谍来说，她与别人交往的目的性是很明确的，她看重的是莱斯靠他的身份和地位为辛西娅提供的情报，一旦这些被社会关系捆绑的条件不存在了，他们就会缘尽情空。

　　都市的繁华依旧，妙龄女郎穿着时尚的衣服走在大街上，向路人展示着自己优美的身段；餐厅和咖啡馆排着整齐的队形，等候着人们的检阅；面包房里传出阵阵烘焙好的面包香气，吸引着路过的人推开那面包房的门，购买新出炉的面包。

　　此时，辛西娅的上一个任务已经彻底结束了。前一阶段辛西娅杰出的表现使得英国安全协调局负责人史蒂芬森对她的能力相当认可。他一直在纽约坐镇指挥，这次他决定亲自到华盛顿见一见这个不寻常的女人。他们约在一家咖啡厅见面。

　　"辛西娅，现在国际局势很紧张。我今天与你见面，是有一个新的任务要交给你。英国安全协调局迫切希望得到这些情报来解读维希密码，任何情报都有可能是线索，因此你的工作量会非常大。虽然任务很艰巨，但是我

辛
西
娅

相信以你的实力,一定能出色地完成任务!"

"好的,我一定会尽快完成组织上交给我的任务,请放心。"辛西娅毫不犹豫地接下了这个任务,并给了史蒂芬森一个自信的微笑,这使她看起来神采奕奕,妩媚动人不言而喻。

离开咖啡厅后,辛西娅并没有匆匆回家,而是在街上闲庭信步。辛西娅表面看起来漫不经心,实则一直在心里盘算着怎么才能够尽快地打入维希政府驻美国大使馆内部,出色地完成任务。

诚然,辛西娅的新任务对她而言存在着很大的安全隐患。维希政府驻美国大使馆有着很严密的安保系统,打入内部并获取情报要冒很大的风险。一方面,大使馆有自己的秘密警察组织,对任何一个有间谍嫌疑的人本着"宁可错杀、不可放过"的原则都要毫不留情地秘密解决掉;另一方面,作为一名业余间谍,以埃德·胡佛为首的美国联邦调查局并未掌握辛西娅的情况,因此保护她的可能性很小。

辛西娅是一位有着美丽姿色的女子,但姿色对她而言,也许只是能够让她尽快获取情报的一种便捷的方式之一。辛西娅不仅仅有着倾国倾城的美色,还有一颗无人可比的聪慧头脑。在调查和分析了维希政府驻美国大使馆的人员构成后,辛西娅作出了一个让人叹服的决定——放弃大使馆所在地华盛顿,另辟蹊径,从纽约下手。

当时,华盛顿作为美利坚合众国的首都,聚集着来自各个国家的政治人物、经济人物、学术界人物,可以说是众星聚集、群星闪烁的地方。但是,在众目睽睽之下反而不容易下手,而且大使馆附近安插了很多的秘密警察,对辛西娅自身的安危而言,也是十分不利的。与之相比,纽约这个新兴的城市就比较易于下手。纽约的政治氛围比较宽松,是一座以金融为主的城市。所以,来自各个国家的特务们不好在那里施展手段。最主要的是,大使馆的大多数工作人员集中居住在纽约的皮埃尔旅馆。

定下最初的计划之后,辛西娅并没有在华盛顿做过多的停留,匆匆收拾了几件衣服之后,就坐上了当天前往纽约的飞机。

在来到纽约最开始的几天里,辛西娅就像一位普通游客一样,每天大部分的时间都用来与朋友叙旧或者是往来于各大旅游景点之间。不管是华尔街的证券交易市场还是自由女神像前,抑或是曼哈顿的百老汇,都留下了辛西娅美丽的倩影。

"贝蒂,你快过来。你看,这儿多美啊!"一位金发女郎看着眼前的美景,不禁招手呼唤身边微微有些走神的女友辛西娅。

金发女郎是辛西娅在智利的时候认识的安茜。安茜和辛西娅的感情很好,知道辛西娅来到纽约,安茜便兴冲冲地跑来,拉着辛西娅到处游山玩水。

三年前,安茜嫁给了德国的官员,今天晚上辛西娅将参加为了庆祝安茜和丈夫结婚三周年而特别举办的舞会。在这场舞会上,辛西娅认识了一位新的朋友,她叫苏菲,是一个正宗的英国人,结过三次婚。苏菲的第三任丈夫是一位维希政府的商人。

相互熟悉之后,辛西娅、安茜、苏菲这三个女人经常聚在一起聊天、逛街。有一天,她们的话题渐渐地被辛西娅引到法国维希政府驻美国大使馆上来。

"你说大使馆,那可真是一个不苟言笑的地方,跟法国人的性格一样,不懂得圆滑,十分讨厌。"苏菲呷了一口高脚杯里的红酒,漫不经心却又带点儿抱怨地说道。

而这时安茜说道:"我想起了一个滑稽的人,叫弗朗索瓦·贝拉斯克斯,他是法国大使馆的大使。这人很好面子,又好色,还贪慕虚荣。"

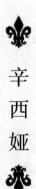

辛
西
娅

"哦？"辛西娅听到这里，假装很感兴趣，催促安茜继续讲下去。

"弗朗索瓦·贝拉斯克斯是一个50多岁的秃顶小老头，跟皮球一样圆滚滚的身子，小小的眼睛总喜欢直勾勾地看着漂亮的小姐，那模样真够蠢的。"

听安茜这么说，辛西娅在心里盘算着可以以此为借口，假装采访大使弗朗索瓦·贝拉斯克斯，不着痕迹地混进大使馆里面去，伺机行动。于是，她又问道："那谁来负责新闻事务呢？你们知道的，我是一名记者。"

闻言，安茜和苏菲互看了一眼，同时"咯咯"地娇笑了起来。

"你说他啊！那的的确确是一位让女人疯狂的男人，老帅哥。恐怕贝蒂你见了，也会动心的。他叫查尔斯·布鲁斯，听说'一战'时是一位上尉飞行员。唉，法国现在这个样子，看来是英雄无用武之地了。"

"这个人对英国很有感情，听说'一战'时和英国皇家空军并肩作战过呢。不过，作为一位现役军官，他对维希法国是忠诚的。即使是在最困难的时期，他也没有问题。呵呵，我听我丈夫说的。"安茜说道。

"呵呵，听起来这个查尔斯·布鲁斯还真是一个令人着迷的人啊！"辛西娅呷了一口红酒，笑着调侃道，心里却已经暗暗拿定主意。这一次，她的主攻目标是查尔斯·布鲁斯。

辛西娅凭借着自己新闻记者的身份来到了维希政府驻纽约办事处，要求采访贝拉斯克斯大使。然后，就具体的采访时间问题，她要求尽量能够和布鲁斯本人取得联系并展开讨论。

1941年5月，华盛顿一个很普通的清晨，当第一缕阳光照耀着北美的东方时，整个华盛顿瞬间告别了黑暗，辛勤的人们渐渐从睡梦中苏醒，开始了新一天的忙碌。

为了这次精心策划的见面，辛西娅表现出前所未有的亢奋，一大清早起来,就开始精心地梳妆打扮自己。满意地打量着镜子里的自己,辛西娅知道,要想在第一时间俘获一个男人的心,第一印象是至关重要的。

精心装扮后的辛西娅来到了维希政府驻美国大使馆,出示了自己的新闻记者证件以及护照等证件。出乎意料的,接待她的竟然是布鲁斯本人。

辛西娅美丽高雅、举止大方;布鲁斯潇洒俊朗、仪表堂堂,一双碧绿的眼睛里似波涛汹涌的大海,让人心动不已。他们的第一次见面便隐隐擦出了火花,两个人都深深地被对方的气质和外表所吸引住了。

"你好,我是维希政府驻美国大使馆新闻办事处的负责人查尔斯·布鲁斯。很高兴见到你,女士。"布鲁斯轻轻挽起辛西娅白皙的手,在她的手背优雅又不唐突地落下轻轻的一吻。

辛西娅落落大方地接受了布鲁斯的吻手礼,纵使她的心里已经很不平静,但是她还是很有技巧性地将其掩饰了过去。而且,她敏锐地察觉到布鲁斯正在很满意地上下打量着自己,随即她对布鲁斯微微一笑,说:"也很高兴见到你,布鲁斯先生。"

布鲁斯把护照、记者证等还给了辛西娅,转身在登记表上写下了:采访贝拉斯克斯大使,贝蒂·索普。

布鲁斯一边把辛西娅带到接待室一边说:"索普小姐,很是抱歉,大使先生正在开会,稍后才能接受你的采访,请稍作等待。"

辛西娅微笑着挥挥手表示没关系,在一旁的椅子上优雅地坐下来。

辛西娅的笑容很美,有一种无声的魅力,瞬间能把人的灵魂吸引。布鲁斯被辛西娅的微笑深深地迷住了,久久移不开双眼。两个人又聊了一会儿,开了几个无伤大雅的玩笑,更进一步地了解了彼此。

谈话间,大使的会议也在不知不觉中结束了。跟大使约定的时间快到了,布鲁斯带着辛西娅敲开了大使办公室的门。

辛
西
娅

　　贝拉斯克斯大使刚结束了和美国国务秘书科德尔·赫尔的会晤，不过进程很不顺利。

　　"这位秘书居然指责我为德国海军提供情报，帮助他们打仗，我的上帝。居然指责我是奸细，愚蠢的美国佬，明明什么都不懂。当然，这不包括你，美丽的小姐。"贝拉斯克斯大使直勾勾地盯着辛西娅说道。

　　这位贝拉斯克斯大使跟安茜她们描述得很像，本来还在一个劲儿地抱怨，但一看到辛西娅就急忙改了口风，一对小小的眼睛眯成了一道缝，色迷迷地盯着辛西娅看。

　　辛西娅老练地跟这位贝拉斯克斯大使周旋交谈，并数次不着痕迹地躲开贝拉斯克斯大使伸过来的手。让辛西娅高兴的是，坐在一旁的布鲁斯频频向她眉目传情，并数次帮她缓解尴尬的场面。

　　第二天早上，当辛西娅还在看着《华盛顿邮报》的时候，门铃响了。开门的一瞬间，一簇鲜红的玫瑰花映入眼帘。在玫瑰花花束里夹着一张粉红色的请帖。原来花和请帖都是布鲁斯送的，他想邀请辛西娅今晚在卡尔顿饭店共进晚餐。

　　辛西娅嘴角的笑意是掩饰不住的，她兴奋得就像是情窦初开的小女生，姣好的脸上写满了幸福与期待。辛西娅和布鲁斯的爱情也在那一天的烛光晚餐中正式开始了。

　　六月时节，夏天的脚步来到了，今年欧洲的夏天似乎比往年更加的炎热，烈日更加猛烈地炙烤着大地。然而，恶劣的天气却没有阻止战争的进程，苏德战争全面爆发了，"二战"的规模扩大了。

　　对于辛西娅而言，她和布鲁斯的爱情不是基于获取情报而建立的普通男女之情，而是另一种惺惺相惜的感情，是一种享受。

　　布鲁斯的兴趣爱好广泛，他历经世事，经历社会百态人生，与辛西娅有着共同的爱好,对美馔佳肴情有独钟。他感情丰富、热情开朗、机智幽默,富有男性魅力,是一位难得的体贴的情人、爱侣。辛西娅在感叹有这么一个惹人喜爱的伴侣的时候,也常常会想怎么才能让布鲁斯为她提供一些自己感兴趣的情报呢?

眼前的问题是,尽管布鲁斯不喜欢德国人,但是他对维希政府却是忠诚的,在涉及政治和战争的时候总是显得格外的谨慎。不管辛西娅怎样的旁敲侧击,布鲁斯始终守口如瓶,不透露一点儿风声。

布鲁斯的不配合让辛西娅头疼不已,与此同时,在纽约等候消息的史蒂芬森也显得很不耐烦,一直在催促辛西娅。

其实辛西娅心里也很急,但是她又不想让布鲁斯对她产生什么误会。现在史蒂芬森已经对她下了最后通牒,该怎么办呢?该不该跟布鲁斯摊牌呢?

一旦摊牌,辛西娅就是在逼布鲁斯做一道选择题,是选择他发誓效忠的政府还是选择辛西娅。实际上,最终的选择是对自己的爱更多还是对辛西娅的爱更多。因为布鲁斯事实上服务的法国政府不是他所认为的法国政府,现在法国政府的所作所为代表了德国人的意志。这点辛西娅觉得布鲁斯是有所察觉的,只不过他一直麻醉自己,不愿清醒地看到这一切。这也是他喝酒、沉湎女儿乡的原因。

想到这里,辛西娅作了最终的决定。毫无疑问,这会是一场生与死、爱与利用的大赌博。但她隐隐约约地感觉到,布鲁斯对维希政府并不完全忠诚的。所以,如果对他提出这一计划,他也许不会反对。

时机是这次计划成功与否的关键。

辛西娅为此做了精心的安排,首先必须逐步地引导,不能急于求成,而前期的铺垫都是在为告诉他我是一名间谍做基础;其次,一旦布鲁斯默认

辛
西
娅

了自己的计划之后,肯定会提出一些问题,诸如她的后台支柱是谁,他如何向贝拉斯克斯大使交代等。

摊牌的时刻终于到了。

这天早上,辛西娅在阳光的沐浴中醒了过来,遥望窗外,两只喜鹊在枝头鸣叫,和着徐徐吹来的暖风飞向无尽的苍穹。

"贝蒂,看什么呢,这么认真?"布鲁斯从身后环抱着辛西娅,在她的耳边轻轻地问道。

辛西娅转身抱住布鲁斯,把脸深埋在他的胸膛:"亲爱的,我有一件很重要的事要告诉你,但你必须保证听我说完,好吗?"

该说的话总要说出来,说出来,也许会有惊喜。布鲁斯爱怜地亲了亲辛西娅的侧脸,温柔地说:"你说吧,我听着呢。"辛西娅默默打了一会儿腹稿,又强迫自己镇定,才用不急不缓的语速慢慢道来:"亲爱的,我除了是一名新闻记者之外,还有一个不为人知的身份,那就是间谍。"

卧室里的气氛诡异极了,只听见辛西娅低沉的声音在诉说着自己的曾经。在整个过程中,布鲁斯也遵守了自己的承诺,始终没有打断辛西娅的话,一直到她说完也没有吭声。

时间在刹那间仿佛静止了,空气也仿佛停止了流动,偌大的一个卧室里只听见辛西娅和布鲁斯的喘息声。布鲁斯的一声不吭让辛西娅惴惴不安,她也开始怀疑自己当初的判断是否正确。突然,她看见布鲁斯狠狠地甩了自己一个大巴掌,来确定自己是不是在做梦。布鲁斯定定地看着自己眼前那张天使般的面孔,突然感觉好陌生。这个人是谁,是我认识的贝蒂吗?这是我心心念念的爱人吗?是令我魂牵梦绕的情人吗?

"布鲁斯,听着布鲁斯,我是一名间谍不假,但是我只对美国效力,而且我对你的感情是真的,这是无须怀疑的。"布鲁斯眼神的空洞让辛西娅莫名地心慌,急忙补充道。

"贝蒂,你一直在利用我。"布鲁斯仍然在怒吼,但是在说这句话的时候,他的神情让人心碎。

辛西娅看着布鲁斯近乎呆滞的表情,心如刀割。她伸出手,抱住他的脸,颤巍巍地给了他一个长长的吻。辛西娅看着布鲁斯,眼里噙着泪花:"布鲁斯,我承认,在最开始我接近你是有目的的,但是在看到你的时候,我就知道,我深深地爱上你了。你可以怀疑我的动机,但是你不能在我们纯洁的爱情上画上玷污的一笔,你怎么可以怀疑我对你的一片真心呢?"

布鲁斯低头沉默了好久,当他抬起头看着啜泣的辛西娅,心在一瞬间仿佛被敲碎了。他用颤抖的手擦去她脸上的泪水,用力地把她搂在胸前,呢喃耳语:"算了,不管了,谁叫我第一眼看到你的时候,就深深地掉入你织好的情网当中不能自拔,而我竟然从来都没有想过要逃脱。"

一时间,卧室里的两个人紧紧依偎在一起,呢喃细语,他们的眼泪流在一起,爱意浓浓,久久不散。

虽然布鲁斯接受了辛西娅的间谍身份,但是偶尔还是会在心里介怀自己的行为算不算是卖国。同时他也知道,这是让他和辛西娅在一起的唯一的办法。每当这些矛盾的想法浮现在脑海中时,布鲁斯感觉自己就像站在了一个高高的悬崖上,悬崖下面是万丈深渊,前后两面受敌,没有出路,更没有退路。在最初的那几天里,布鲁斯表现得很矛盾,不知道该怎么办,甚至有时会躲着辛西娅。

在布鲁斯精神恍惚、心情复杂的时候,辛西娅也是同样的忐忑不安,让人松了一口气的是,这种情况仅仅维持了几天。

在星期一的早上,一切都跟平时没两样,布鲁斯穿戴整齐后,吻别了辛西娅,去了大使馆。但是,当布鲁斯推开自己办公室大门的时候,看见自己

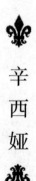

辛
西
娅

的办公桌上放了一份文件。布鲁斯拿起那份文件只扫了一眼标题便狠狠地摔在地上。原来那是一份法国政府发来的通知的副本，在副本上写着，要求大使馆尽快搜集美国打算租借给英国的船舶的具体情况。

维希政府与纳粹德国打得火热这是众所周知的事情，当政者野心勃勃，路人皆知。这份副本的目的很明显，就是要把这些情报交给德国纳粹海军情报局。这份文件深深地激怒了布鲁斯，当晚，布鲁斯带着这份副本来到辛西娅这里，并同时交给辛西娅一些维希政府与德国纳粹海军来往的信件、函电。

辛西娅接过这些情报资料的时候，惊讶地看着神色严峻、倔强的布鲁斯。布鲁斯只淡淡地说了一句话："我虽然不喜欢英国人，但这并不代表着我就愿意为德国人效劳。"说完这些话，布鲁斯发现自己的内心异常平静，也许自己的行为在某个方面来说有卖国的嫌疑，但自己这么做却更加有利于世界反法西斯战争的早日结束，这不是更好吗？

辛西娅决定搬到布鲁斯那里去住，现在他们可以朝夕相处了。现在的他们，每天都沉浸在幸福当中，有自己心爱的人陪伴左右，人生何处还有如此的惬意自在，如此的生活享受？

自那次之后，布鲁斯便一跃成为辛西娅最忠实的拥护者和最勤劳的情报提供者。有时候，几乎不用辛西娅交代些什么，布鲁斯只要认为是辛西娅可能会感兴趣的东西，不管是信函、函电，还是大使馆档案室里的机密文件，布鲁斯都会尽力地去帮辛西娅弄到，每次都是堪称完美地完成辛西娅交给他的任务。如果说布鲁斯在帮辛西娅做这些事情时内心还有点矛盾的情绪，但是在看到辛西娅那甜美的笑容时，他觉得一切都有了价值。

人生如梦，梦如人生。在人生这条道路上，总充斥着很多不可预知的意外，也正是这些不可预知的意外编织了生活的美丽。

正在辛西娅和布鲁斯准备享受他们的夏威夷之旅时，一件足以改变"二战"进程的事情不可预知地发生了。

日本海军联合舰队在夏威夷时间早晨 6 点，悍然偷袭了美国陆军和海军在瓦胡岛上的飞机场，并使美国的太平洋海军舰队驻扎地珍珠港遭到了重创。

一路急速行驶，辛西娅和布鲁斯在傍晚的时候回到了华盛顿。一路上，辛西娅和布鲁斯没有做过多的沟通，在他们的脑海中唯一的一个想法就是尽快回到华盛顿。但是华盛顿街上的情景还是让辛西娅和布鲁斯震惊万分，往日里热闹繁华的街道上已不见喧闹，路人们行色匆匆，偶尔停下来，窃窃私语一番，却又匆匆散去。

简单商量了之后，辛西娅和布鲁斯决定兵分两路，分头行动。布鲁斯自然是回了维希政府驻华盛顿大使馆，辛西娅则是想方设法联系到了在华盛顿的接头人肖恩。

在这一天的晚些时分，珍珠港被偷袭的消息经过无线电的传播和电视台的报道，已经被全美人知晓。

从很多方面，美国其实都可以预测出日本的惊天阴谋。日本政府送交美国政府的"最后通牒"第十四部分曾被华盛顿方面破译，虽然没有明确的意思表明要偷袭珍珠港，不过明明白白地指出了美日谈判的结果，"鉴于美国政府的态度，帝国政府认为，谈判尽管继续进行，也不能达成意见统一。特此通知，并对这样的结果很是遗憾"。两国关系已经危在旦夕，并且"魔术"情报机构还破译了日本政府递交"第十四部分"的电文，"华盛顿时间下午一点左右由驻美大使野村将'第十四部分'递交美国政府"。但是获得的这一情报依旧没有引起美方的关注。

仅仅几分钟的时间，美军机场一片火海，弹坑遍地，满目疮痍。

辛西娅

第二天，，罗斯福总统作出了一个不寻常的举动，因行动不便而很少露面的他，这时候却亲自前往国会大厦，向参议院和众议院发表了一段慷慨激昂、振奋人心的讲演。当天下午，美国政府宣布对日开战，一雪国耻。

在一个寂静的午后，明媚的阳光均匀地洒在窗台上，微凉的风轻轻地穿过红杉树枝，偶尔还能听到"沙沙"的声响，周围的一切都显得那么的安宁和美好。辛西娅穿着睡衣，窝在客厅里的沙发上听着优雅闲适的音乐。这时，一阵急促的门铃声突然响起。

辛西娅以为是布鲁斯回来了，但打开门后，门外站着的却是有一段时间没有见到的肖恩，他看上去精神状态不是很好，脸上满是疲惫和风霜的印记。

肖恩的登门拜访让辛西娅有些吃惊。他们的碰面一般都会选择在人流攒动、喧嚣嘈杂的地方以掩人耳目，肖恩从来都不会来辛西娅的住所。可是这次却是例外，这不得不让辛西娅感到惊讶，内心有着深深的疑惑。

肖恩进来之后，便说道："辛西娅，听我说，现在情况很紧急，这次 BILL 要我亲自来接你到纽约去。你赶快收拾一下，我们得马上走。"

听了肖恩的话，辛西娅把心中的种种疑问压在了心头，她知道现在不是提问的好时机。辛西娅对肖恩点点头，随即转身匆匆回到自己的卧室，换了一身行头，收拾了一点行装，然后对站在客厅里等候的肖恩说："好了，我们走吧。"

纽约离华盛顿并不远，经过近两个小时的颠簸，辛西娅和肖恩终于到达了纽约。辛西娅径直跟着肖恩马不停蹄地来到了史蒂芬森的住所。

珍珠港偷袭事件将美国彻底卷入了第二次世界大战，但美国人把过多的注意力放在了太平洋战场上，甚至是放在了整个远东地区，致力于消灭日本军队的势力。但英国人却在想方设法地要让美国人对西欧的对德战争也给予同等的关注，而不是仅仅提供一些武器装备。英国人清楚地知道，要做到这一点，最好、最快捷的方法莫过于通过获取确凿可靠的高质量情报。他们敏锐地察觉到，维希法国政府的海军密码对这一计划能否成功起着至关重要的作用，于是通过英国秘密情报局给情报人员施加了很大的压力。

"辛西娅，这次的任务十分重要，也十分危险。坦白地说，这次任务对英国，乃至整个同盟国都具有里程碑的意义。"史蒂芬森严肃地说。辛西娅看着他，郑重地点了点头，示意他继续说下去。

"我们都知道维希政府有自己的密码簿，也是依靠着这个，维希政府内部的一些官员才有恃无恐地向德国传递情报。这次的任务就是：在最短的时间里把密码簿弄到手。"史蒂芬森说。

听了史蒂芬森的话，辛西娅用手捋了捋自己美丽的头发，从容地笑了，她直视着史蒂芬森，目光里饱含着坚定。

回去的路上，辛西娅没有和肖恩过多地交谈，她一直在思索刚刚接到的任务，如何才能接触到密码簿呢？一张又一张的面孔在辛西娅的脑海里闪过，她决定去找布鲁斯。

春日的灿烂朝阳还是没有彻底消融空气中的寒冷，今年的华盛顿，仍然没有迎来真正的春天，没有温暖和煦的微风，没有色彩缤纷的花朵。人们还是裹着厚重的大衣，行色匆匆地在马路上奔走着，车子塞满了整条街道，一个个司机都拼命地按着喇叭，慢吞吞地前进着。华盛顿还是那个样子，一切都很匆忙，有些人的生活还是一成不变。当微风吹去了一天的喧嚣，恍然间，似乎一切都没有发生改变，但是一切明明已经改变了。

辛西娅深深地吸了一口气，整理好思绪，走进了餐厅。今天的希尔餐厅异常热闹，辛西娅避开了熙熙攘攘的人群，走到了角落的一个位置。这里很昏暗，夕阳的余光斜斜地照射进来。墙角摆了一张桌子，桌子上的玻璃瓶中插了一朵玫瑰，一位穿着得体的男子坐在那里，很优雅地品尝着一杯红酒。辛西娅走到他的对面坐了下来，径直拿过一个高脚杯，给自己也倒了一杯红酒，浅尝了一口。

"听着，布鲁斯，我要维希政府的海军密码簿。"辛西娅放下酒杯开门见山地说道。

坐在墙角的人正是布鲁斯。

"你说什么？"布鲁斯的声调扬高了几度，很明显的，他是被辛西娅刚刚的话吓到了，含在嘴里的酒呛住了嗓子，他不停地咳嗽着，拿过餐巾擦拭着嘴角，抬起头，眼睛里写满了疑惑。

"海军密码簿。"辛西娅简洁地回答，又端起酒杯喝了一口。看着辛西娅严肃的表情，布鲁斯沉默了。布鲁斯很清楚这一点，他只是不愿相信这会是贝蒂此次的任务。他不相信贝蒂不清楚这个任务有多艰难。

"贝蒂，这太不切实际了。"布鲁斯摊开了双手，有些激动地说道。

"亲爱的，别这样。"辛西娅漂亮的脸上写满了温柔，她把手轻轻地放在了布鲁斯的手背上，安抚着他。

"贝蒂，告诉我，你知道海军密码簿放在哪里吗？"布鲁斯的情绪稍稍得到了缓和，他平静地问道。

"这我当然知道，放在大使馆机要室的大保险箱里。"

"好，那你一定更清楚我只是负责新闻事务而已，根本没有机会也没有权力进入机要室的。"布鲁斯的言语里包含着拒绝的意味。

"亲爱的，无论如何你都要帮我。"辛西娅的语气里开始有了些许恳求的意味。

"贝蒂，告诉我，现在的你是清醒的吗？"

"当然，现在我的思维非常清楚，我必须得到海军密码簿。"辛西娅坚决地说。

"我现在非常肯定,你和你的上级都丧失了理智。理智!你知道吗?"布鲁斯放开了辛西娅的手,激动地说道。

"布鲁斯,你冷静点,现在的你才是不理智的。"此时的辛西娅有些动怒了,布鲁斯一再的拒绝,让她觉得受到了伤害。

"我无法理智,这是多么难以完成的任务,密码簿放在机要室的大保险箱里,而且有暗码,暗码是只有首席密码军官和他的助手知道的双层密码。你懂暗码吗?肯定不懂,你是在玩火,你这简直是胡来!退一万步来讲,我根本不能进入机要室一步的,请原谅我无法为你提供帮助。"辛西娅的话引起了布鲁斯强烈的反驳,他激动的情绪有些无法抑制,但是仍然注意到降低音量,以免引起他人的注意。但到了最后,他也只能无力地再次表明自己无法帮助辛西娅。

辛西娅顿了顿,提出一个建议:"那个首席密码军官是什么样的人?"

"怎么了?你想从那个首席密码军官身上下手吗?"布鲁斯有些不可思议地看着辛西娅。

"多了解一下对方的情况,更有利于我完成任务啊!"辛西娅不以为然地说道,又端起了面前的酒杯。

"收起你天真的幻想吧!贝蒂,不是所有的男人都会拜倒在你的石榴裙下的。"布鲁斯的嘲讽毫不掩饰。

很显然,辛西娅完全忽略了布鲁斯这样的语气,现在,她的心里只想着她的任务,其他的都不重要。"布鲁斯,告诉我他是个什么样的人。"

布鲁斯往酒杯里倒了一些酒,不再优雅地品尝,而是大口地喝下,也许是想让自己的情绪平复一下。他非常清楚辛西娅的性格,为了完成任务,她可以不计一切代价,而此刻的辛西娅仿佛没有感觉到自己的不计代

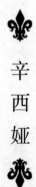

辛
西
娅

价对布鲁斯来说是多大的伤害。布鲁斯无法对辛西娅说出这些心里的想法，因为他知道辛西娅的职业特点，他无法对她作出任何要求。想到这儿，布鲁斯平静地开口说道："奥特鲁·朗万跟你所了解的男人完全不一样，他是个耿直守旧的人，脾气倔强，近乎于顽固，很少有人能左右他的想法。虽然他对维希政府的某些政策有意见，但是他却是极为忠诚的，他的这种忠诚完全来源于使命感，根深蒂固。所以，你的美人计在他那里应该无法收到任何效果。"

"嗯，我了解了。那好吧，告诉我，他的助手是谁?"辛西娅不放弃地继续追问。

"他的名字是里克·艾弗里特，十分狡猾，诡计多端，你还是不要轻易招惹他为好，毕竟他也不是一颗好果子。"布鲁斯喝下了最后一口红酒，起身离开了座位，结束了这次不怎么愉快的谈话。

看着布鲁斯离开的背影，辛西娅的心情有些复杂，她不愿意因为这次任务给两个人的相处带来不快。但是，她没有别的办法，这次行动必须成功，她不允许自己留下失败的记录。辛西娅喝光了酒杯里的酒，也离开了。

回到沃德曼公园饭店的房间后，辛西娅一直在心里想着怎样才能尽快地完成任务。布鲁斯有他的理由不接受这次的任务，毕竟身为一名新闻事务主管，无故出入机要室是很令人怀疑的，这点辛西娅可以理解。但辛西娅不能选择不接受。既然布鲁斯无法提供帮助，辛西娅决定这次还是由自己亲自出马。

经过一番思考和仔细分析后，辛西娅决定从里克·艾弗里特入手。

初春的华盛顿还没有真正进入春天，冬天的寒风依然在肆虐，侵蚀着这座城市。温暖的阳光也抵挡不住冬天的最后一丝寒流，在高空中无奈而又愤怒地照射着这片土地，想尽力打败寒冷，为人们带来春天的气息。小草已经在酝酿着,准备为春天增添第一抹新绿。树木在各自准备着,迎接即将到来的春天。冬眠的动物们也开始蠕动自己沉睡了一个冬天的身躯,准备跨进春天的世界。

在大自然悄然进行着自身的四时更替的时候,在华盛顿的沃德曼公园饭店的一间普通的房间里,一个阴谋也在悄然地酝酿着。

明媚的阳光从洁净的窗户中照射着这个普通的房间,地板上投射出大片的斑驳的明亮,将这个整洁的小屋映照得格外的温暖宜人。细小的尘埃在阳光的照耀下轻轻舞动,不想破坏房间内静谧的氛围。辛西娅如同一尊石膏像,在明亮的房间里,静静地看着手里的资料。资料不多,仅有 5 页纸,在第一页上面,赫然写着里克·艾弗里特。

根据辛西娅已经得到的资料显示,这个人以前是法国驻美国大使馆的一名机要科的小职员,由于他工作努力,现在被提拔为机要科长。由原来的小职员升任为机要科长,这与他的左右逢源、小心谨慎不无关系。但是,他最大的缺点是好色和喜欢散布流言蜚语。

当辛西娅看到里克·艾弗里特这个致命的缺点之后,她的嘴角微微上扬,她决定以采访里克·艾弗里特为由来接近他。

她的情人布鲁斯已经明确地表示不能帮助她,所以她决定不告诉他,自己单独行动。她趁着布鲁斯这几天去外地出差的机会,决定对这位好色的机要科长下手。

辛西娅拿起房间的电话,给大使馆打电话,要求采访机要科长里克·艾弗里特。她与机要科长通上了电话,要求见面聊一些有关他的使馆生涯经历。里克·艾弗里特听到电话那端传来的迷人的声音,心里顿时心花怒放,并要求下午到他的寓所进行采访。第一步进展十分顺利。

经过一番精心的打扮之后,辛西娅来到了里克·艾弗里特的寓所。在

辛西娅

寓所门口平静了一下自己的心情,辛西娅按响了门铃。开门的是一个很有英气的年轻人,高大威武的身材,一头棕色的卷发衬托出略显白皙的脸庞。一双炯炯有神的眼睛在辛西娅的身上来回扫视着,不时地闪烁着色迷迷的光芒。接下来,辛西娅与里克·艾弗里特聊了很多,他们聊到了维希政权,聊到了贝当元帅,聊到了外交部长赖伐尔。

"啊,贝当,赖伐尔,他们都是卖国贼。"里克·艾弗里特说道。

"唉,现在大使馆里有很多人都是在为他们服务呢。那么,你是在为谁服务呢?"辛西娅突然问道。她满以为里克·艾弗里特会生气,但是她猜错了。这位狡猾的机要科长出乎意料的镇定,脸上的表情一点儿变化都没有,甚至在语气上也没有丝毫的变化,他机械性地作出一个合格的外交人员应该作出的回答:"辛西娅小姐,我想你误会了。我只是一名普通的职业外交官,我的职责就是干好自己的本职工作,我从来不参与政治上的事情。否则,我想我也不会坐到今天的位置。"

"不,你没有说实话。你效忠的是法国维希政府,你是在为纳粹服务,你的所谓的职责就是为法国的当政政府服务。"辛西娅激动地说着。

里克·艾弗里特略微表现出吃惊的表情,随即就笑脸相迎地对着辛西娅,似乎很无奈地解释道:"辛西娅小姐,我想你真的是误会我了。你不是我,你不会了解我的处境,我只是在做好我的本职工作。"他边说着边端起一杯咖啡,慢悠悠地喝着,尽力掩饰自己的紧张。但是,他的这些细微的变化没能逃过辛西娅的法眼。

半晌,里克·艾弗里特放下手中的杯子,接着说:"辛西娅小姐,这似乎偏离了你这次采访的初衷吧?我很善意地提醒你一下,像你这么美貌的小姐,确实不适合关心政治问题。"里克·艾弗里特想不通她怎么会这么关心这些问题。

"不，"辛西娅摇了摇头说，"政治不只是男人的战场，女人为什么不能参与呢？你应该知道，在美国，尤其是在华盛顿，到处都有支持戴高乐将军的自由法兰西人，我也是这其中的一分子，我不是为了得到丰厚的金钱上的回报，我只是想要帮助他们。"

　　"帮助，你怎么帮助啊？"

　　"他们会对我进行训练，然后把我空投到德国或者法国去。"

　　"辛西娅小姐，你那是在胡闹，那样你会送命的。"

　　"我认为，上帝创造我们，是让我们来维护人间的正义的，不是让我们彼此争斗的，我们有责任为了和平而献身。"

　　"哦，辛西娅小姐，你真的是太伟大了。但是，我还是不太赞同像你这么美貌的小姐参与到残酷的战争中去的。"

　　"您能这么替我考虑，我感到很荣幸。不过，说句老实话，我是美国人，但是我是在为自由的法国服务，我现在需要您的帮助，我需要得到维希法国的海军密码簿。"辛西娅决定单刀直入地直奔主题。

　　"哦，很抱歉，辛西娅小姐，这个忙我恐怕帮不上你了！"

　　"识时务者为俊杰，相信您这么年轻就坐上了这么重要的位置，与您善于审时度势的能力不无关系。您应该清楚，现在支持戴高乐将军的人越来越多，迟早有一天他会打败维希政权的。如果现在您能为自由法国的建立做出贡献，那么将来您就会是一个大功臣，戴高乐将军是不会亏待您的。"辛西娅在尽力说服里克·艾弗里特，"如果您这次帮助了我的话，我们就相当于成了同事，我很期待能和您这样的人物一同工作。"

　　"辛西娅小姐，我觉得最完美的生命就是拥有广博的知识、旗帜鲜明的思想和一份真挚不渝的爱情，我也正在努力地追求这种生活。现在，我只想做好我自己的本职工作，政治上的事情我无心参与。"

辛西娅

"您所希望的都是美好的事物,世界上的一切美好都是建立在一定的基础上的,想要实现这样的美好,您就要具有远见卓识。人无远虑,必有近忧。我还是希望您能考虑。就我个人而言,从外表到能力,我都很欣赏您。我真诚地希望能够与您合作。"辛西娅不甘心得到这样的结局,他如果不同意合作的话,自己可能就会有危险了。

"亲爱的辛西娅小姐,我也很欣赏你的美貌和智慧,但是我真的想不通,像你这样美丽的小姐为什么要去参与政治呢?"

"不过,我还是希望您能够慎重地考虑一下,这是我的地址,您要是考虑好的话,可以来这里找我。"辛西娅没有正面回答他,故意用很温柔的语气说道,她的眼神里写满了邀请。

"好的,漂亮的小姐,我欣赏你智慧与美貌并存的这种优雅气质,希望我们没有这次合作也能成为朋友。"里克·艾弗里特的眼神里也充满了痴迷和狂热。

"当然,随时恭候您的大驾。尽管今天您没有答应我的请求,不过我还是很高兴您的坦诚相待。谢谢您的配合,希望我们很快就会见面。"辛西娅边说边站起身来,拿起自己的手包朝门口走去。临走之前,辛西娅礼节性地与里克·艾弗里特拥抱了一下,贴了一下脸颊。她故意在里克·艾弗里特的脸颊上吻了一下,眼神中充满了对他的痴迷。然后,她假装恋恋不舍地离开了里克·艾弗里特的寓所。

为了让自己成功的筹码增加,辛西娅只能在最后关头再努力一把,看来,她最后的糖衣炮弹是奏效了。好色的机要科长明显地感觉到辛西娅对自己的情意,他也被辛西娅的曼妙身姿和优雅气质所深深吸引着。尤其是辛西娅临别时的深情一吻,更让他的心里痒痒的。

现在的每一天对辛西娅来说都是煎熬,如果里克·艾弗里特一直不来找自己的话,那就必须另想办法再次对他进行引诱;否则,不单是自己有危险,还会牵扯到整个情报组织。

初春的晚上,地面的余温还没有完全褪去,气温很适宜晚饭之后散步。和煦的春风吹在脸上,暖暖的。沃德曼公园里,原本光秃秃的枝丫开始吐露新芽,为公园增添了一抹绿意。孩子们在宽阔的土地上自由地奔跑着,不时发出明朗的笑声。辛西娅带着心事在公园里漫无目的地走着,温柔的晚风吹在脸上,让她紧皱的眉头开始慢慢舒展,她预感到里克·艾弗里特就要来找她了。她正在计划着怎样才能让他乖乖地交出密码簿。不知不觉中,她走回了住所。

明亮的月光照耀着这座华丽的饭店,使它充满了温馨和浪漫。辛西娅注意到饭店的门口有个高大的身影在徘徊着,她一眼就认了出来,那是她这几天一直等的人——里克·艾弗里特。

辛西娅发现他的时候,他也看到了辛西娅,他大步朝辛西娅走来。沐浴在洁白的月光之下,辛西娅仿佛月亮女神一般圣洁、美丽。那琥珀色的长发柔柔地披在肩膀上,长长的睫毛,充满诱惑的蓝色眼睛,高挺的鼻子,红润的双唇,仿佛是一朵娇艳的玫瑰,引诱着人们前来将它采撷。迷人的锁骨裸露在外面,洁白的皮肤宛如天上的明月,匀称的身材勾勒出了无尽的诱惑,让人心旷神怡。

看着这位站在眼前的美丽佳人,里克·艾弗里特不禁看得呆了。

辛西娅做好了牺牲自己色相的准备,她知道,里克·艾弗里特既然来找她了,肯定是答应帮她这个忙了。一向聪明的辛西娅这次却打错了算盘。事情并没有按照她预期的那样进行,而是和她开了个大玩笑。

其实,里克·艾弗里特之所以来找辛西娅,并不是他想通了,想要帮助她,而是他一直无法忘怀辛西娅的美丽容颜和她身上所散发出的淡淡幽

辛西娅

香。分别的这几天,他也一直在饱受煎熬,他非常后悔那天就那么放走了这位美丽动人的女郎。他不想出卖自己所效忠的国家,不想当卖国贼,但是他对美色的欲望又驱使他来找辛西娅。就在他还没决定自己应该怎么选择的时候,辛西娅就出现了,他跟着辛西娅来到了她的房间。

一回到辛西娅的房间,里克·艾弗里特便一把抱起辛西娅,径直走到卧室。辛西娅没有拒绝里克·艾弗里特,她柔情似水地依偎在里克·艾弗里特的怀抱里,任由他把自己抱进卧室。

风流之后,她看到里克·艾弗里特始终没有提到密码簿,便迫不及待地问了起来。"我亲爱的绅士先生,你什么时候给我密码簿啊?这样,我们就可以经常在一起了。"她的眼神里充满了诱惑。

"哦,抱歉,我的小甜心,我现在还不能给你密码簿呢,我觉得现在还不是时候。"里克·艾弗里特淡定地回答着。反正自己已经一亲芳泽了,如果现在就把密码簿交出来的话,可能就不会有下次这么温馨的时光了,弄不好还会丢掉自己的官职。老奸巨猾的里克·艾弗里特当然不会让自己吃亏的。

辛西娅听到这样的回答之后,显然没有了之前的温柔,满脸怒色。但一瞬间她又立刻换了一副面孔,装出意犹未尽的样子说:"亲爱的,你真的是太棒了,我期待着下次你能带着密码簿和你的激情一起来找我。"

看到辛西娅那火辣辣的眼神,里克·艾弗里特的欲望又被点燃,他抱着辛西娅动情地亲吻着。正在两个人再度缠绵的时候,响起了敲门的声音。两个激情似火的人如同被浇了凉水一般,马上就从缠绵中惊醒过来。

还没有等到辛西娅开口询问,门外的敲门声更加急促了。门外传来布鲁斯的声音:"亲爱的,我回来了,快开门啊!"

听到这么熟悉的声音,辛西娅的心狂跳着,她和里克·艾弗里特迅速穿好了衣服,她让他到房间的沙发上坐着。

经验老到的里克·艾弗里特立刻就明白了这是怎么一回事，他很愤怒地看着辛西娅说："小姐，原本我还想与你合作，帮助你完成这个任务，现在我后悔了，我们不会再见面了。我要去告诉大使，你试图来勾引我。"里克·艾弗里特边说着边打开了房门。

里克·艾弗里特气愤地离开了房间，把门摔得很响。还没来得及整理房间，布鲁斯就走了进来，他看到辛西娅那愤怒又羞愧的目光，看到凌乱的床单和被褥，他知道发生了什么。布鲁斯走出房间，并用力地关上了门。

夜，静得让人害怕。周围很安静，有一点凄凉，有一点空虚。辛西娅身上的每一个细胞仿佛都在呼喊着布鲁斯的名字，泪水不住地流淌着，落在枕头上，浸湿了枕巾。悔恨似乎是生长在身上的刺，随着时间的流逝，渐渐地扎破皮肤，刺进肉里。

当清晨的第一缕阳光照耀进这个空荡寒冷的房间的时候，辛西娅被这刺眼的阳光刺痛了双眼。流了一夜眼泪，彻夜未眠的她双眼红肿得像两颗桃子似的，整个人都憔悴了许多。琥珀色的长发也失去了昔日的柔顺和光泽，毫无生气地趴在肩膀上。

一整天，辛西娅都没有出门，甚至滴水未沾，粒米未进。她躺在空荡荡的大床上，不敢闭眼，一闭上眼，之前和布鲁斯在一起的点点滴滴便犹如走马灯似的在脑海中回闪。

偌大的一个房间里从昏暗到光明，又从光明到昏暗，辛西娅就一直安静地躺在床上，任由时间悄悄地流逝。她什么都不想去想，不想去说，不想去做，听时钟在耳边"滴答滴答"地响着。她的意识似乎不受控制似的，在脑海中闪现着昔日温馨浪漫的一幕幕。但是辛西娅已经麻木了，她被悲伤彻底刺痛了。

"咚咚咚"的敲门声传来，辛西娅的眼珠动了一下，还是毫无生气地

辛
西
娅

躺着。

"咚咚咚!"敲门声再次传来,辛西娅只是往门口瞥了一眼,依然没有起来的意思。

"咚咚咚!"当敲门声第三次响起的时候,辛西娅挣扎着从床上坐起来,晃晃悠悠地来到门口,打开了房门。

门慢慢地打开了,发出"吱呀"的声音,一张熟悉的脸庞渐渐出现在辛西娅的眼前。原本炯炯有神的大眼睛失去了昔日的神采,浓浓的黑眼圈和黯淡无光的眼神更加显现出他的憔悴。原本光洁的脸上也长满了密密麻麻的胡渣,头发没有了往日的精神,无精打采地趴在头上。衣服还是昨天穿着的那件,皱皱巴巴的,有股淡淡的酸气。

"布鲁斯。"辛西娅惊奇地瞪大了双眼,呼唤脱口而出。

他注视着辛西娅,一时间,两人都没有说话,只是默默地看着对方。空气仿佛凝固了,时间已经不忍心打扰两个人的对视,悄悄地从他们的身边划走,不留下曾经来过的痕迹。两个人就这样默默地凝视着彼此,不说话,不行动。

看着布鲁斯憔悴的样子,辛西娅的心里一阵一阵地疼着。布鲁斯看着辛西娅虚弱的样子,心中一阵阵地发酸:她是哭了一夜吧?双眼红肿成了这个样子。

没有人道歉,也没有人解释,两个人十分有默契地仿佛是事先商量好的,用力地紧紧抱住了彼此。什么都不用说了,在彼此的眼神中,他们已经知道了对方想要说的一切,包括浓浓的爱和深深的歉意。辛西娅和布鲁斯在经过了一天一夜的痛苦煎熬之后,再次和好如初,牵起了彼此的手,并承诺不管天荒地老、不管生老病死,两个人再也不会背着对方擅自行动了。

冷静下来的辛西娅和布鲁斯都知道危险正在一步步地向他们逼近,里克·艾弗里特属于那种不放过任何升职机会的人,为了自己的前途,为了让自己尽快地升职,他一定会向大使举报辛西娅的。这样一来,辛西娅的处境就十分危险了,维希秘密警察一定会盯上她,暗杀的概率也比从前更高了,甚至连布鲁斯都有可能被盯上。

事实也的确如此,自从离开沃德曼公园饭店后,里克·艾弗里特第二天便到处向人们炫耀说他拒绝了一个绝色美女的诱惑,甚至他还向大使告密,说美国记者辛西娅其实是一名不折不扣的间谍。

乌云已经压境了,稀薄的空气压得人喘不过气来。紧张的形势同样让辛西娅和布鲁斯感到很压抑,他们决定反击。回到沃德曼公园饭店后,辛西娅看了看左右,反锁大门,拉上窗帘。在仔细检查无误后,她才开始和布鲁斯商量接下来的应对措施。

一旦辛西娅的间谍身份被维希政府确认,毫无疑问,这件事情还会牵连到英国秘密情报局,甚至连安插在美国本土的其他几名英国间谍也都会有危险。在这种情况下,已经不适合再继续打维希政府驻美国大使馆的主意了,海军密码簿的事情也只能暂时先搁置一边,首先要处理的事情就是清除眼前最大的障碍物——里克·艾弗里特。

没过多久,事情便如他们预料中的那样发生了。中午刚吃过饭不久,柔和的阳光洒在身上,让人觉得暖洋洋的,布鲁斯不禁产生了睡意。正当布鲁斯昏昏欲睡的时候,弗朗索瓦·贝拉斯科斯大使敲开了他的办公室大门。

"哦,实在不好意思,布鲁斯,这个时候来打扰你,但是有些事情我还是必须请教你。"弗朗索瓦·贝拉斯科斯大使圆溜溜的身体出现在门口,一双小小的眼睛很不怀好意地盯着布鲁斯,一边说着客套的话,一边自己就进来了,一点儿"请教"的意思都没有。布鲁斯当然知道弗朗索瓦·贝拉斯科斯大使来者不善,自己不能自露马脚。于是,他顺着弗朗索瓦·贝拉斯科斯大

辛西娅

使的话茬儿,装作漫不经心地问道:"什么事情啊？"

"你难道没听说过最近传得沸沸扬扬的间谍事件？机要科长里克·艾弗里特跟我说,辛西娅小姐是一名间谍,曾经试图色诱他,让他出卖维希政府的情报,结果被他断然拒绝了。"

布鲁斯看了弗朗索瓦·贝拉斯科斯大使一眼,不紧不慢地拖长了音调,假装正经地回答:"辛西娅小姐是什么人？有名的美国记者,有着深厚的美国上流社会的背景。辛西娅小姐的父亲是美国海军陆战队的少校,她的母亲也是上流社会的大小姐。出生在这么好的家庭的小姐,怎么可能会去当一名间谍呢？"

听了这话,弗朗索瓦·贝拉斯科斯大使也赞同地点了点头说:"是的,辛西娅小姐的家庭背景十分的耀眼,的确没有道理去干间谍的勾当。可平白无故,为什么里克·艾弗里特要说辛西娅小姐是一名间谍呢？"

布鲁斯慢悠悠地喝了一口红茶,继续以漫不经心的语调向弗朗索瓦·贝拉斯科斯大使解释道:"唉,这当然可以理解了。里克·艾弗里特那个人是有名的流言蜚语传播者。他之所以说辛西娅小姐拿美色诱惑他,还不是因为这样一来,他的关注度就会比较高,满足他渴望成为焦点的病态心理。而且,只要他听到了什么闲言碎语,不管这件事情是否真实,他都能把这件事情说得神乎其神,就像真的一样。"说到这里,布鲁斯突然把身体前倾,靠在弗朗索瓦·贝拉斯科斯大使的耳朵边说道:"他还散播过您的谣言呢！"

"什么？"弗朗索瓦·贝拉斯科斯大使惊讶地张大了嘴,不敢相信地看着布鲁斯,"他说我什么了？"

布鲁斯突然站了起来,谨慎地朝着四下里看了看,然后关紧办公室大门,小声地说:"他说大使您和奥博特男爵夫人的关系暧昧,常常在夜深人静的时候在小花园里幽会。"里克·艾弗里特当然没有散布过弗朗索瓦·贝拉斯科斯大使和奥博特男爵夫人私通的事情,这是布鲁斯从辛西娅那里知道的,现在正是利用这个花边新闻的好机会。

弗朗索瓦·贝拉斯科斯大使的脸顿时涨成了酱红色,小小的眼睛几乎凸了出来,脸上的横肉一抖一抖的,愤怒地说道:"什么!这个该死的家伙,他怎么可以这么诋毁我的名誉?"

"是,我也是这么认为的,这个人说的话可信度不高,大使您怎么可能和奥博特男爵夫人关系暧昧呢?"

"那,那当然!"弗朗索瓦·贝拉斯科斯大使心虚地应和着。然后他几乎咬牙切齿地说:"这件事情,我看一定是里克·艾弗里特那家伙看辛西娅小姐长得漂亮,向辛西娅小姐提出了一些下流的要求遭到了她的拒绝后,不但没有收敛自己,反而恼羞成怒,四处诽谤辛西娅小姐。像辛西娅小姐这么漂亮的女士,怎么可能会诱惑那种卑鄙无耻的人呢?"

"哦,我也是这么认为的。"布鲁斯点点头,应和道。弗朗索瓦·贝拉斯科斯大使这么说,等于否决了里克·艾弗里特的说法,甚至已经判了里克·艾弗里特死刑。布鲁斯暗自高兴,然而,他很冷静地把这个胜利感强压下去,作出很无所谓的表情。

弗朗索瓦·贝拉斯科斯大使站了起来,握住布鲁斯的手,推心置腹地说:"布鲁斯,非常谢谢你。多亏有你,要不然结果就糟糕了。看我怎么收拾里克·艾弗里特!"

几天后,里克·艾弗里特被免职的公告便贴了出来。布鲁斯高兴地把这个好消息告诉了辛西娅,听到这个令人高兴的消息,辛西娅自然是坐不住了,她马上向纽约方面联系,并告诉他们:外围障碍已经清除完毕。

几天后,辛西娅亲自到纽约找到了史蒂芬森,向他汇报了这几天的工作进度,并希望能够快速地进行下一步计划。听完辛西娅的工作汇报后,史

辛西娅

蒂芬森陷入了沉思,目前的情况还不是非常明朗,想要获取维希政府的海军密码簿,看起来还是困难重重。

从机要科长手中套取情报这条路已经行不通了,辛西娅和布鲁斯不得不另想他法。他们分析了目前的处境,并就如何顺利盗取密码簿这个问题展开了一次讨论,最后他们决定冒一次险,只身进入机要室窃取海军密码簿。想要顺利潜入机要室窃取海军密码簿,首先就得了解大使馆的地形以及值班人员的值班状况。所以,这件事就完全交给布鲁斯来做。每天,布鲁斯都借故在大使馆内部跑来跑去的,总是装出一副有很多事情要处理的样子,但实际上是在暗中观察大使馆的内部地形。

当一切准备就绪后,辛西娅便带着布鲁斯亲手画的大使馆的平面图来到了纽约,找到史蒂芬森,并向他提出了近期执行任务的申请。出人意料,史蒂芬森并没有表现出太多的兴奋,而是淡淡地拒绝了辛西娅的提议,并让辛西娅回去等消息。

其实,史蒂芬森看到辛西娅这么快就拿到了平面图,心中很是惊喜。他深知这份密码簿的价值,他渴望得到它。但是,他的内心还是有所顾虑的。因为大使馆毕竟是很机密的地方,夜盗他国的机要室在国际上来讲,是很严重的事情。

一旦被抓住,不仅个人要受到处罚,而且对于整个国家来说,都是一个天大的丑闻,会给国家带来不可逆转的恶劣影响。史蒂芬森马上前往美国战略情报局在纽约的办事处。出乎意料的是,战略情报局不仅答应对辛西娅窃取大使馆密码簿一事给予支持并保密外,还承诺一旦辛西娅被联邦调查局逮捕,他们会想尽一切办法将其救出。有了战略情报局的承诺,史蒂芬森稍稍松了一口气。所以,他找来了辛西娅,并让她和布鲁斯秘密地执行部署这个艰巨的任务。

几天后，战略情报局为他们便带来一位绰号"怪盗"的窃贼。窃贼的全名叫作乔治亚·克莱克尔，是加拿大人，他个子不高，大概连 1.7 米都不到，在那张瘦巴巴的脸上有一双炯炯有神的眼睛，仿佛在夜晚也能发出光来。他的手指很纤长，其中大拇指和中指特别长，手上长着一层厚厚的老茧。正是依靠着这双手，他打开了一个又一个保险箱。

他是一个惯偷，案底很厚，两年前在俄亥俄州由于一个小失误被捕。他答应参加这个危险系数很高的任务，并信誓旦旦地保证自己会成功地打开保险箱。但是他有一个要求，那就是当任务完成的时候，也是他重获自由之时，并且他之前的案底也会一笔勾销。

事情的发展往往都不是表面上看起来那样简单。虽然表面上看起来辛西娅和布鲁斯每天都在厮混，实则是在偷偷地摸索值班人员巡逻的规律。每当值班人员的脚步声从门口响起时，他们便拿起秒表开始计算值班人员巡逻一圈的时间。他们发现，值班的人员巡逻十分有规律，往往一个小时左右走完一圈。

一个小时的时间对乔治亚·克莱克尔来说还是太紧张了点，这恐怕连开密码锁的时间都不够，更别提偷密码簿了。"看来，我们必须让值班人员睡一段时间才行。"看着统计出来的时间，辛西娅对布鲁斯说道。

辛西娅决定在晚上把乔治亚·克莱克尔带进大使馆。为了让他在解开保险箱密码的时候不被打扰，并且成功地打开密码箱，辛西娅向肖恩要了最新研制出来的安眠药。为了万无一失，布鲁斯带了一瓶香槟，他决定把药放在香槟中。

夜魅的气息无声无息地到来，南大厅里，布鲁斯和辛西娅谁也没有说话。辛西娅低头看着时间，布鲁斯开始开启酒的瓶盖。"砰"的一声，那声响在安静的大厅里显得特别清脆。

辛西娅

　　辛西娅把之前准备好的三个高脚杯拿了过来,往里面倒酒,并递给布鲁斯一杯。时间计算得刚刚好,当辛西娅和布鲁斯第三次碰杯的时候,值班人的脚步声在走廊里响起,由远到近,渐渐清晰。远远地,值班人员就看到辛西娅和布鲁斯正在很高兴地说笑、喝酒。等值班人员距离厅口只有三四米的时候,布鲁斯装作才看见值班人员的样子,把值班人员拉了过来,说:"今天是我和贝蒂相识一周年的纪念日,既然你赶上了,那么无论如何你也要喝一杯再走。"布鲁斯不由分说地把一杯酒塞到了值班人员的手中。

　　值班人员没有办法推脱,只好接过酒杯一饮而尽,他把酒杯还给了布鲁斯,说道:"谢谢布鲁斯先生,这酒真是好喝,祝福你们。"值班人员话刚一落音,便觉得头越来越晕,越来越沉,身体也开始不受控制地摇晃起来,打了几个趔趄之后,他倒在地上,呼呼大睡起来。原来,在布鲁斯给值班人员的那杯酒里,辛西娅早就神不知、鬼不觉地把安眠药放了进去。

　　布鲁斯匆匆地离开了南大厅,准备将乔治亚·克莱克尔带进来,辛西娅则马上把那三个酒杯,尤其是值班人员喝的那个酒杯用清水刷洗了几遍,然后把大厅收拾了一下。

　　这时,月亮渐渐爬了上来,月光透过树的枝干零碎地洒落下来。今天不是满月,但是月光还是能够让乔治亚·克莱克尔看清楚眼前的事物,他的职业已经决定了他能够在很短时间里习惯黑暗,并快速地找到目标物。他来到墙角,用双手摸了一下,耳朵贴在箱子上面听了一会儿,开始慢慢地转动转盘。

　　机要室里安静极了,辛西娅不敢大声喘息。为了不让乔治亚·克莱克尔分心,她不敢离他太近。辛西娅蹑手蹑脚地来到窗边,时刻注意着外面的情况。

　　时间在一分一秒地流逝,怪盗仍旧专心致志地摆弄着保险箱上的转盘。也许是太长时间没有开过保险箱了,也许是保险箱很久没有上过油,时间已经过去了三个小时,但是保险箱还是没有一丝打开的迹象。怪盗的脸上,密密麻麻的全是汗水,头发都已经湿透了。辛西娅渐渐急躁起来,她不时看看手表,额头上也出现了密密的汗珠,然而她还是耐心地等待着,尽量不分散乔治亚·克莱克尔的注意力。

"咯噔",保险箱终于开了,但是时间也已经过去将近五个小时了,东方的天空已经泛起了鱼肚白,远处的启明星已经清晰可见。这时候,想要把厚厚的几本密码簿拿出来已经是不可能的了,而且值班人的药劲也快过了。无奈之下,怪盗只好把数字暗码告诉辛西娅,并指点辛西娅如何开,之后几个人便匆匆忙忙地离开了大使馆,而怪盗则回到了纽约。

当值班人员从昏睡中醒过来,回想起昨晚的经历时,他并没有怀疑是布鲁斯做了手脚,只是责怪自己不该贪杯,这让辛西娅和布鲁斯松了一口气。

既然乔治亚·克莱克尔已经把密码告诉了自己,辛西娅决定今晚再去盗取密码簿,但是灌醉值班人这招已经用过了,不能再用了。所以,她决定铤而走险,自己把密码簿给弄出来。

夜幕悄然拉开,点点星光点缀在璀璨的银河上,辛西娅来到了存放密码簿的保险箱前。辛西娅此时所处的位置非常好,从窗户外面往里看,根本看不到她这个位置。她将身体紧紧地贴在冰凉的保险箱上,一只手轻轻地转动着密码锁,聚精会神地听着密码锁转动时发出的细小声音。

为了更好地隐蔽自己,使自己能够专心致志地倾听密码锁转动时的声音,辛西娅不得不一直保持一个姿势不动,这十分消耗体力。没过多久,汗珠就顺着她那俊俏的脸颊缓缓地流下,在她脸上留下斑驳的痕迹。但是,无论辛西娅怎么努力,保险箱就是不听她的指挥,一点儿开的意思都

辛
西
娅

没有。她心中暗暗地纳闷着："我明明是按照怪盗教的方法做的，怎么就是打不开呢？"

眼看着时间一分一秒地流逝，辛西娅的内心非常着急。最后，她不得不悄然地离开机要室，回到自己的住所。第二天，辛西娅一大早就乘坐飞机飞到纽约，辗转来到了肖恩的办公室。已经失败三次了，时间也越来越紧张了，拖得越久，对自己越不利，必须赶紧采取行动。所以，辛西娅和肖恩经过研究决定：再一次请怪盗乔治亚·克莱克尔和辛西娅共同执行这次任务，以确保能够万无一失地完成任务。

当辛西娅再次从纽约飞回来的时候，已经从只身一人变成了两个人。当秘密情报局的人看到乔治亚·克莱克尔的身影的时候，他们似乎已经看到了此次任务得以圆满完成的曙光了。

夜晚如期而至，夜幕上漂浮着许多云，遮挡住了群星的光芒，使得星光十分暗淡。辛西娅和布鲁斯两个人躲过了许多岗哨，来到了大厅，而怪盗乔治亚·克莱克尔则选择独自一个人上路，他还是比较习惯独自一个人行动。

几分钟过去了，乔治亚·克莱克尔将自己的脸颊贴在保险箱上，并且不断地转动着密码锁，听着里面的声音。乔治亚·克莱克尔聚精会神地研究着这个保险箱，虽然上次已经开过一次，但是有人似乎将密码给换掉了，他不得不重新进行试验。对于辛西娅和布鲁斯的到来，乔治亚·克莱克尔没有任何的惊讶，只是扭过头看了他们一眼，之后又将整个耳朵贴在了保险箱上。

时间一分一秒地流逝，辛西娅和布鲁斯都非常焦急，辛西娅不时地看着自己的手表。

"啪"，一声清脆、细小的声音在安静的房间里响起。

冰冷的保险箱再次被乔治亚·克莱克尔打开了，尽管累得满头是汗，但是乔治亚·克莱克尔十分兴奋。对于一个盗贼而言，开锁是他们的使命，每当他们打开一把锁的时候,心底就会产生一种特有的成就感。

　　辛西娅拉开保险箱,看到厚厚的密码簿静静地躺在保险箱里面,她用颤抖的手,小心翼翼地将密码簿拿了出来,之后紧紧地抱在了怀里。

　　辛西娅迅速地来到窗户旁边,从衣服兜里拿出那个事先准备好的迷你荧光手电,在玻璃上飞速地一开一关、一开一关,向外面接应的人传递着信号。这是他们事先商量好的传递方式,当玻璃上出现一闪一闪的特殊荧光的时候,预示着密码簿到手,叫接应的人准备好。

　　信号发出后不久,辛西娅就听到窗外有猫头鹰的叫声,这是接应人员在回应她,暗示她可以将密码簿扔出来了。

　　幽暗的夜空下,密码簿做着抛物线运动,被辛西娅扔出了墙外,传递给外面的接应人员。当辛西娅将密码簿扔出之后,她心头的压抑感一下子消失得无影无踪了,心中满是欢喜,灿烂的笑容再次爬上她的脸庞,在暗淡的星光照耀下,是那么的美丽、那么的妩媚。

　　英国秘密情报局已经拿到了最想要的东西——维希政府海军密码簿。多少人为它绞尽脑汁!多少人为它葬送生命!传奇女间谍辛西娅挑战了无数个不可能,她像黑色闪电,让人看了、听着,心都会震颤。

　　手中握着辛西娅拿来的情报,身为这次行动的海军总司令的英国海军上将坎宁安信心十足,他和这次北非登陆行动的总指挥、美国的陆军中将艾森豪威尔配合得非常默契。大批人员在经他们研究后进行了合理的部署和安排,分成了东、中、西三路向驻守在北非的维希政府军进发,战士们荷枪实弹、急行军的必要补给已经发到了每位英勇的将士的手中。

　　船舰上扬起了风帆,航空母舰、战列舰、巡洋舰、驱逐舰在被编进不同的战斗编队后形成了更强的战斗能力。美、英的空降兵在空中盘旋的飞机上等待空降北非,海、陆、空三军都在这里蓄势待发。这样的战斗一

辛
西
娅

波接着一波向着北非席卷而去,11 月 8 日开始的战争到了 11 月 10 日就基本结束了。

北非登陆成功,辛西娅立下了奇功。美、英军队能够如此迅速地结束战斗,正是得益于辛西娅的精准情报。辛西娅只是一个柔弱的女子,却完成了无数热血男儿都无法完成的使命,她那美丽与智慧并存、胆识与理想同在的风范,让人肃然起敬。1944 年的辛西娅是幸福的,因为在众人的见证下,辛西娅和布鲁斯迈进了婚姻的殿堂,开始了幸福而又甜蜜的生活。

命运似乎没有继续眷顾这对幸福的恋人,贝蒂得了口腔癌的消息,让如痴如醉地爱着她的布鲁斯傻了眼。他不敢相信这个事实,一想到随时都可能失去贝蒂,他就觉得心疼得快要窒息。他不敢想象没有贝蒂的日子,他该怎么过下去。

阳台上的花渐渐地枯黄了,仿佛已经失去了生命的色彩,就连鸟儿都很少见了,可能它们早就飞去温暖的地方,以躲避冬天的严寒。冬日时节,气温下降得很厉害,体贴的布鲁斯为正在向窗外看的贝蒂披上一件外衣。

贝蒂的病情在一步步地恶化,癌症已经把她折磨得很痛苦,她仿佛失去了往日的活力,但是依旧很美丽。

看着贝蒂被病痛折磨的样子,布鲁斯很心疼。头靠在窗子边上的贝蒂说出了她人生的最后一句话:"哭着到来的我笑着离去,梧桐树下开满花的地方就是家。"

抱着贝蒂,布鲁斯悲痛欲绝,他觉得他的心随着贝蒂的离开而消失了。他跌坐在地上,不停地叫着贝蒂的名字,他多么希望,这一切只是上天开的一个玩笑,他多么希望贝蒂能调皮地睁开双眼再看看自己。

贝蒂走了,但是她永远地留在了一些人的心中。她不仅是布鲁斯心中的女神,更是很多人心目中的"月亮女神"辛西娅。